사랑이 어떻게 변하니

사랑이 어떻게 변하니

초판 1쇄 인쇄 2006년 3월 20일
초판 1쇄 발행 2006년 3월 25일

지은이 이보아 · 장상용
펴낸이 정차임
디자인 강이경
펴낸곳 도서출판 열대림
출판등록 2003년 6월 4일 제313-2003-202호
주소 서울시 마포구 동교동 156-2 마겔란21 오피스텔 503호
전화 332-1212
팩스 332-2111
이메일 yoldaerim@korea.com

ISBN 89-90989-17-5 03800

* 이 책은 추계예술대학교 특별연구비 지원에 의해 제작되었습니다.
* 잘못된 책은 바꿔드립니다.
* 값은 뒤표지에 있습니다.

사랑이 어떻게 변하니

대부에서 왕의 남자까지 영화 속 명장면 명대사

이보아 · 장상용 지음

열대림

영화는 끝나도 명대사는 남는다

우리는 불과 몇 초, 단 한두 마디에 불과한 영화 속 명장면, 명대사를 때로는 죽을 때까지 잊지 못한다. 〈러브 스토리〉를 본 사람이라면 제니퍼의 이 유명한 명대사를 기억할 것이다.

"사랑은 미안하다고 말하지 않는 거예요."(Love means never having to say you're sorry.)

영화 〈왕의 남자〉에서는 줄 위에서 서로를 의지하는 마음을 드러내며 최후를 맞는 장생과 공길의 대사가 내내 여운을 남기며 귓가에서 울릴 것이다.

"난 광대로 다시 태어나련다. 그러는 네 년은 무엇이 되고프냐?"

"나야 두말 할 것 없이 광대지!"

2005년 미국영화연구소(AFI)가 100대 명대사를 선정한 이후, 우리나라의 모 방송사 영화 프로그램에서도 '한국인이 사랑한 한국영화 속 명대사' 라는 재미있는 설문조사를 실시했는데, 영화 〈말아톤〉의 "초원이 다리는?" "백만불짜리 다리!" "몸매는?" "끝내줘요!"가 차지했다. 그 밖에 〈친절한 금자씨〉의 "너나 잘하세요", 〈친구〉의 "내가 니 시다바리가?", 〈올드 보이〉의 "누구냐, 너?" 등이 그 뒤를 이었고, 〈웰컴 투 동막골〉의 강혜정이 아무 개념(?) 없이 내뱉은 천진난만 명대사 "자들하고 친구나?" 도 순위에 꼽혔다.

전국을 강타한 〈웰컴 투 동막골〉의 명대사는 국회에까지 그 위력을 뻗쳤는데, 엄숙한 국회에서 강원도 출신 국회의원들이 '강원도의 힘' 을 보여주겠다며 '했드래요' 와 '뭐드래요'를 사용해 유쾌한 웃음을 선사했고, 모 개그 프로그램에서는 아예 한 코너를 만들어 순박함이 물씬 풍기는 강원도 사투리로 연일 웃음을 재생산하기도 했다(한편 강릉사투리보존회측은 "강원도 사투리라며 쓰는 '뭐드래요'는 '뭐래요', '뭐 이래요'가 정확한 표현"이라며 "사투리를 모르는 사람들이 함부로 말을 바꿔 이상한 말을 만든 것 같아 씁쓸하다"고 말했다).

어쨌거나 이렇게 영화의 명대사에 대한 관심과 호응도가 높은 것은 영화를 사랑하는 인구가 점차 증가하고 있다는 반증일 것이다. 최근 영화 관계자들의 일인시위를 비롯, 스크린 쿼터 축소로 인한 논란이 끊이지 않고 있지만, 그 와중에 〈왕의 남자〉는 천만 관객을 돌파, 한국 영화의 위풍당당한 저력을 보여주었다.

영화가 상영관에서 자취를 감추고 난 후 우리가 영화에 대해 간직하게 되는 베스트 컷, 즉 명장면과 명대사는 오래도록 가슴에 남아 어느 순간 가상의 공간인 영화 속으로 순식간에 우리를 되돌려 놓는다. 특히 명대사는 영화 속 인물의 특성과 감독이 전달하려는 메시지를 단적으로 표현해 줄 뿐 아니라 사람들에게 널리 회자되면서 한층 그 위력을 발휘한다.

명실공히 대한민국 대표 명대사로 꼽기에 부족함이 없는 〈봄날은 간다〉의 명대사 "어떻게 사랑이 변하니"는 무수한 매체에서 패러디되고 인용되고 재생산되었다. 영화 〈B형 남자친구〉를 비롯해한 이동통신회사의 CF에서는 연작으로 내보내기도 했다. 특히 "어떻게 사랑이 변하니?"에 대한 답인 양 "사랑은 움직이는 거야"라는 말은 한동안 많은 사람들의 입에 오르내렸다.

명대사는 당시의 사회상을 정확하게 반영하고 있다고도 할 수 있겠는데, 깊은 울림을 주는 아름다운 명대사, 삶의 철학이 담긴 촌철살인의 명대사, 유쾌하고 통쾌한 명대사에 이르기까지 이 책은 가슴 깊이 간직하면 좋을 명대사의 향연이라 할 만하다.

사랑과 이별, 욕망, 삶의 방식, 복수와 죽음, 사랑의 기쁨 등 다섯 가지 테마로 나눈 30편의 영화들을, 별다른 공통점을 찾기 어려운 두 남녀가 각각의 관점과 방식으로 풀어냈다. 두 사람 모두 영화 전공자가 아니기 때문에 이 책은 영화의 미학이나 진정성을 논하기보다는 마치 퍼즐 맞추기를 하듯 관객 입장에서 우리의 기억창고에 남아 있는 영화의 이미지(명장면)와 낱말(명대사)들을 조립하고 있다.

　두 사람의 공통점이 있다면 영화를 너무도 사랑한다는 점. 일반적인 영화평론의 틀에서 벗어나 관객의 시선에서, 그리고 영화 폐인으로서 색다르고 자유롭게 접근했다. 옥타브가 현격히 다른 남자와 여자의 노래를 번갈아 듣는 기분일 텐데, 그래서 독자 여러분께서 "이 책은?" "끝내줘요!"를 외치신다면 더 바랄 것이 없겠다.

　영화는 삶에 대한 간접 경험을 유발시키는 매체이다. 영화를 보면서 '나도 저런 삶을 살고 싶다,' 또는 '저런 인생도 있구나'라고 공감할 수 있는 것 또한 영화의 내러티브가 지니는 또다른 매력일 것이다. 〈넘버 3〉에서 육두문자를 남발하는 생 양아치 같은 검사 최민식이나 "현정화가 라면 먹었다"고 침튀기며 우기던 송강호를 보면 왠지 모르게 속이 후련해지는 카타르시스를 경험하게 된다. 〈러브 액츄얼리〉, 〈썸원 라이크 유〉, 〈사랑할 때 버려야 할 아까운 것들〉 등의 영화들은 몇 번을 봐도 질리지 않을 만큼 톡톡 튀는 대사에 섬세한 감정 표현으로 관객을 사로잡는다. 불후의 명작 〈로마의 휴일〉이나 〈애수〉, 천만 관객을 돌파한 〈왕의 남자〉도 마찬가지다. 특히 한창 사랑에 빠져 있는 사람이라면 〈봄날은 간다〉 편에서 인용된 다양한 사랑의 명대사를 참고하시기 바란다.

혼히 프랑스어로 존경과 경의를 뜻하는 단어 '오마주'는 일반적으로 후배 영화인이 선배 영화인의 기술적 재능이나 그 업적에 찬사를 던지며 감명깊은 주요 대사나 장면을 본따 표현하는 행위를 가리킨다. 이러한 관점에서 보면, 명대사들이 회자되는 것 또한 관객들의 영화인에 대한 또다른 형태의 오마주가 아닐까 생각한다. 관객의 많은 사랑을 받았던 30편의 영화를 색다른 시각으로 보면서 뜻밖에 발견하게 되는 명대사들의 향연, 그 보물찾기의 기쁨을 독자들에게 드릴 수 있다면 더없이 기쁘겠다.

이보아 · 장상용

Contents

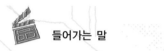

사 랑 이   어 떻 게   변 하 니

* 1장과 4장은 장상용, 3장과 5장은 이보아, 2장은 두 사람이 세 편씩 나눠 썼다.

사랑
여기 있고,
이별
거기 있다

1장 哀

왕의 남자

"나 여기 있고, 너 거기 있지."

　대부분의 남자는 군대라는 특수한 공동체에서 3년을 생활한다. 재미있는 현상 중 하나는 내무반 최고참이 예쁘장한 신병을 옆에 끼고 산다는 것이다. 마치 애인을 끼고 자듯 자신의 옆에 신병의 잠자리를 마련한다. 신병은 최고참의 '총애' 아래 다른 고참들의 위협으로부터 보호를 받을 뿐 아니라, 최고참을 따라다니며 신병의 신분으로서는 꿈도 꿀 수 없는 맛있는 간식들을 얻어먹는다. 특히 얼굴이 앳된 신병은 '인기 짱'이다. 최고참과 신병은 남자와 여자의 관계와 마찬가지다. 그렇다고 심각한 것은 아니다. 거기에는 약간의 장난기도 섞여 있다. 잠잘 때 최고참이 "이 녀석 여자 같은데" 하며 다소 어루만질 수는 있어도 대개는 거기에서 끝난다.

　남자들끼리 함께 오래 생활하다 보면 우정을 넘는 경우도 많다. 육체관계가 전혀 없더라도 정신적으로는 남녀 간의 사랑 이상으로 뜨거워지기도 하는데 특히 서로 외로움을 느낄 때 동성애가 싹튼다.

나와 절친한 한 유명 만화가는 남자와 우정을 넘어선 사랑의 감정을 자연스럽게 경험해 보았다고 털어놓았다. 그가 시골에서 방위로 근무하며 한 친구와 함께 만화를 그리던 시절의 이야기다. 3년 동안 한 방에서 함께 살다 보니 두 사람의 관계는, 정확히 표현하기 어렵지만 부부와 같았다고 한다. 그가 낮에 나갔다가 밤늦게 돌아와 문을 두드리면 불이 환히 켜져 있는데도 기다리고 있던 친구가 문을 열어주지 않았다. 5분 정도 밖에서 벌서듯 서 있으면 슬며시 문이 열렸고, 그 친구는 자신이 삐졌음을 표시하기 위해 말도 안하고 휑하니 들어가버렸다. 영락없이 저녁 늦게 들어온 남편에게 투정하는 새댁 같은 모습이다. 3년 후 이 만화가가 결혼을 해 집을 나가야 했을 때, 그 친구는 애인에게 배신당한 여자처럼 화를 냈다. 그러니 이 만화가도 마치 죄인이라도 된 듯 미안함을 느낄 수밖에 없었다. 친구라면 정말 잘되었다며 축하해 줄 일 아닌가. 그의 노력에도 불구하고 두 사람은 원수처럼 헤어졌다.

반 고흐와 고갱의 관계 역시 이런 맥락에서 이해할 수도 있다. 1888년 두 사람은 남 프랑스의 아를에서 두 달 동안 함께 지냈다. 고갱은 개인전이 실패하면서 기댈 곳을 찾고 있었고, 예술가의 공동체 집단을 꿈꾸던 고흐는 고갱과의 동거에 대한 기대로 충만했다. 하지만 고흐와의 성격 차이로 공동생활에 한계를 느낀 고갱이 파리로 돌아가기로 결심했을 때, 두 사람은 심하게 말다툼을 벌인다. 이에 발작을 일으킨 고흐가 자신의 왼쪽 귀를 자르는 유명한 사건이 벌어진다.

미술사가인 브래들리 콜린스는《반 고흐 vs 폴 고갱》이란 책에서 고흐의 편지를 분석하며 고갱에 대한 고흐의 동성애적 감정을 지적한다. 고흐의 편지에는 동성애적 욕망과 이성애적 욕망이 모호하게 표현된 구절이 많다는 것이다. 그에 따르면 고흐가 고갱과의 관계에 품고 있던 다양한 감정들과 공존하는 성적인 요소들을 보면 왜 그의 편지가 그리도 애절했는지 이해할 수 있다. 고갱에게 보낸 고흐의 편지에는 열정적인 사랑의 감정이 담겨 있으며, 고흐의 애타는 심정은 연인들의 편지에서나 찾아볼 수 있는 것이라고 쓰고 있다.

가능한 한 빨리 오게!
추신 : 고갱에게. 아프지 않다면 당장 와주게. 병이 심하면 제발 전보나 편지라도 보내주게.

〈왕의 남자〉는 존재하지만 잘 포착되지 않았던 남자들의 사랑을 수면 위로 끄집어낸 영화다. 여자들은 남자의 사랑을 멀찍이 떨어져 부담없이 구경하고, 남자들은 마음속에서 리얼리티와 공감을 느낀 첫 영화였으리라. 남사당패라는 폐쇄적 집단에서 정신적으로 의존하면서 살아가는 공길(이준기)과 장생(감우성), 권력을 이용해 예쁜 남자 공길을 소유하려는 연산군(정진영)과 양반 대감들의 모습은 앞에서 이야기한 것과 크게 다르지 않다.

영화 〈왕의 남자〉 촬영이 거의 끝났을 무렵인 2005년 11월 중순, 한국 사회에서 동성애 코드를 양지로 끌어낸 히어로 이준기를 인터뷰했다. 그의 소속사가 "이준기라는 신인이 있다"며 인터뷰 요청을 해왔다.

그는 첫눈에도 좀 특이했다. 한창 〈왕의 남자〉에 몰입해 있을 때여서 그런지 묘하게도 중성적인 매력이 풍겼다. 백지장처럼 하얀 얼굴에 빨간 입술, 그리고 가느다란 눈매가 무척 독특하다는 인상을 풍겼는데, 사실 내가 이준기에게서 발견한 것은 중성적 매력보다는 만화풍의 캐릭터였다. 찢어진 눈, 뾰족한 턱, 칼날처럼 길게 선 머리카락 등은 네모칸을 박차고 현실 세계로 튀어나온 일본 만화 주인공의 모습이었다. 그가 당시 "(나는) 아직도 공길이에게서 벗어나지 못했다"고 말한 것을 영화를 보면서야 실감할 수 있었다. 내가 재직하고 있는 《일간스포츠》에 게재한 인터뷰 기사의 일부다.

그는 우연히 연예계와 인연을 맺었다. 탤런트가 되겠다는 꿈 같은 것도 없었다. 연극배우가 되겠다며 가출한 것이 계기가 됐다.

"나는 컴퓨터를 전공하려 준비했다. 고등학교 3학년 때 연극부 선생님의 권유로 연극을 하게 됐다. 주위에선 아무도 내가 연기를 하게 될 줄 몰랐다. 부모님이 선생님의 허풍이 너무 심하다며 심하게 반대했다. 그래서 부산의 집으로부터 무작정 서울로 가출했다. 대학입시에서 떨어진 다음해 5월, 무턱대고 신촌에 갔다. 호프집에서 아르바이트를 하며, 옥탑방에서 세 명이서 먹고 자고 했다. 그러기를 한 달 반. 첫 월급을 받고 등록한 고시원을 숙소로 삼았다. 낮부터 당구장 카운터, 주유소, 주방 보조에 이어 저녁 땐 호프집에서 일했다. 그해 여름 오디션 박람회에서 제의를 받고 이 길에 들어섰다."

그는 눈 콤플렉스에 시달렸다.

"나는 평범한 사람이다. 눈이 찢어지고, 얼굴이 잘생긴 것도, 키가 큰 것도 아니다. 주위에서 악역밖에 못할 것이란 소리도 많이 들었다. 내가 독특한 개성이 있다고는 생각하지 못했다. 그런데 콤플렉스가 장점이 됐다. 감독들은 눈 때문에 나를 캐스팅했다고 이야기했다. 행운이라면 행운인데, 나는 인복이 많은 사람 같다."

그는 여자에 가깝게 보인다. 영화 〈왕의 남자〉에서 5개월 동안 중성적인 공길 역에 젖어 있었기 때문이다. 공길은 조선시대 여자 역을 맡은 남자 광대. 〈패왕별희〉의 장국영 같은 캐릭터다.

"내 자신을 여성으로 만들자고 결심했다. 촬영 내내 말도 안하고 여자처럼 나긋나긋 말했다. 선배들이 지나가면서 '남자처럼 말하지 말라고 했지' 라고 놀리곤 했다. 지금도 완전히 공길을 벗지는 못했다."

아마도 많은 여자(그리고 남자)들이 영화 도입부에서 광대놀이를 하다 하얀 가면을 들어올리며 나타나는 이준기의 예쁜 얼굴에 반했을 듯싶다. 흔히들 시나리오 각색의 승리로 평가받는 〈왕의 남자〉는 광대 장생이 남사당패에서 밤마다 양반들에게 몸을 팔아야 하는 공길을 데리고 도망치는 장면으로부터 시작된다. 두 사람은 이를 막아서는 남사당패 두목을 죽이고 한양으로 올라와 실력으로 육갑이 패를 자신의 부하로 흡수한다. 저잣거리는 온통 장녹수(강성연)의 치마폭에 휩싸인 왕을 조롱하는 분위기로 가득하다.

장생은 크게 성공하려면 왕을 가지고 놀아야 한다고 생각한다. 장생은 공길, 육갑 패거리와 함께 왕을 조롱하는 판을 크게 벌인다. 그러다 내시 처선의 눈에 들어 왕 앞에서 판을 벌이는 기회를 갖게 된다. 왕을 조롱하던 광대들이 신하들의 비리까지 조롱하면서, 공길과 장생은 신하들을 숙청하는 왕의 정치적 도구 구실을 한다. 왕이 공길에게 보통 이상의 관심을 드러내자 이에 질투를 느낀 장녹수의 음모로 두 사람은 목숨이 위험해지는 상황에 처한다. 사태가 심각해지자 처선이 장생에게 충고한다.

"가거라, 이제 놀이판은 끝났어. 공길이를 버려."

연산군은 공길에게 기대 어머니를 잃은 자신의 아픔을 치유하려 한다. 눈시울을 붉히게 하는 장면이다. 장생은 노골적으로 경쟁자 연산군이 듣는 앞에서 공길에 대한 사랑을 노래한다. 연산군이 그 전에 장생의 눈을 불로 지져놓은 것도 질투심이라고밖에 볼 수 없다.

"그렇게 눈이 멀어서 볼 걸 못 보고, 어느 잡놈(연산)이 그놈(공길) 마음을 훔쳐가는 걸 못 보고. 그 마음이 멀어져가는 것을 못 보고."

영화 〈해피투게더〉를 보면 남자끼리의 사랑, 집착, 질투가 더욱 노골적이다. 아르헨티나라는 이국의 공간에서 만난 두 중국인 남자 보영(장국영)과 요휘(양조위). 그들은 그 땅에서 오갈 데 없는 이방인이다. 두 사람의 사랑도 철저한 고독감에서 시작되었음을 알수 있다.

"늘 난(요휘) 그와 많이 다르다고 생각해 왔는데 사람들은 고독해지면서 똑같다는 걸 깨닫는다."

보영에겐 요휘가 이 세상의 전부다. 밖에 나가서 남에게 얻어맞고 들어오고, 툭하면 자학을 하는 것도 요휘의 동정을 받기 위해서다. 요휘 외에는 어떤 것에도 관심이 없다. 일도 하러 가지 않는다. 똑딱거리는 시계 초침소리를 들으며 남편이 들어오기만을 기다리는 불면증 주부처럼. 요휘가 들어오면 애교를 부리며 음식을 해달라, 목욕을 시켜 달라고 매달리기만 할 뿐 요휘에게 뭔가 해줄 생각은 하지 않는다. 24시간을 요휘에게 붙어 있는 껌딱지이고자 한다. 그러나 요휘는 다르다. 세상 속으로 들어가길 원한다. 비를 맞은 요휘가 감기에 걸렸을 때도 보영이 보채자 요휘는 버럭 화를 낸다.

"너도 인간이냐? 환자더러 밥을 해달라고 하게?"

둘이 계속 함께 지낸다면 서로의 고독과 상처는 더욱 깊어질 수밖에 없을 것. 이제 두 사람의 이별은 정해진 수순이다.

반면 〈왕의 남자〉는 두 사람의 정신적 의존과 유대가 마지막으로 갈수록 더욱 끈끈해진다. 영화 초반 두 사람이 한양으로 떠나며 벌이는 장님놀이는 이 영화 최고의 명장면, 명대사로 기억될 만하다.

"이봐, 나 여기 있고, 너 거기 있어?"
"나 여기 있고, 너 거기 있지."

네가 있기에 내가 있고, 내가 있기에 네가 있다는 두 사람의 믿음
은 음탕한 양반 대감이나 연산군의 방해, 그리고 어떤 죽음의 위협에
도 흔들리지 않는다. 이들의 사랑과 믿음은 곧 자유 의지와 연결되어
있다. 연산군이 보는 가운데 장생이 외줄 위에서 공길에게 묻는다.

"난 광대로 다시 태어나련다. 그러는 네 년은 무엇이 되고프냐?"
"나야 두말 할 것 없이 광대지!"

지구 반대편에도 한국의 이준기 열풍 비슷한 것이 일어나고 있
다. 마초의 상징이자 동성애와는 상반된 캐릭터로 여겨진 카우보
이들의 사랑을 보여주는 영화 〈브로크백 마운틴〉이 2006년 골든
글로브와 아카데미상에서 여러 부문의 상을 휩쓸어 미국 주류 사
회를 깜짝 놀라게 했다. 이젠 마초들도 커밍아웃 하는 시대가 열린
것이다. 장

●●● 2005년 | 감독 이준익 | 주연 감우성, 이준기, 정진영, 강성연

애수

"행복의 눈물 말고는 다시는 울지 않게 해주겠소. 크로닌 부인을 런던 최고의 여자로 만들어주지."

그리스 로마 신화의 수많은 이야기 중에서도 슬프기로 말하자면 퓌라미스와 티스베의 사랑 이야기를 빼놓을 수 없다. 벽 하나로 이웃인 두 남녀는 사랑하면서도 양가의 반대로 만날 수 없다. 벽에 난 틈 사이로 사랑을 확인하던 그들은 도망치기로 결심한다. 하지만 심술궂게도 운명은 이들의 결합을 허락하지 않는다. 약속 장소인 나무 밑에 먼저 도착한 티스베가 사자에 쫓겨 동굴로 숨은 사이에 퓌라미스가 나타난다. 퓌라미스가 발견한 건 피 묻은 사자 발자국과 티스베의 옷 조각뿐. 사자의 먹이가 되었다고 오해한 퓌라미스는 칼로 자결을 한다. 잠시 후 다시 그 자리로 돌아온 티스베는 싸늘한 연인의 주검을 보고 자신도 그 칼로 연인을 따라 간다.

이들의 사랑 이야기는 시공을 초월해 영원히 우리 가슴에 남는다. 아리스토텔레스는 《시학》에서 이를 '카타르시스'라고 표현했다. 우리는 왜 사랑의 비극에 열광하는 것일까.

눈여겨 볼 것은 이야기를 '영원'으로 끌고가는 구조다. 얄궂게도 행복까지 딱 한 뼘 남겨놓고 두 사람에게 죽음을 맞게 해야 사랑의 비극이 밀도 있게 완성된다. 잔인하지만 효과는 만점. 작고한 만화가 박봉성은 이런 말을 들려준 적이 있다. 마음이 약해 초창기엔 주인공을 절대 죽이지 못했는데, 후에 독한 맘 먹고 주인공이 죽는 비극을 그렸더니 책이 훨씬 더 잘 팔렸다고. 퓌라미스와 티스베가 밀회 장소에서 만나 어느 낯선 바닷가로 도망쳐 잘 먹고 잘 살았다면 이야깃거리도 안된다. 여기에 사자 한 마리를 풀어넣어 모두의 바람인 해피엔딩을 엉망으로 만들어버린다. 아슬아슬하게 꼬이도록 하는 플롯이 중요하다. 한 가지 더, 주인공들은 최대한 천상의 사람처럼 묘사되어야 한다.

이런 묘미를 한껏 살린 영화가 바로 〈애수〉다. 이 영화를 본 사람이라면 아름다운 순백의 크리스털이 '쩡' 소리와 함께 여기저기 깨져가는 장면을 안타깝게 지켜보며 가슴 한쪽이 무너져내리는 경험을 했을 것이다.

첫 만남부터가 무도회에서 첫눈에 사랑에 빠졌다는 〈로미오와 줄리엣〉보다 훨씬 운명적이다. 1차세계대전 상황. 로이 크로닌 대위(로버트 테일러)와 발레리나로 동료들과 외출을 나온 마이라(비비안 리)는 런던 워털루 브리지에서 공습경보에 걸려 얼떨결에 공습대피소까지 같이 간다. 서로 호감을 느끼지만 해후를 기약하지는 않는다.

　로이가 그날 저녁 예정된 상관과의 약속을 깨고 마이라가 〈백조의 호수〉를 공연하고 있는 올림픽 극장에 나타난다. 로이도 마이라도 상상조차 못한 일이다. 저녁식사를 같이 하자는 로이의 쪽지를 받고 마이라는 기뻐하지만 뮤지컬 〈오페라의 유령〉의 마담 쥐리처럼 무표정하고 엄격한 마이라의 마담이 연애를 가로막는다. 그녀는 마담을 속이고 로이를 만나러 나가지만 눈치 9단인 마담이 그리 호락호락한 사람이면 재미없다. 마이라와 마담의 갈등의 골은 깊어가는 반면 그럴수록 로이와 마이라의 사랑은 더욱 애절해진다.

　두 사람은 '촛불클럽'에서 사랑을 확인한다. 정장을 한 남녀들이 고급 식사를 하고 밴드의 연주에 맞춰 춤을 추는 곳이다. 이곳에서 둘의 사랑은 촛불처럼 아름답게 타오르고, 이 영화에서 가장 감미로운 분위기가 연출된다.

　"당신은 아름다움과 젊음으로 가득 차 있소. 아까 헤어진 이후 당신 얼굴이 떠오르지 않았소."

　"이제는 기억나요?"

　"그럴 것 같소. 내 생애 마지막까지도."

　"오랫동안 사귀었던 정든 내 친구야"라는 노랫말로 우리에게 잘 알려진 스코틀랜드 민요 〈작별의 노래〉가 가수의 달콤한 목소리에 실려 흐르고, 춤을 추던 두 사람은 억제할 수 없는 열정에 감미로운 입맞춤을 나눈다. 로이는 내일 아침이면 프랑스 전선으로 떠나야 한다. 만나자마자 이별이다. 때때로 그냥 분위기에 취해 일을 저지르는 경우가 있다. 누구라도 '촛불클럽'의 분위기 속에 있다면 사랑에 빠지지 않을 수 없는 일. 이 영화를 본 사람이라면 잊을 수 없는 명장면이다.

로맨스는 클라이맥스로 치닫는다. 새벽 네시에 숙소로 복귀한 마이라가 눈을 떠보니 폭우가 쏟아지는 어두운 아침이다. 로이를 생각하면 우울해진다. 운명의 연인을 만났는데 이별이라니. 카메라는 창 밖을 내다보다가 놀라는 마이라의 표정을 클로즈업한다. 로이가 숙소 앞에서 비를 흠뻑 맞으며 마이라를 기다리고 있다. 우산도 없이. 감동 백배다. 멋진 외모에 영국 귀족, 군 장교라는 배경, 불타는 열정까지 갖춘 완벽한 남자가 나타났으니. 마이라는 마담의 명령을 어기고 빗속을 뚫고 달려나가 로이에게 키스한다.

전쟁이라는 운명은 이들을 점점 높은 번지점프대로 끌고 올라간다. 지뢰 때문에 출발이 48시간 연기되어 이곳으로 달려올 수 있게 된 것이다. 로이는 더 놀랄 만한 말을 꺼낸다.

"결혼합시다."

이제 겨우 두 번 만났을 뿐인데. 게다가 전시상황이 아닌가. 로이가 돌아오지 못할 수도 있다. 약간 주저하는 마이라. 하지만 곧 "예스"라고 대답한다. 로이는 군대식으로 말하자면 '속전속결'로 결혼식 절차를 밟는다. 상관에게 결혼을 허락받고 성당으로 직행한다. 성당에서 "지금처럼 확신이 든 적이 없소"라며 마이라에게 키스를 퍼붓지만 결혼식은 뜻대로 되지 않는다. 신부가 오후 3시 이후에는 법적으로 결혼식을 올려줄 수 없다며 내일 오전 11시에 다시 오라고 한다. 미칠 노릇이다. 운명이 또다시 심술을 부린다.

다음날 아침 동료들에게 결혼한다고 선언한 마이라에게 전화 한 통이 걸려온다. 작전 변경으로 25분 후에 떠나니 워털루 역으로 마중나와 달라는 로이의 전화다. 결혼은 일단 물 건너 갔지만 연인의 얼굴이라도 보아야 한다. 동료들은 공연장으로 떠나고 있다. 마이라는 연인이냐, 직장이냐를 선택해야 하는 상황에 놓인다. 역으로 가면 무단이탈이기 때문이다. 결국 자신을 편들어준 단짝 키티와 함께 발레단에서 쫓겨나고 만다. 고아에다 발레만 하던 두 사람은 전시라는 냉혹한 현실에 좌절한다. 취직도 안되고 돈도 떨어져 하숙집에서 쫓겨날 형편이다.

그런 절박한 상황에서 약간의 희망이 비치는데, 하지만 그것은 더 깊은 추락을 위한 전주곡일 뿐이다. 로이의 어머니가 그녀를 만나러 온다는 것이다. 장래의 시어머니에게 도움을 받을 수 있다. 약속 장소에 먼저 도착한 마이라는 신문 사망자 명단란에서 '로이 크로닌'을 발견한다. 충격으로 술을 마신 채 로이의 어머니를 만나 횡설수설하고 그 모습에 화가 난 로이의 어머니는 그냥 가버린다.

의지할 곳을 잃은 마이라는 앓아눕고, 키티는 돈을 벌기 위해 몸을 판다. 도시에는 사지로 떠나기에 앞서 욕구를 채우려는 군인들로 가득하다. 마이라는 그 사실에 더욱 충격을 받고 멍한 상태로 워

털루 브리지에서 홀로 강물을 바라본다. 로이를 처음 만난 바로 그곳이다. 그날부터 마이라는 몸을 파는 거리의 여자가 된다. 순결한 여자가 생계 때문에 거리의 여자의 되거나 정조를 유린당하는 모습은 많은 문학작품의 소재가 되어왔다. 소설 《죄와 벌》의 소냐, 《부활》의 카추샤, 《닥터 지바고》의 라라 등이 그렇다.

한층 잔인해진 운명이 마이라를 기다린다. 몸을 팔러 역으로 나갔다가 기차에서 내린 로이와 마주친다.

"이제부터 영원히 함께 합시다."

"행복의 눈물 말고는 다시는 울지 않게 해주겠소. 크로닌 부인을 런던 최고의 여자로 만들어주지."

기가 막히다. 알고 보니 로이는 영국의 명문 귀족이다. 알아주는 귀족 집안 며느리가 되는 행운이 찾아왔는데 몸을 더럽혀 놓다니. 자신의 옆으로 군인들이 지나갈 때마다 마이라는 몸이 움츠러든다. 단짝인 키티가 격려해 준다.

"그 정도 사랑이라면 용서해 줄 수 있을 거야. 도전해 봐."

마이라는 결국 자신의 과거를 털어놓지 못한 채 로이의 영지로 간다. 마지막 기회이기도 하다. 우아하게 차려입은 마이라의 자태에 마을 사람들은 모두 호감을 갖는다. 하지만 칭찬을 받을수록 더욱 부담스럽다. 명문 귀족의 며느리가 거리의 여자였다는 사실이 탄로난다면. 불안감에 견딜 수 없어하던 그녀는 자신을 아껴주는 로이의 어머니에게 사실을 털어놓고 몰래 떠나겠다고 말한다. 펑펑

울고 나오는데 로이와 마주친다. 그러나 그에게 우는 모습을 보이고 싶지 않다. 울다가 웃음 짓는 비비안 리의 표정 연기야말로 이 영화 최고의 명장면이다.

"당신과 잠시라도 떨어져 있으면 그게 내겐 영원 같거든요."

"내일은 하루 종일 함께 보냅시다."

연인은 온 마음을 담아 '영원'과 '내일'을 말한다. 하지만 사죄의 편지를 남기고 사라진 마이라는 키티와 함께 애타게 찾아 헤매는 로이를 피해 워털루 브리지에서 군용 트럭에 몸을 던진다. 〈작별의 노래〉가 애달프게 흐르는 가운데 시간은 20년 후인 2차대전으로 건너뛴다. 크로닌 대령이 된 로이는 운명의 워털루 브리지에 서서 마이라가 아끼던 행운의 마스코트를 보며 그녀의 말을 기억한다.

"당신만을 사랑했어요. 그건 앞으로도 마찬가지예요. 영원히."

비극의 백미를 꼽자면 중세의 로망스 트리스탄과 이졸데의 이야기가 단연 최고다. 왕비가 될 여자 이졸데를 호송하다가 사랑의 묘약을 마시고 눈이 맞아버린 트리스탄. 우여곡절 끝에 만날 수 없게되지만 병에 걸린 트리스탄은 마지막으로 타국에 살고 있는 이졸데를 불러오게 한다. 배에 이졸데가 타고 있으면 하얀 깃발, 그렇지 않으면 검은 깃발을 매달아 달라는 약속을 해놓는다. 이를 시기한 트리스탄의 아내는 하얀 깃발이 달려 있음에도 검은 깃발이라고 속인다. 트리스탄은 절망 끝에 숨을 거두고, 한 발 늦어 그의 죽음을 보게 된 이졸데 역시 죽음을 택한다.

잠시 죽었다가 깨어나게 하는 약의 시간 차 때문에 두 연인이 죽게 되는 〈로미오와 줄리엣〉이 러브 스토리의 대명사가 된 것도 아슬아슬하게 행복을 빼앗아버리는 이야기 구조 탓이다. 영화 〈닥터 지바고〉에서 지바고가 몇 년 만에 거리에서 우연히 라라를 발견하고 따라가다 심장마비로 죽는 결말도 그렇다. 라라가 뒤만 돌아봤다면 지바고는 죽지 않았을 것이다. 오페라 〈라 트라비아타〉에서도 시아버지가 조금만 빨리 이해해 주었더라면 치명적인 병이 비올레타에게 찾아오지 않았을지도 모른다. 무수한 비극 오페라의 스토리 또한 이렇게 2% 남겨놓고 주인공을 죽여버린다.

여주인공을 가장 아름다울 때 죽여서 오래도록 감동을 자아내는 방식은, 섬뜩할지 모르지만 일본인들이 회를 뜨는 것과 크게 다르지 않다. 생선회로 유명한 일본은 고급 생선의 경우 가장 싱싱할 때 죽여 피를 빼낸 후 얼음에 재워 옮긴다고 한다. 이렇게 하면 물고기가 죽기는 하지만 살아 있을 때의 육질을 비교적 온전하게 유지할 수 있다. 육질이 아주 탱탱하기보다는 약간 이완된 채로. 회라는 요리가 잔인하면서도 생동감 넘치는 맛을 내듯, 여주인공의 죽음에서 불멸의 아름다움을 찾는 방식 역시 인간들이 즐기는 비극의 미학은 아닐지. 🉐

●●● 원제 Waterloo Bridge ｜ 1940년 ｜ 감독 멀빈 르로이 ｜ 주연 비비안 리, 로버트 테일러

화양연화

"주위에서 우리 소문이 무성합니다."
"우리만 결백하면 되는 것 아닌가요?"

어두운 시장 골목에서 허공을 향해 진한 담배 연기를 날리는 양조위의 고독한 모습, 두 중년 남녀가 고독의 벼랑 끝에 서 있을 때면 어김없이 흘러나오는 냇킹 콜의 〈Quizas, Quizas, Quizas〉까지, 영화 전반에 걸쳐 허무와 고독이 뼛속까지 파고드는 영화 〈화양연화(花樣年華)〉. '불륜'이라는 이름의 사랑에 대한 고뇌와 열정, 안타까움과 허무함을 섬세하게 담고 있는 수작이다.

사회규범 안에서 가정의 틀을 깨는 연애 행위를 '불륜'이라고 한다. 당사자들은 하나같이 이 말을 무척이나 거북해 하는 듯싶다. 그들에게도 나름대로의 진정성이 있기 때문이다. '내가 하면 로맨스, 남이 하면 불륜'이라고도 하지 않는가. 어느 날 예기치 않게, 또는 의지와는 상관없이 불륜이 찾아온다면? 같은 직장에 근무하는 직장 상사이자 유부남과 우연히 하룻밤을 보낸 이후로 관계를 지속하고 있다면? 가정을 가진 첫사랑이 다시 나타나 자신의 불행을 치유해 달라고 한다면? 이럴 때 단호히 거부할 수 있는 자, 손 한번 들어보시라!

불륜을 놀이처럼 즐기는 한 중년 남자의 경험담은 이렇다. 그는 단란한 가정, 사랑하는 아내와 아이들이 있으며, 가정이라는 존재가 세상에서 가장 중요하다고 생각한다. 그러나 에로스가 만들어주는 우연한 사랑을 거부하지 않는다. 그는 미남은 아니지만 타고난 말 재주꾼이다. 옆 테이블의 노처녀나 중년 여성과 느낌이 통하면 그 다음 번 만남에서 잠자리를 같이한다. 그런 그에게도 철칙이 한 가지 있는데, 절대 세 번 이상 만나지 않는다는 것이다. 물론 그도 아쉽지만 그 시점에서 정리하지 못하면 가정이 위태로워질 수 있다는 사실을 잘 알기 때문이다.

명분과 과정이야 어떻든 이런 형태의 사랑은 나름의 명확한 결말을 가지고 있다. 결과적으로 두 사람이 전혀 다른 인생을 살고 있다는 점을 인식시켜 준다는 것이다. 그것이 불륜이라는 장르의 연극에는 해피엔딩이 어울리지 않도록 만드는 요소다. 인간은 본질적으로 외로운 존재이고, 사랑은 몸과 마음이 하나가 되어 외로움을 달래보자는 절실한 몸부림이다. 그런데 이런 형태의 관계는 지속성을 갖기 힘들다. 온 우주를 통틀어 단 하나의 사랑일지라도. 관계가 끝날 무렵 두 사람은 완전한 남남으로 제자리에 돌아간다.

〈화양연화〉의 첫 자막은 앞으로 전개될 그들의 사랑 방식을 딱한 문장으로 요약해 준다.

"1962년 홍콩. 그와의 만남에 그녀는 수줍어 고개 숙였고, 그의 소심함에 그녀는 떠나버렸다."

첸 부인(장만옥)과 차우(양조위)는 각각 같은 건물, 같은 층으로 이사 온다. 두 사람의 처지는 대단히 비슷하다. 아이가 없는 부부, 도대체 있는 건지 없는 건지 알아차릴 수 없을 정도로 소원한 배우자, 직장 생활. 첸 부인은 한 회사의 비서로 일하고, 그녀의 남편은 무역 회사 사장이다. 차우는 지역 신문 편집장이며, 그의 부인 역시 회사에 다닌다. 두 주인공에게서 직장에 대한 애정은 크게 느낄 수 없다. 그저 기댈 것 없는 가정에 대한 허탈감을 잠시 잊게 해주는 공간으로서 기계적으로 직장을 왔다갔다 할 뿐이다.

왕가위 감독은 영화가 끝날 때까지 첸 부인의 남편과 차우의 부인을 노출시키지 않는다. 관객은 일 때문에 장기간 집에 못 간다는 첸 부인의 남편, 외도를 하면서도 야근을 핑계로 못 들어간다는 차우 부인의 전화 목소리를 통해 그 존재를 확인할 수 있을 뿐이다. 어두운 화면에는 항상 배우자에게 버림받은 첸 부인과 차우만이 우두커니 남아 있다.

남에게 고민을 터놓고 이야기할 수 있는 부분도 아니다. 가정이 공식적으로 깨진 것도 아니니까. 굳이 말하지 않아도 집에 들어오지 않는 배우자에게 버림받았다는 사실은 이웃들이 더 잘 안다. 심지어 이웃들은 첸 부인을 놓고 "청상과부가 따로 없네"라며 혀를 찬다. 두 사람은 복도에서 종종 마주치며 같은 처지임을 직감한다. 차우는 첸 부인에게 남편을 통해 외제 전기밥솥을 사달라고 부탁하고, 첸 부인은 차우에게 소설을 빌리며 서로를 확인한다.

왕가위 감독은 그들의 고독을 '혼자 밥 먹는' 장면으로 표현해 낸다. 아무리 훌륭한 음식도 혼자 먹을 때는 만족스럽지도 즐겁지도 않다. 두 사람은 배우자도 아이도 없이 혼자서 저녁식사를 해결해야 한다. 그들에게 저녁식사는 절대 고독의 시간. 어둡고 비좁은 계단 길에서 첸 부인이 국수를 통에 담아 나오자마자, 차우는 계단 길로 들어선다. 그 다음 장면은 심각하고 고독하게 밥을 먹는 차우의 얼굴이다. 아내가 바람을 피우고 있을 시간에 차우는 배반감과 허탈감을 곱씹으며 밥을 입에 집어넣는다.

그들, 두 버림받은 남녀는 어느 사이 서로에게 끌린다. 같은 처지, 같은 상처. 차우의 꿈인 무협소설 집필을 돕는다는 이유로 첸 부인은 차우의 집에 간다. 그런데 그때 이웃집에 여러 명의 손님이 몰려든다. 휴게실과 복도가 트여 있어 앞집이 훤히 보이는 구조다. 의도하지 않았지만 두 사람은 좁은 방에 갇혀버리는 꼴이 된다. 이웃의 마작 파티는 밤이 새도록 끝날 줄을 모르고 그 다음날도 계속된다. 두 남녀는 방 안에 있는 새빨간 침대를 의식한다. 그저 저 침대로 손 붙잡고 걸어가면 상황 종료다. 하지만 그렇게 된다면 자신들도 배우자들의 외도를 반복하는 꼴이 될 터. 이제까지

손 한번 잡은 적이 없지 않은가. 첸 부인은 두 사람의 딜레마에 대해 말한다.

"잘못한 것도 없는데 괜히 죄라도 짓는 것 같아요. 절대 잘못 돼선 안돼요."

한국 영화 〈외출〉에선 배우자들의 외도에 배신감을 느낀 인수(배용준)와 서영(손예진)이 잠자리를 같이 해버린다. 〈화양연화〉의 주인공들이 감히 접근하지 못한 불륜의 경계선을 대신 넘어주는 듯하다. 그럼 어떻게 되는 것인가? 새로운 커플로 세상에 나설 수 있는 것인가? 하지만 '외출'이라는 제목처럼 그들 역시 조용한 일탈을 마치고 각자의 자리로 돌아갈 수밖에 없다.

몸은 마음을 따라간다. 겉으로는 특별한 관계를 부정하면서도 발걸음은 서로에게 향한다. 차우가 무협소설 작업실을 내자, 첸 부인은 망설이는 듯하면서도 결국 차우를 방문한다. 밥도 같이 먹고, 글도 같이 쓰고. 쿠키를 먹으며 대화하는 첸 부인의 얼굴에 화색이 돈다. 왕가위 감독은, 소설을 낭독하며 행복해 하는 첸 부인의 모습을 클로즈업한다.

그러나 '화양연화', 인생의 황금기는 거기까지! 비가 쏟아지는 밤거리에서 차우는 갑작스러운 싱가포르 출장을 알린다. 자신이 직접 결정한 일이다. 첸 부인을 사랑하지만 그녀와 결합하는 일은 버겁다. 남편과 아내가 바람을 피더니 남은 사람들마저 똑같이 바람났다는 주위의 비난을 감내할 용기가 없는 것이다.

"주위에서 우리 소문이 무성합니다."

"우리만 결백하면 되는 것 아닌가요?"

"나도 처음엔 당신처럼 생각했죠. 우린 그들과 다르다고. 근데 틀렸소. 당신을 위해서라도 내가 떠나야 해요."

"날 사랑했다는 말인가요?"

"나도 모르게. 처음엔 아니었소. 점차 변해갔소. 부탁이 있소. 미리 이별 연습을."

혼란스러워하는 첸 부인은 차우를 안고 울음을 터뜨린다. 결국 차우는 싱가포르로 떠나버리고, 첸 부인은 홀로 남는다.

우리는 차우의 소심함을 비난해야 할까, 아니면 그들의 선택이 옳았다고 해야 할까.

러시아 소설가 안톤 체호프의 《개를 데리고 다니는 여인》 속 중년 연인은 이들보다 더 혼란스러운 입장이다. 배경은 19세기 러시아 귀족사회. 모스크바에서 온 귀족 드미트리 구로프와 S시에서 온 귀부인 안나는 해변 도시이자 러시아 인기 요양지 얄타에서 우연히 만난다. 두 사람 모두 배우자와 아이가 있지만 혼자서 휴식을 즐기러 온 것이다.

가정을 소중히 여기지만 아내를 싫어하는 드미트리는 여자라면 이력이 난 사람이다. 얄타 해변에 '귀여운 여인'이 나타났다는 소문을 듣고 순진한 안나에게 작업을 건다. 예전 같으면 얄타에서의 로맨스를 끝내며 쾌재를 부르겠지만 이번에는 상황이 달랐다. 안나와 헤어진 후로는 일이 손에 잡히지 않는다. 드미트리는 생애 처음으로 S시까지 안나를 찾아간다. 그 다음엔 반대로 안나가 모스크바로 드미트리를 찾아온다. 드미트리는 흰 머리가 나기 시작하는 중년이 되어서야 진정한 사랑이 찾아왔음을 깨닫는다.

안나와 그(드미트리)는 아주 가까운 사람처럼, 부부처럼, 정이 두터운 친구처럼 서로를 사랑하고 있었다. 두 사람에게는 서로가 운명이 맺어준 사람들처럼 생각되었다. 왜 그들이 각기 다른 사람과 결혼했는지 도무지 이해할 수 없었다. 그것은 마치 철새 한 쌍이 붙잡혀 서로 다른 새장에서 길러지고 있는 것과 다를 바 없었다.

드미트리는 머리를 싸안고 묻는다. "어떻게 해야 하나." 가족과 안나 중 한 쪽을 선택해야 한다. 체호프는 그 다음 상황을 바로 보여주지 않는다. 그는 두 사람의 난처한 시추에이션을 칼로 두 동강 낸 무의 단면을 보여주듯 묘사한다. 어떻게 되기를 바란다는 작가의 주관적 감정을 개입시키지 않는 냉철함으로. 이 소설의 마지막이다.

두 사람 모두 여행의 종착역까지는 아직 멀고 긴 시간이 남았다는 사실과 아주 복잡하고 곤란한 일이 이제 막 시작되었다는 사실을 분명히 느끼고 있었다.

이런 사랑에 대한 해결법에는 대개 두 가지가 있겠다. 로버트 제임스 월러의 동명 소설을 연극화한 〈매디슨 카운티의 추억〉과 일본 영화 〈메트레스 연인〉이다. 〈매디슨 카운티의 추억〉의 40대 주부 프란체스카와 50대 사진작가 킨케이드처럼 사흘간 벌어진, 짧지만 인생 전체라고 할 수 있는 사랑을 죽을 때까지 추억으로 묻어두는 것이 그 하나다. 그것이 일생에 단 한 번 찾아온 사랑이라 할지라도. 프란체스카의 경우는, 그녀가 죽은 후 그녀의 자식들이 편지와 일기를 보고 20년 전 어머니의 사랑의 전모를 알게 된다.

또 하나는 〈메트레스 연인〉의 긴자의 프랑스풍 고급 레스토랑에서 소믈리에(와인 전문가)로 일하는 슈코처럼 서로 사랑하면서도 얽매이지 않고 각자 독립된 삶을 살아가는 것이다. 유부남이면서 연인 관계인 대학교수 도노 슈헤이는 슈코에게 일을 그만두고 자신과 함께 북극으로 가자고 조른다. 하지만 슈코는 사랑보다는 일이 우선이라고 생각하고 거기에 맞춰 사랑의 방식을 선택한다.

어쩌면 일과 사랑에서 자주적이고 독립적인 슈코의 선택이 현명할지도 모르겠다. 유부남의 아내에게 들키지 않을 확실한 방법만 있다면 그야말로 인생의 황금기, '화양연화'는 쭉 계속될지도. 🎬

●●● 원제 花樣年華 | 2000년 | 감독 왕가위 | 주연 양조위, 장만옥

지금 만나러 갑니다

"그러니 행복하게 지내야겠구나.
함께 있는 시간만이라도."

꽃다운 나이에 뱀에 물려 청춘의 꽃을 마음껏 피워보지도 못하고 죽은 제 아내 때문에 여기에 와 있습니다. 이곳을 다스리시는 신께서도 오래전에 사랑의 신이 쏜 화살을 맞으시고, 왕비님을 사랑하는 마음을 이기지 못하시어 윗세상에서 왕비님을 모셔왔다는 이야기가 사실이라면 아마 두 분께서도 이 사랑의 신을 아실 것입니다. 만일에 신께서 돌려주시는 것을 거절하신다면 저도 돌아가지 않겠습니다. 아내를 돌려주시든지, 아내와 저를 이곳에 잡아두시고 기뻐하시든지 마음대로 하십시오.

연인이 죽자 저승에까지 뛰어들어 되찾아오려는 시인 오르페우스의 절절한 노래다. 그리스 로마 신화는 이를 기록하고 있다. 오르페우스는 꽃 같은 아내 에우뤼디케와 결혼식을 올렸다. 혼례식을 갓 치른 새색시는 요정들과 함께 숲과 들판을 거닐다가 뱀에 발목을 물려 즉사했다. 오르페우스는 절망했다. 그토록 착하고 아름다운 여자를 데려가다니! 하늘이 정한 운명을 받아들일 수 없었던 오르페우스는 저승으로 내려가 저승을 다스리는 하데스와 페르세포네 앞에서 수금을 타며 노래했다.

그가 애달프게 노래하자 하데스와 페르세포네는 물론이고 핏기 없는 저승의 망령들까지도 모두 감동의 눈물을 흘렸다. 데려가라는 명령이 떨어졌다. 그러나 조건이 있었는데 저승을 빠져나갈 때까지 뒤를 돌아보면 안된다는 것이었다(이 장면은 어린 시절 보았던 '전설의 고향'에 엄청 많이 나왔다). 하지만 오르페우스는 걱정과 궁금증을 이기지 못해 뒤를 돌아봤고, 에우뤼디케는 마지막으로 남편의 얼굴을 보며 떠나갔다. 신화는 이별하는 이의 마음을 헤아리면서도 하늘이 정한 운명은 깰 수 없다는 교훈을 전하는 것이리라.

그렇다! 사랑하는 이의 죽음은 죽고 싶을 만큼, 저 세계에 가서라도 다시 데려오고 싶을 만큼 큰 아픔이다. 그런데 세상을 떠난 연인은 남은 이가 자신을 따라오기를 바랄까? 그렇지 않다고 믿는다. 아마도 홀로 남은 연인과 가족들이 행복하게 살아가기를 바랄 것이다. 그리고 저 세상에서 그들을 돌보려 한다. 그러기에 남은 자는 더욱 행복하게 사는 모습을 보여주는 것이 먼저 떠난 자에 대한 예의일 것이다. 이 영화 〈지금 만나러 갑니다〉에서 먼저 떠난 자의 애틋한 마음을 확인할 수 있다.

여섯살 꼬마 유우지(다케이 아카시)와 아빠 아이오(나카무라 시도)는 꼭 일 년 전에 엄마와 아내인 미오(다케우치 유코)를 저 세상으로 떠나보냈다. 어깨가 축 처져서 사는 것은 당연한 일. 유우지는 엄마가 자신을 낳는 바람에 병을 얻었다는 자책감을 가지고 있고, 아빠는 아내를 행복하게 해주지 못했다는 안타까움에서 벗어나지 못한다. 아이오의 몸도 정상이 아니다. 고등학교 육상 선수 시절 과도한 트레이닝으로 뇌에 이상이 생겨 조금만 무리해도 쓰러진다. 더군다나 이제 장맛비가 주룩주룩 내리는 우기에 접어드는데.

아들은 엄마가 꼭 돌아오리라는 믿음을 가지고 있다. 엄마가 유우지를 위해 글과 그림을 곁들여 만든 예쁜 동화책에 그렇게 써 있기 때문이다. 동화책을 통해 아들은, "죽은 사람들은 아카이브 별에 가며 자신이 비의 계절(장마철)에 그리움의 문을 열고 다시 돌아온다"고 약속한 것을 알고 있다. 아빠도 유우지와 마찬가지로 아내가 돌아오리라 기대한다.

불쌍한 유우지와 아빠의 소원이 이루어진 것일까. 비가 주룩주룩 내리는 숲으로 산책을 떠난 둘은 웅크리고 앉아 있는 미오를 발견한다. 죽은 사람이 어떻게 여기에 와 있는 것일까. 보통 사람이라면 귀신이라며 기겁을 하겠지만, 약속을 지켰다고 믿은 두 사람은 사랑하는 엄마와 아내가 돌아왔다는 사실에 그저 기쁠 뿐이다. 문제는 엄마가 아무것도 기억하지 못한다는 점.

"미오? 그게 내 이름인가요?"

"난 어떤 여자예요?"

그러나 그게 대수랴. 엄마가 귀신이나 환영이 아닌 것이 분명하다. 두 사람은 미오를 집으로 데려와 미오의 과거를 하나씩 일깨워주기 시작한다.

다음날 아침 일찍 미오는 계란 프라이 세 개를 만들고 오랜만에 온 집안은 활기가 넘친다. 유우지는 학교에서 싱글벙글, 아빠는 직장에서 콧노래를 부른다. 저녁 무렵 세 사람은 숲으로 산책을 나간다. 그곳에서 아이오는 미오에게 두 사람의 러브 스토리를 들려준다.

"고등학교 2학년 봄에 우린 만났어. 2년 동안 계속 같은 반이었지. 우연히 옆자리였고. 내가 미오를 먼저 좋아하게 됐고. 미오는 귀엽고 명랑한데 그런데 늘 뭔가에 불만인 것 같았고 항상 화난 것처럼 느껴졌어. 그 점이 좋았어. 정말 좋아했지."

두 사람의 고등학교 시절로 돌아간 화면은 첫사랑의 설렘으로 가득하다. 졸업하는 날 미오는 아이오에게 기념공책에 글을 하나 남겨달라고 부탁한다.

"고마워. 네 곁에 있어서 마음 따뜻했어. 아이오 타구미."

아이오는 육상 특기생으로 지방 대학으로, 미오는 도쿄의 대학으로 진학한다. 첫 방학 때 미오가 고향에 왔다는 소식을 들은 아이오는 용기를 내 전화를 걸어서는 예전에 공책에 글을 남길 때 미오가 가져간 자신의 볼펜을 돌려달라고 말한다. 물론 만나기 위한 구실이다. 두 사람의 감격적인 첫 데이트. 미오는 손이 시리다며 아이오의 코트에 살포시 손을 넣는다. 그리고 서로 편지하기로 약속한다.

다시 현실. 미오는 숲을 걸으며 아이오의 옷 주머니에 손을 넣는다.

"그때처럼 조금씩 당신에게 다가가 처음처럼 사랑하고 싶어요."

아이오는 미오에게 다하지 못한 나머지 이야기를 들려준다. 한 번의 데이트와 47통의 편지로 이루어진 연애기간 동안 꼭 한 번 헤어졌던 사연이다. 아이오는 과도한 트레이닝으로 병에 걸린 것을 알고 미오를 위해 관계를 끝내기로 결심한다. 직접 찾아온 미오를 돌려보냈지만, 아이오는 미오의 얼굴이라도 한번 보고 싶어 도쿄의 대학으로 찾아간다. 미오에게 잘해주는 남자가 있는 걸 보고 힘없이 돌아섰는데 이제 정말 끝난 줄 알았던 아이오는 어느 날 미오의 전화를 받는다. 노란 해바라기가 파도처럼 일렁이는 들판에서 만난 미오와 아이오는 애틋한 포옹과 키스를 나눈다.

다시 돌아온 엄마와 아내 곁에서 행복한 몇 주가 흐르지만 유우지와 아이오는 불안하기만 하다. 동화에 따르면 미오는 비의 계절이 끝남과 동시에 아카이브 별로 돌아가야 한다. 유우지도, 아이오도 그 사실을 잘 알고 있다. 목욕탕에 앉아서도 두 남자는 걱정이 태산이다.

"비의 계절이 끝나면 엄마는 아카이브 별로 돌아가는 거야?"

"엄마는 잊어버렸는지도 몰라."

"엄마가 잊고 있어도 분명 누군가 데리러 올 거야. 모든 동화들이다 그런 식이야."

"그러니 행복하게 지내야겠구나. 함께 있는 시간만이라도."

이 영화의 하이라이트는 남은 두 사람을 위한 미오의 배려다. 백지 상태이던 미오도 남편의 말과 자신의 일기장을 통해 이제 떠나야 할 때가 가까워졌음을 안다. 그래서 남편을 좋아하는 남편의 직장 동료 나가세를 만난다. 나가세는 미오를 보고 기겁을 하지만 미오는 차분하게 부탁한다.

"나는 곧 돌아가야 해요. 비의 계절이 끝나면요. 남편은 모든 게 서툴러요. 두 사람을 부탁하면 안될까요?"

이번엔 빵집으로 향한다. 주인에게 유우지가 열여덟살이 될 때까지, 그러니까 앞으로 12년 동안 매년 유우지의 생일에 케이크를 배달해 달라는 주문을 한다. 정말 코끝 시린 이 장면, 이 영화의 명장면 중 명장면이다. 따라서 영화 초반부에 열여덟살이 된 유우지에게 빵집 아저씨가 케이크를 전달하는 장면에 대한 의문도 풀리게 된다.

몸은 비록 이 세상에 없지만 사랑하는 사람을 배려하는 마음은 죽음도 갈라놓지 못하는 연인의 사랑 이야기 〈사랑과 영혼〉이나 〈내 여자친구를 소개합니다〉에서도 한결같다.

전지현과 장혁 주연의 〈내 여자친구를 소개합니다〉는 역시 죽은 자의 마음 씀씀이가 느껴지는 영화다. 명우(장혁)는 왈가닥 여경이

자 애인인 경진(전지현)이 못내 걱정스럽다. 그래서 범죄 현장까지도 졸졸 따라다닌다. 범죄자와 싸우는 과정에서 경진은 오발 사고로 명우를 죽게 한다. 그 전부터 명우는 "나는 바람이야"라고 말하곤 했다. 경진은 명우에 대한 슬픔으로 자살을 시도하지만 기적적으로 죽지 않는다. 수십 층 건물에서 뛰어내렸는데 바람을 탄 애드벌룬이 그녀를 받아준 것이다. 우연일까. 그러나 그것은 우연이 아닌 것이 확실해진다. 명우는 말 그대로 바람이 되어 경진에게 다시 나타난다. 명우의 영혼은 그녀를 보호하고, 또 그녀가 좋은 남자를 만나도록 소개까지 해준다. 명우가 추천한 남자는 바로 차태현. 두 사람이 만나는 장소는 지하철 플랫폼. 크!〈엽기적인 그녀〉의 전지현과 차태현 커플이 이렇게 만났음이 밝혀졌다.

〈지금 만나러 갑니다〉는 제목의 의미를 알면 한 번 더 감동하게 되는 영화다. 이제 미오는 떠나고 없다. 아이오가 미오의 일기장을 읽어본다. 그 옛날 자신이 미오를 짝사랑한 줄로만 알았는데, 미오 역시 그를 사랑하고 있었다는 사실도 알게 된다. 미오는 일기장에 모든 걸 적어놓았다. 도쿄 대학에서 자신을 찾아온 아이오의 뒷모습을 발견한 미오는 애타는 마음으로 아이오를 뒤쫓아가다 교통사고를 당했다. 혼수상태에서 그녀는 자신의 미래를 알게 된다. 아이오와 결혼하면 자신이 유우지를 낳고 죽는다는 것을. 자신의 선택에 따라서 죽음을 피할 수도 있었다. 하지만 그녀는 아이오를 진심으로 사랑했고, 앞으로 태어날 유우지도 잃고 싶지 않았다. 해바라기 밭에서 아이오를 만나기 위해 그녀는 고향행 기차에 몸을 실으며 기도했다.

"지금 만나러 갑니다."

미오는 해바라기 밭에서 아이오를 만나 사랑과 이별의 운명을 받아들인 후 일기장에 이렇게 남긴다.

"나와 넌 영원히 함께 할 거야. 그렇게 정해져 있어. 세상에 하나뿐인 사람이란 말이야." 📷

●●● 원제 いま, 會いにゆきます | 2004년 | 감독 도이 노부히로

　　　주연 타케우치 유코, 나카무라 시도, 다케이 아카시

봄날은 간다

"너, 나 사랑하니? 어떻게 사랑이 변하니?"

"일평생 한 사람만을 사랑할 수 있다고 말하는 것은, 한 자루의 초가 평생 동안 탈 것이라고 말하는 것과 같다."

러시아 소설가 레프 톨스토이의 말이다. 세상에는 두 종류의 사람이 있다. 사랑이란 화사한 봄날처럼 잠시 찾아왔다가 어느 순간 사라져버리는 것이라고 믿는 사람과 누가 뭐래도 사랑은 영원하다고 굳세게 믿는 사람이 그것이다. 전자는 세상의 모든 것은 변하며 사랑 역시 예외가 아니라는 주장이어서 일견 그럴 듯하며, 후자는 모든 것이 변할지라도 사랑의 절대가치만큼은 영원불멸하다는 숭고한 논리를 펴므로 한편 타당하다.

톨스토이의 명언(?)은 사랑의 가치를 믿는 사람들에겐 절망적인 말일 텐데, "사랑은 시간이 흐르도록 하고, 시간은 사랑이 지나가도록 한다"는 프랑스 속담이나 "첫사랑의 마법은 언젠가는 그 사랑이 끝난다는 것을 모르도록 한다"는 영국 시인 벤자민 디즈레일리의 말은 담담하게 받아들인다고 쳐도, 니체의 말은 달콤한 사랑을 꿈꾸거나 이제 막 사랑을 시작한 연인들의 심장을 얼어붙게 한다.

"두려운 것은 사랑이 깨지는 것보다 사랑이 변하는 것이다."

그러나 사랑의 신·에로스의 힘은 놀라운 것이어서 사랑을 지키기 위해 목숨을 걸고 인생을 송두리째 바치는 열혈 추종자들을 끊임없이 탄생시키곤 한다. 사랑은 기적을 만들어낼 수 있다고 믿는 대변인들은 이 같은 반박 '성명'을 내곤 했다.

"사랑은 모든 것을 이긴다."(로마 시인 베르길리우스)
"사랑은 모든 것을 이룬다."(르네상스 시대 이탈리아 시인 페트라르크)

사랑의 영원불멸성을 보여준 사람으로 우리는 르네상스 시대 최고의 시인 단테를 지나칠 수 없다. 베아트리체에 대한 그의 사랑은 지금까지도 숭고함의 대명사로 많은 이들의 가슴에 기억되고 있다. 그의 사랑이 얼마나 진실하고 애절했는지는 소설 《데카메론》을 쓴 후배 조반니 보카치오의 《단테의 생애》를 읽어보면 잘 알 수 있다.

베아트리체는 스물네살이 되었을 무렵 만물을 다스리는 하느님의 뜻에 따라 이 세상의 고통을 뒤로하고 자신의 미덕이 그녀에게 마련해 준 영광의 나라로 떠났다. 그녀의 죽음으로 단테가 너무나 큰 슬

품과 비탄에 빠졌기 때문에 친척과 친구들을 포함한 그와 가장 가까
웠던 많은 사람들이 죽음만이 그의 슬픔을 멈추게 할 것이라고 믿었
다. (……) 낮은 밤과 같았고 밤은 낮과 같았다. 밤낮의 어느 한순간
도 신음과 한숨과 펑펑 쏟아지는 눈물 없이는 지나가지 않았다. 그의
두 눈은 솟구치는 충만한 샘과 같아서 많은 사람들이 그가 도대체 어
디서 그렇게 눈물을 쏟아낼 수 있는 물을 마셨는지 궁금해 했다.

영화 〈봄날은 간다〉는 "어떻게 사랑이 변하니?"라는 영원한 난
제를 세상의 모든 연인들에게 '뜨거운 감자'로 던져놓았다. 과연
사랑은 봄날과 같은 것일까. 영화가 발표되고 난 후 대한민국 대표
명대사로 자리잡은 "어떻게 사랑이 변하니?"는 여러 영화와 매체
등에서 끊임없이 패러디되었고 각기 다르게 해석되고 있다. 황정민
과 전도연 주연의 영화 〈너는 내 운명〉은 〈봄날은 간다〉의 장면과
문제의 대사를 직접 패러디하며 사랑의 놀라운 힘을 보여준다. 영
화 〈B형 남자친구〉에선 이동건이 게이 같은 포즈로 "사랑이 어떻게
변하니?"라며 상대방의 뺨을 때리고 도망가 관객의 배꼽을 빼놓는
다. "사랑은 움직이는 거야"라는 한 이동통신회사의 CF 카피도 "어
떻게 사랑이 변하니?"와의 대화로 보인다.

이제, 자꾸만 '움직이는' 한 여자와 '움직이는 사랑' 앞에서 어쩔
줄 몰라하는 한 남자의 가슴아픈 이야기 〈봄날은 간다〉가 대체 어
떤 시추에이션인지 거들떠보자.

1950년대 가수 백설희가 부른 유행가 〈봄날은 간다〉의 가사는 마치 120분짜리 영화를 한 편의 짧은 시로 만든 듯한 운치를 풍긴다.

연분홍 치마가 봄바람에 휘날리더라 / 오늘도 옷고름 씹어가며
산제비 넘나드는 성황당 길에 / 꽃이 피면 같이 웃고 꽃이 지면
같이 울던 / 알뜰한 그 맹세에 봄날은 간다.

영화 〈봄날은 간다〉는 사랑과 인생의 아픔을 노래하는 유행가의 통속적 이미지를 반짝이는 감수성으로 새롭게 탄생시킨다. 허진호 감독은 10년 전 아버지 회갑잔치에서 노랫말대로 '연분홍 치마'를 입고 〈봄날은 간다〉를 처연하게 부르는 어머니의 모습에서 아이디어를 얻었다고 한다. 사랑으로 인해 다시는 상처받고 싶지 않은 여자와 사랑은 영원하다고 믿는 순수한 남자의 엇갈린 사랑 이야기가 그것이다.

서울에 사는 사운드 엔지니어 상우(유지태)와 지방 방송국 PD 은수(이영애)는 자연의 소리를 녹음하는 일로 만나게 된다. 대나무 숲의 바스락거리는 소리, 눈 덮인 산 속에서 흐르는 시냇물 소리, 잊혀져 가는 우리 가락, 마지막 장면의 갈대밭 소리까지, 자연의 아름다운 소리의 향연이기도 한 이 영화에서 함께 소리를 채취하는 작업을 하다가 눈이 맞은 그들은 서로에게 정신없이 빠져든다. 사랑을 약속하고 목가적 풍경 속에서 나란히 묻힌 무덤을 보며 은수가 상

우에게 묻는다.

"우리도 죽으면 저렇게 같이 묻힐까?"

이들의 사랑은 이제 '네버 엔딩 스토리'가 될 것만 같다. 하지만 상우가 결혼 이야기를 꺼내기 시작하면서 둘의 사랑은 어긋나기 시작한다. 한 번 결혼에 실패한 은수는 상우의 사랑이 불현듯 두렵고 버겁기만 하다. 갑자기 이별을 선언하는 은수와 매달리며 묻는 상우.

"우리 헤어져."

"내가 잘할게."

"헤어져."

"너, 나 사랑하니? 어떻게 사랑이 변하니?"

상우는 은수가 향수처럼 풍기던 유혹의 언어들에 사로잡혀 있다. "라면 먹을래요?" "자고 갈래요?" "좀더 친해지면 해요." "나 보고 싶었어?" "우리 같이 있을까?"

이미 사랑의 상처를 안고 있는 은수는 자신의 감정에 철저히 따르다가도 다시 누군가에게 상처받을까 두렵다. 항상 봄에 머물고 싶어하는 그녀는 봄에서 초여름으로 넘어가기 전에 그 틀을 깨고 다시 새로운 봄을 찾아 나선다. 그러나 아름다운 은수도 세월의 흔적을 비켜갈 수 없을 것, 언젠가는 그녀 역시 계절의 변화에 몸을 맡겨야 할 때가 올 것이다. 그래서 어쩌면 은수는 상우보다 훨씬 더 슬픈 캐릭터일지도 모르겠다.

이 영화에서 눈여겨봐야 할 인물은 상우의 할머니다. 할머니는 달리 말하면 상우의 분신이다. 상우와 할머니는 사랑하는 사람에게 배반당하고도 사랑은 변하지 않는다고 굳게 믿고 있다는 공통점을 가지고 있다. 할머니는 상우에 비해 그 정도가 훨씬 심하다. 할머니의 기억은 할아버지가 바람을 피워 자신을 떠난 순간에 정지되어 있다. 정신이 나간 채 날마다 죽은 남편을 기다리기 위해 역 대합실에 나간다. 젊은 날 복사꽃 아래 사랑을 맹세하던 그 찬란한 봄, 할머니는 봄 이외의 다른 계절을 결코 받아들이지 못한다. 실연당한 후 역 대합실에서 할머니에게 "이제 정신 차리세요"라고 고함치는 상우의 말은 자신에 대한 분노에 다름 아니다.

해가 바뀌고 다시 찾아온 어느 봄날, 오랫동안 실성했던 할머니는 갑자기 제정신을 차리고 상우에게 이렇게 말한다.

"힘들지? 버스하고 여자는 떠나면 잡는 게 아니란다."(그렇게 잘 아는 양반이 지금까지 왜 그러셨대?)

제정신이 돌아온 할머니는 하얀 양산을 들고 노래 가사처럼 '연분홍 치마를 봄바람에 휘날리며' 젊은 시절 이후 가장 아름다운 모습으로 집을 나선다. 그리고는 깨달음과 함께 죽음을 맞는다. 이 사건이 상우가 마음에서 은수를 떠나보내는 계기가 된다. 영화 마지막, 계절이 몇 번 바뀌고 다시 만난 은수와 상우는 분홍색 벚꽃 길에서 이제 정말 '안녕' 한다. 상우 할머니에게 선물한 화분을 다시 돌려받고는 알았다며 어색한 미소를 짓고 돌아서는 은수, 뒤돌아 걸어가면서도 혹시나 하는 마음에 몇 번이고 뒤돌아보는 그녀의 모습은 한편 괘씸하고, 조금 안쓰럽고, 아주 많이 안타깝다(그러게, 있을 때 잘하지).

영원할 줄 알았던 사랑이 변색되는 것을 경험하는 사람의 심정은 어떤 것일까. 로마 최고의 비가(悲歌) 시인 프로페르티우스가 그의 연인 킨티아를 향해 쓴 유명한 시가 있다. 큐피트의 화살을 맞아 정신이 몽롱한 청년 프로페르티우스, 여러 남자와 침대를 쓰며 오로지 자신의 이익만을 생각하는 연상의 여인 킨티아. 그는 자작시 〈비가〉에서 사랑은 변할 수밖에 없다는 사실을 인정한다.

나의 사랑하는 여인은 이미 오래전부터 내게서 달아나고 있다.
지금까지는 내 여자였지만, 곧 다른 사람의 여자가 되는 것은 아닐까?
모든 것은 변하게 마련, 사랑하는 감정도 바뀌는 법이다.

그러나 뜨거운 사랑은 곧 경멸과 분노로 바뀐다.

하지만 당신, 당신은 그 세월 동안 나의 존재를 부인했으니
이제 확 늙어버릴 거야.
보기 흉한 주름살이 생기면 당신의 미모도 버티기 어려울걸!
그리고 흰머리가 생기면 당신은 뿌리째 뽑아내고 싶겠지.

하지만 나는 사랑의 불변성에 한 표를 던진다. 멜로 영화로는 드물게 큰 흥행을 기록해 화제가 된 영화 〈너는 내 운명〉은 진정한 사랑의 힘을 보여주었다. 석중(황정민)이 교도소 면회실에서 "은하야"라고 외치며 스피커를 뜯어내는 장면은 코끝이 절로 찡해지는, 감동 초절정의 명장면이다.

어떻게 현실에서 석중 같은 남자가 있을 수 있냐고? AIDS 환자하고 같이 살 수 있냐고? 하지만 이 이야기가 실화였다는 점, AIDS에 걸린 여자라는 극단적인 설정 등이 아니더라도 우리 주변에는 석중과 같은 순정파들이 의외로 많다. 미국 영화 〈러브 액츄얼리〉의 명대사, "사랑은 우리 주변 어디에나 있다(Love actually is all around)"는 말처럼 사랑은 우리 주변 곳곳에서 눈물과 감동을 선사하고 때로는 기적을 일으킨다. 나는 사랑을 믿는다.

●●● 2001년 | 감독 허진호 | 주연 유지태, 이영애

바람과 함께 사라지다

"나에게는 타라가 있어. 내일은 내일의 태양이 뜰거야."

첫사랑에 덜컥 임자를 만나기는 쉽지 않은 법. 사랑은 이별을 하면서 배우는 것임을 일찌감치 간파하고 이별을 통해 자신을 성숙시켜 가는 바람직한 여자가 있으니, 야자와 아이의 순정만화 《나나》의 주인공 나나(일본어로 '7'이며 행운을 뜻한다)다. 남에게 사랑을 주고 싶어하는 순수한 고등학생 소녀 나나의 첫사랑 상대는 잘생긴 회사원. 그러나 그에 대해서 아무것도 모른 채 몽땅 줘(?)버린다. 얼마 후 남자는 도쿄로 전근을 가게 됐다며 갑자기 이별을 선언한다. 순진하기만 한 나나는, 어쩌면 유부남과의 불륜일지도 모르는 사랑이었지만 가슴이 찢어진다.

"알고는 있었다. 이 사랑에 어차피 미래는 없다는 걸. 하지만 이토록, 갑자기, 그토록 딱 부러지게. 너무 한심해서 눈물도 안 나오잖아!"

나나는 친구의 소개로 만난 쇼우지에게 첫눈에 반한다. 이유를 묻는 친구들에게 미소지으며 하는 대답.

"사랑에 빠지는 덴 이유가 없어!"

쇼우지마저 미술대학에 진학하러 도쿄로 떠나버릴 땐 정말 앞이 깜깜하다. 나나는 쇼우지를 이해하고 잠시 놓아주기로 한다. 1년 동안 열심히 일하고 돈을 모아 도쿄로 올라간 나나는 쇼우지와 다시 결합한다. 사랑과 일을 꿋꿋하게 지켜가는 나나의 얼굴(울다가도 어느새 씩 웃는)을 보고 있노라면 어느새 그녀의 귀여운 매력에 사로잡혀 무조건적인 응원을 보내게 된다.

〈내 이름은 김삼순〉의 주인공 삼순이도 유학 시절 사랑했던 남자에게 일방적으로 이별을 통보받았을 때 이렇게 말한다.

"지금 내가 우는 것은 그가 떠나서가 아니라, 사랑이 아무렇지도 않게 사라질 수 있다는 것, 아무 힘도 없는 사랑이 가여워서 운다."

삼식이와의 관계가 삐걱거릴 때는 죽은 아버지의 환영과 술잔을 기울이며 고백한다.

"남자 때문에 울 일도 없을 줄 알았는데. 서른이 되면 안 그럴 줄 알았는데 끔찍해. 심장이 딱딱해졌으면 좋겠어."

삼순이는 꿋꿋하다. 울 땐 울더라도 일을 열심히 한다. 시원스럽고 톡톡 쏘는 매력도 언제 어디서나 변함이 없다. 삼순이의 진가를 알아보는 남자가 없을 리 없다. 살인미소를 가진 삼식이가 큐피트의 화살을 들고 그녀를 겨냥한다. 이제 삼순이는 너무 행복해 불안하기까지 하다. 아버지의 환영이 다시 나타난다. 아버지의 환영은 삼순이의 자신감이 만든 분신이 아닐까.

"행복함을 두려워 마. 지난 일도, 먼 훗날 일도 걱정하지 말고 오늘을 열심히 살고 사랑하는 거야."

나나 혹은 삼순이처럼 진짜 사랑을 찾기 위해 이별의 아픔을 맛보고 세상을 향해 당당하게 나가는 여자(철은 약간 모자라지만 이것저것 재지 않는 순수열정 캐릭터)의 원조격은 바로 〈바람과 함께 사라지다〉의 주인공 스칼렛이다. 1930년대 영화에서 이런 여성상을 제시했으니 여자에게 요구되는 규율이 엄격했던 그 시대에 심하게 발칙한 내용이었으리라.

미모나 재산 어떤 면에서도 부러움 없이 자란 스칼렛(비비안 리)은 철부지 같은 성격이 단점이자 장점(이 될지는 모르겠다). 남자를 노예처럼 거느릴 줄 아는 이런 여자가 사랑에는 서툰 법이다. 〈바람과 함께 사라지다〉는 세상 어떤 것보다도 호락호락하지 않은 것이 바로 사랑을 얻는 일임을, 그래서 언젠가는 스칼렛이 진짜 사랑을 하게 될 것임을 관객은 초반부터 알아챌 수 있다.

남북전쟁이 터지기 전 고요하고 평화로운 남부 조지아의 대농장 타라. 오하라 집안의 딸 스칼렛은 매일 아침 원피스 입는 것을 놓고 유모와 실랑이를 벌인다. 아버지가 타라의 비옥함과 흙의 소중함을 아무리 열심히 설명해 주어도 스칼렛에겐 마이동풍이다. 고집 세고

'에너자이저' 한 스칼렛에게 대농장과 흙의 가치는 남의 일이다. 파티에 나가면 구혼자들에게 둘러싸이는 여왕으로 한껏 콧대 높은 그녀지만 오직 한 남자, 나약한 듯 보이면서도 카리스마 있는 신사 애슐리(레슬리 하워드)를 사랑한다. 하지만 그는 스칼렛의 사촌 멜라니(올리비아 드 하빌랜드)와 결혼을 약속한 사이. 스칼렛은 홧김에 자신을 여왕처럼 섬기는 찰스와 결혼해 버리고 찰스는 전쟁이 일어나자 입대해 얼마 못 가 죽어버린다. 마음도 없이 도발적으로 저질러버린 결혼으로 졸지에 미망인이 된 스칼렛.

군자금 모금 파티에서 남들이 신나게 춤출 때 상복인 검은 드레스를 입은 탓에 얌전히 앉아 있어야 하지만, 큰 치마폭 아래로 홀로 신나게 댄스 스텝을 밟을 정도로 스칼렛은 숨은 열정과 끼를 주체하지 못하는 귀여운 여자다. 그런데 그토록 사랑하는 애슐리가 군에 입대하겠다고 말하자 절망하며 매달린다.

"사랑한다고 말해줘요. 평생 그 말에 의지하며 살아가도록."

남부 사람들이 파티까지 열며 전쟁 발발을 환영한 까닭은 무엇일까. 잠시 전쟁의 배경을 살펴보자. 19세기 중반의 미국은 농업국가에서 농공업국가로 바뀌어 있었다. 워싱턴을 중심으로 한 동북부 지역은 상공업 발전을 위해 연방정부의 기능 강화를 주장했다. 반면 남부 지역은 면화사업과 노예제를 양축으로 한 대농장 경제를 고수했다. 남과 북은 노예제를 놓고 팽팽히 맞섰는데 남부 주들은 노예제 허용을 요구했다.

1860년 12월, 링컨이 대통령에 당선되면서 남부 주들은 심각한 위기감을 느꼈다. 연방 내에서 자신들이 소수로 전락하는 추세였기 때문이다. 그래서 이 영화의 무대인 조지아, 버지니아, 앨라배마, 미시시피 등 11개 남부 주는 연방 탈퇴를 선언했고, 북부는 연방 이탈을 반란으로 규정했다. 전쟁은 피할 수 없는 대세가 되어버렸다. 남북전쟁 전사자는 62만 명. 이 숫자는 두 차례의 세계대전, 한국전쟁 등 20세기 사망한 미군 전체를 합친 것보다 많다.

산전수전을 다 겪은 레트 버틀러(클라크 케이블)는 명예, 남자다움을 생명보다 더 소중히 여기는 고지식한 남부 신사들과는 달리 현실감 있고 실리를 중시하는 사람이다. 그래서 이 고장 남자들에게 비열한 사기꾼처럼 알쏭달쏭한 남자로 비춰지게 그려놓았는데 그것이 또한 이 영화의 매력이다. 남부 신사로서 유일하게 남부가 전쟁에서 패배할 가능성이 높다는 예측을 내놓은 사람도 레트 버틀러다.

스칼렛을 발견한 레트는 첫눈에 그녀가 다듬어지지 않은 보석 같은 여자임을 알아본다. 진취적이고 열정으로 가득 찬 스칼렛이야말로 자신에게 어울리는 여자라고 여기지만, 멜라니에 대한 질투심에 사로잡힌 스칼렛은 좀처럼 마음을 열지 않는다. 레트는 적극적으로 구애하면서도 성숙한 사랑을 할 준비가 덜 된 스칼렛을 지켜본다.

이건 순전히 내 생각이지만, 나는 이 영화에 등장한 스칼렛의 여러 남자 중에서 첫 남편 찰스가 가장 맘에 든다. 그는 외모와는 상관없이(상관이 있다고?), 남자로서 밖에서는 용감하지만 사랑하는 여자 앞에서는 바보 같을 만큼 순정적인 사람이다. 원래 이런 남자가 좋은 남자인 거다. 따라서 나는 스칼렛의 첫번째 선택이 그리 나쁘지만은 않았다고 생각한다.

북군이 조지아주 애틀랜타까지 진격해 오자 스칼렛은 출산을 앞둔 멜라니를 싣고 급히 고향으로 내달린다. 폭우가 쏟아지고 자신들이 숨은 다리 위로 무지막지한 군인들이 지나가는 급박한 상황. 스칼렛은 이제 나약한 여자가 아니라 주변 사람들을 책임져야 하는 억척스러운 가장이다.

고향에 돌아오자 가혹한 운명이 기다리고 있다. 어머니는 죽고, 아버지는 정신이 나갔고, 농장은 엉망이 되어 있다. 스칼렛은 두 팔을 걷어붙이고 억척스럽게 일하며 농장 재건에 나선다. 그녀는 하늘을 향해 외친다.

"신께 맹세하겠어. 다시는 배고프지 않을 거야."

북군의 포로가 된 줄 알았던 애슐리가 흙먼지를 뒤집어쓴 채 절뚝거리며 농장으로 들어온다. 아내 멜라니가 울먹이면서 버선발로 뛰어나가 포옹한다. 코끝 찡해지는 명장면 중 하나다.

스칼렛은 농장을 구하기 위해 목재소를 운영하는 부자 케네디를 유혹해 사랑 없는 두 번째 결혼을 하지만, 케네디도 얼마 후 죽어버린다. 결국 기회는 레트에게까지 온다. 레트는 스칼렛의 남편이 되지만, 그녀는 여전히 애슐리의 환상에서 벗어나지 못한다. 착한 멜라니가 숨을 거두고, 너무도 슬퍼하는 애슐리를 보며 스칼렛은 비로소 그가 얼마나 멜라니를 사랑했는지 깨닫는다. 그리고 진짜 자신을 사랑했던 사람이 누구인지도. 두 사람 사이에 마음의 변화가 일어난다. 스칼렛은 이제 레트에게서 남자로서의 매력을 느끼지만, 레트는 그때부터 진절머리를 치기 시작한다. 런던으로 떠나려는 레트의 바짓자락을 붙잡으며 그녀는 매달린다.

"나는 어떻게 하라고요?"

"솔직히, 내 알 바 아니오."

수없이 기회를 줬건만 진정한 사랑을 끝내 알아보지 못한 스칼렛에게 냉소와 원망의 마음을 담아 레트가 날린 이 멘트는, 2005년 미국 최대 영화 연구기관 미국영화연구소(AFI) 선정 명대사 1위를 차지했다.

멜라니가 이야기했듯 사랑하고 있으면서도 그것이 사랑인 줄 깨닫지 못하는 것, 스칼렛의 비극은 바로 그것이다. 그녀는 중얼거린다.

"그를 이대로 보낼 수는 없어. 그를 돌아오게 할 방법을 생각해야지."

스칼렛은 뒷산에 오른다. 사랑하는 사람은 떠나갔지만 타라는 그녀 곁에 있다. 붉은 노을을 배경으로 동산에 서 있는 스칼렛의 실루엣과 비장한 대사는 진한 여운을 남긴다.

"나에게는 타라가 있어. 내일은 내일의 태양이 뜰 거야."

날이 바뀌고 새로운 노을이 다시 번져갈 무렵, 타라의 여주인 스칼렛은 레트를 진정 사랑할 줄 아는 여자로 거듭나 있을 것이다. 희망은 얼마든지 남아 있다. 영화는 스칼렛이 다시 사랑을 찾는 모습까지 보여주지는 않는다. 이별의 순간 사랑을 깨닫는 장면에서 엔딩 자막이 올라간다. 그래서 앞으로의 사랑은 그 어떤 사랑보다도 더욱 강하고 아름다울 것임을 시사한다. 이 영화가 마스터피스, 즉 걸작인 이유다. 🈁

●●● 원제 Gone With The Wind l 1939년 l 감독 빅터 플레밍, 조지 쿠커
주연 비비안 리, 클라크 게이블, 올리비아 드 하빌랜드, 레슬리 하워드

욕망의
굴레에 갇힌
그들

2장

대부

"산티노, 패밀리 밖의 누구라도 너의 생각을 알게 해서는 안된다."

동물의 왕으로 불리는 사자는 행복할까? 늘어지게 자다가 배고플 때 널려 있는 먹이를 사냥하는 편한 삶을 살고 있는 걸까? 천만의 말씀이다. 그야말로 좌불안석의 나날이다. 열두어 마리의 암사자와 두세 마리의 수사자, 그리고 새끼들로 구성된 사자 무리는 보통 떼를 지어 다닌다. 무리의 파수꾼인 수사자들은 암사자를 소유하는 대신 어떤 외부의 공격도 단호히 막아낼 수 있을 만큼 강해야 한다. 그러지 못하면 언제 쫓겨날지 모른다. 다른 수사자 무리가 도전해 오기라도 하면 대개 원정팀이 며칠 동안 으르렁거리고 파수꾼들이 이에 맞대응하며 전쟁이 시작된다. 이 전쟁은 한쪽이 완전히 패할 때까지 계속되는데 침입자를 막아내지 못하면 무리를 이끌던 수사자는 암사자와 새끼를 포함해 모든 것을 잃는다.

영화 〈대부〉의 주인공 돈 코를레오네(말론 브란도)는 무리를 이끌어가는 우두머리 수사자와 같은 존재다. 초원 대신 어두운 대도시의 뒷골목이, 사자 무리 대신 마피아 가족들이 자신을 따르고 있을 뿐이다. 약육강식의 원리만이 지배하는 정글 같은 세상에서 잠시라도 틈을 보이면 호시탐탐 자신의 영역과 조직을 노리는 다른 라이벌에게 언제 제거당할지 모르는 운명이다.

서점가엔 인간관계를 다루는 처세서가 끊임없이 출간되고 있다. 모두들 상사와 부하 직원과는 어떤 관계를 유지해야 하고, 자신만의 인적 네트워크는 어떻게 형성하는지, 어떻게 하면 성공할 수 있는지에 많은 관심을 가진다. 데일 카네기는 인간관계의 고전으로 통하는 《카네기 인간관계론》을 통해 "엔지니어링 같은 기술 분야에서도 성공한 사람의 15%만 기술적 지식에 의존했다. 나머지 85%는 전문성뿐만 아니라 사람을 관리하는 능력을 함께 지녔기 때문에 성공했다"며 사례를 제시하기까지 했다.

악당들의 이야기임에도 불구하고 〈대부〉는 한 편의 훌륭한 처세우화로 보인다. 권력의 속성이라든가 인생에 대한 통찰이 대사 한 마디 한 마디마다 배어나오기 때문이다. '이 영화를, 또는 소설을 진작에 봤더라면 내 인생이 조금은 달라졌을 텐데'라는 생각마저 들 정도였다. 처세의 달인 돈 코를레오네는 과연 어떤 인간인가. 소설은 이렇게 묘사한다.

돈 비토 코를레오네는 도움이 필요해서 찾아오는 사람을 실망시킨

적이 없었다. 그는 지키지 못할 약속을 하거나 자기 힘으로는 할 수 없는 일이라는 따위의 비겁한 변명을 늘어놓지도 않았다. 상대가 그의 친구가 아니어도 되었고 자신에게 사례금을 낼 처지가 못 되더라도 개의치 않았다. 한 가지 조건만 지켜주면 된다. 스스로 그에 대한 우정을 맹세하는 일이었다. 그렇게만 하면 아무리 가난하고 힘이 없는 사람이라 해도 돈 코를레오네는 진심으로 어려움을 들어주었다. 또한 문제를 해결하는 데 놓인 어떠한 장애물도 제거해 주었다. 그리고 나서 그가 받는 보상은 무엇일까? 이름 앞에 붙은 '돈(Don)'이라는 경의를 표하는 호칭이나 '대부(Godfather)'라는 더욱 친근감 있는 호칭을 얻는 것이다.

소설과 영화가 다르다는 점을 잠시 짚고 넘어가자. 나는 예전에 영화 〈대부〉를 보고 낭만과 잔혹함을 강렬하게 대비한 코폴라 감독의 영상미에 흠뻑 빠져들었다. 마리오 푸조의 소설 《대부》를 본 것은 나중의 일이다. 역시 소설은 영화가 축약한 스토리의 잔뿌리들을 그대로 간직하고 있어 매력적이었다. 소설을 보고 또다시 영화를 보니 이번엔 마치 몽타주 영화 같은 느낌이었다. H. G. 웰스의 소설 《우주전쟁》을 본 후 스필버그 감독의 영화 〈우주전쟁〉을 보면 큰 실망감을 느낄 수밖에 없듯이.

어쨌거나 이 영화는, 아메리칸 드림을 꿈꾸는 한 사회의 부패한 신화, 잔뜩 폼잡고 멋있게 행동하지만 주인공들 모두 손에 피를 묻히는 범법자일 뿐이라는 프란시스 포드 코폴라 감독의 싸늘한 시선이 곳곳에 녹아 있다. '이들도 인간이지 않은가' 라는 애정 어린 시선을 밑바닥에 깔고 있는 소설과 비교하면 그 점은 더욱 확실해진다. 소설은 새로운 대부가 된 마이클의 아내 케이가 성당에서 영혼을 시뻘건 피로 물들인 돈 코를레오네 일가를 위해 기도를 드리는 것으로 마무리되지만, 영화에서는 아버지보다 더 냉철한 보스가 되어 조직원들과 만나는 마이클을 케이가 직사각형으로 뚫린 방문을 통해 두려움과 원망의 눈으로 바라보는 장면으로 끝난다.

'처세의 교과서' 는 인간관계와 신뢰가 비즈니스의 기본임을 처음부터 강조한다. 돈 코를레오네는 딸의 결혼식날 도움을 청하러 온 자신의 대자이자 할리우드 스타 조니 폰테인에게 우정에 대해 말한다.

"우정만이 전부다. 우정은 재능보다도 정치보다도 소중한 거야. 누구도 다 마찬가지다. 그 점을 잊어서는 안된다. 만약 네가 우정을 돈독히 쌓아놓았더라면 내게 도움을 청할 필요도 없었을 게다."

돈 코를레오네의 우정은 특별하다. 상대가 자신을 100% 믿어주면, 악마에게 영혼을 파는 일이라 할지라도 그 믿음을 반드시 확인해 보인다. 영화 첫 장면에서 아메리고 보나세라가 딸의 복수를 해달라고 찾아왔을 때, 돈 코를레오네가 던진 첫 마디는 이랬다.

"경찰에 갔었다고? 왜 내게 먼저 오지 않았나?"

대부보다는 경찰을 더 믿은 데 대한 질책이 담긴 말이다. 하지만 세상에 공짜가 어디 있는가. 무조건적으로 우정을 베풀어주는 것만큼 무서운 일도 없다. 돈 코를레오네의 우정을 받은 사람은 목숨을 바쳐서라도 갚아야 한다는 무시무시한 전제가 암묵적으로 깔려 있다.

돈 코를레오네의 '우정 사업'이란 흔히 말하는 인맥 관리다. 그의 인맥은 미국 정재계와 검경찰계에 실핏줄처럼 뻗어 있다. 마피아 세계에서 누구도 구축하지 못한 인맥을 구축함으로써 그는 마피아 세계의 실질적 맹주가 됐다. 조직의 힘이 아무리 강하다 해도 정재계에서 뒤를 봐주지 않는다면 어떻게 발을 붙일 수 있겠는가. 우리나라에서도 모기업의 정보력은 국정원을 능가한다는 말이 있을 정도다. 원칙적으론 안되지만, 인맥으로 불가능한 일이란 이제 없는 성싶다.

돈 코를레오네는 암흑가 사람이다. '우정'을 보여주기 위해 때로는 상상을 초월하는 행동도 서슴지 않는다. 그는 메이저 영화 제작자 잭 월츠에게 미움을 사는 바람에 원하는 영화에 출연하지 못할 것이라며 질질 짜고 있는 조니 폰테인에게 이렇게 말한다.

"그(잭 월츠)는 사업가야. 그가 거절할 수 없는 제안을 할 참이다."

그는 대자를 유망한 영화에 출연시키기 위해 자신의 콘실리에리(작전참모)인 톰 헤이건을 잭 월츠에게 보낸다. 그러나 대부의 '거절할 수 없는 제안'은 무위로 돌아간다. 어떤 일이 벌어졌을까.

영화는 붉게 물든 잭 월츠의 침대를 카메라에 담아낸다. 잭 월츠는 아침 일찍 끈적끈적한 느낌 때문에 잠에서 깬다. 손을 보니 온통 피투성이다. 이불 안쪽도 마찬가지다. 이불을 걷어보니 자신이 아끼는 애마의 머리가 싹뚝 잘린 채 내던져져 있다. 처절한 비명이 잭월츠의 저택에 울려퍼진다. 그후 조니 폰테인이 그 영화에 출연했음은 당연한 수순이다.

버질 솔로조와 타탈리아 패밀리는 돈 코를레오네에게 새로운 사업을 제안한다. 바로 마약사업이다. 이들 패밀리는 마약사업을 할 모든 조건을 갖추고 있으나 단 하나, 정재계와 검경찰에 인맥이 없다. 그들의 조건이란 돈 코를레오네의 인맥을 이용하는 대가로 수익의 반까지 나누겠다는 것이다. 그러나 돈 코를레오네는 이를 단번에 거절한다. 그의 장점은 절대 도를 넘지 않는다는 것. 조직끼리 전쟁을 벌여 사회를 시끄럽게 하지도 않고, 오직 도박사업에서 이윤을 남기는 걸로 만족한다. 비교적 합법적 테두리 내에서 일을 하기 때문에 정재계도 그를 지지한다. 아무리 오랜 '우정'이라 할지라도 마약사업을 하는 조직을 보호해 줄 고위층은 없다는 걸 영리한 대부가 모를 리 없는 것이다.

이 회담에서 첫째 아들 산티노(제임스 칸)가 말실수를 한다. 아버지와 달리 마약사업에 관심이 있다는 생각을 드러낸 것이다. 치명적 경솔함이다. 돈 코를레오네는 첫째 아들이 조직을 이끌어갈 능력이 부족하다는 사실을 간파하고 있다. 전부터 그는 조직의 보스로서 첫째 아들과 둘째 아들의 자질을 의심해 왔다. 대부는 셋째 아들 마이클(알 파치노)을 조직 후계자로 낙점해 둔다. 실제로도 대기

업 총수들이 후계자를 지명할 때 반드시 장자를 그 자리에 앉히지 않는 것과 마찬가지다. 《부자들의 저녁식사》라는 책에 이런 구절이 있다.

우리나라 부자들은 보통 장자 상속을 통한 부의 이전을 크게 고집하지 않는 특징이 있다. 부자는 친자 아들에 대한 평가도 남다르다. 아들이 평범한 삶을 살아주기를 기대하기도 하지만, 일정 기간 도제를 통한 사업 성향 테스트를 해보고 여의치 않으면 후계자 낙점에서 제3자나 사위 또는 일가친척으로 과감히 눈을 돌린다.

그는 회담 직후 바로 아들을 불러 경고한다.

"산티노(소니), 패밀리 밖의 누구라도 너의 생각을 알게 해서는 안된다."

아들의 실수 한 마디로 인해 돈 코를레오네는 총격을 받고 사경을 헤맨다. 돈 코를레오네를 다른 시각으로 본 사람은 셋째 아들 마이클이다. 저격을 받고 병상에 누운 아버지를 보며 '아버지는 일생 동안 휘두른 권력과 주위 사람들에게 강요한 존경의 대가를 치르는 것' 이라고 생각한다. 그럼에도 마이클은 대부의 자리에 오른다. 불같은 성질 때문에 스스로 죽음을 자초한 첫째 아들 산티노, 나약한 둘째 아들 프레드와 달리 마이클은 마피아 자체를 싫어하면서도 가장 아버지를 닮은 아들이었다.

그러나 오랜 연륜을 쌓으며 합법의 테두리와 평화를 추구해 온 아버지의 철학을 받아들이지 않은 마이클은 '피의 즉위식'을 갖는다. 성당에서 조카의 대부로서 세례 의식을 치르는 그 순간, 부하들을 시켜 잔인하게 정적들을 제거한다. 행복하게 안마를 받고 있는 라이벌 보스의 안경 한쪽에 총알이 박히면서 피가 주룩 흘러나오는 장면은 영화 〈대부〉를 본 사람이라면 결코 잊을 수 없다.

소설 《대부》에는 영화가 채택하지 않은 다양한 세상살이 방식이 등장한다. 마피아 중 가장 무식하고 잔인한 보카치오 패밀리의 이야기다. 이들은 머리가 따라주지 않는 관계로 미국에서도 쓰레기 사업과 트럭업에만 몰두한다. 쓰레기 사업을 넘어서는 복잡한 일은 할 줄 모른다. 대신 철저히 혈연관계로 맺어진 이 조직은 차돌처럼 뭉친다. 거짓말도 모르고, 배신을 당하면 지구 끝까지라도 쫓아가 응징한다. 그래서 뉴욕 마피아들이 가장 무서워하는 대상이 오히려 보카치오 패밀리다.

영화에서 돈 코를레오네가 주최한 뉴욕 마피아들의 평화회담도 보카치오 패밀리 덕에 가능했다. 말하자면 보카치오 패밀리가 큰 돈을 받고 중재 역을 맡았기 때문이다. 쓰레기 사업 및 싸움을 벌이는 마피아들의 평화협상 등만으로 먹고 산다. 그러나 최후의 승자는 돈 코를레오네다. 정치인에게 뇌물 바치는 일조차 하지 못하는 보카치오 패밀리가 돈 코를레오네의 인맥을 빌려야 했을 때, 그는 영리하게 보카치오 패밀리의 주머니를 털며 '인맥의 부가가치' 효과를 톡톡히 누린다.

마지막으로 《부자들의 저녁식사》에 나오는 부자들의 인맥 관리 십계명을 소개한다. 이 원칙은 영화 〈대부〉의 돈 카를레오네가 평생 실천했던 삶의 철학을 아주 많이 닮아 있다.

첫째, 인간관계는 '밥 한 끼', '술 한잔' 으로 시작된다.

둘째, 저녁을 누구와 함께 먹느냐가 중요하다.

셋째, 죽음보다 강한, '인정받고 싶은 욕구' 를 파악하라.

넷째, 처음 만난 자리에서 명함을 주고받지 않는다.

다섯째, 초대받지 않은 곳에는 가지 마라.

여섯째, 먼저 주면 관계는 오래간다.

일곱째, 능력과 재주를 적당히 감추고 살아라.

여덟째, 힘 자랑 마라, 더 힘 센 놈 만난다.

아홉째, 빌린 힘, '차력' 이 가장 강하다.

열째, 관계를 끊을 줄 아는 능력을 길러라. 🈷

●●● 원제 The Godfather ｜ 1972년 ｜ 감독 프란시스 포드 코폴라
주연 말론 브란도, 알 파치노, 제임스 칸, 로버트 듀발

넘버 3

"참 ×같은 말이 '죄는 미워하되 사람은 미워하지 말라'야. 아니 까놓고 죄가 무슨 죄가 있니?"

〈넘버 3〉는 한국 영화 명대사 대열에 적어도 열 개는 오를 만큼 명대사들이 난무하는 영화다. 언젠가는 정상의 자리를 차지하겠다는 야무진 꿈을 안고 인생 저 밑바닥에서 꿈틀거리며 살고 있는 삼류급 인간 군상들의 이야기를 그려낸 코미디물이다.

감독은 장르상 코미디를 표방한 것도 모자랐던지, 이 영화에 사자성어를 자막으로 처리, 관객을 포복절도하게 만든다. 더욱이 황당하게 사용되었을 경우, 예를 들어 염쟁이와 조필이 지호지세과 낙장불입을 주고받을 때 송강호 머리 위에 '낙장불입'과 '독박'이 나란히 등장하다 글씨 위에 빨간색으로 엑스(×)가 그려지며 '삑' 하는 경고음이 울려퍼져 시청각으로 관객의 웃음보를 터뜨린다. 한바탕 대화 끝에 화면을 가득 메운 사자성어들을 보고 있노라면, 그 풍자적인 상황과 기발한 아이디어에 웃음이 절로 터져나온다.

"너 사랑이 뭔 줄 알아? 사랑이라는 거는 누군가를 90프로 이상 믿는다는 거야. 까놓고 말해서, 난 너 그만큼 못 믿어."

기둥서방인 태주(한석규)에게 자신을 얼마나 사랑하느냐고 묻던 현지(이미연)는 51%라는 그의 말에 조금은 실망을 느끼지만, 이내 그에게 몸조심을 주지시킨다. 그러나 폭력 조직 도강파에 몸담고 있던 태주는 현지에게 "백조가 아주 물위에선 폼나고 우아하게 떠 있지. 너 근데 물속에선 어떤지 알아? 졸라리 헤엄치고 있어. 산다는 게 그런 거다. 장난 아냐"라며 깡패 직업이 안고 있는 나름의 위험성과 어려움을 설파한다. 도강파 두목 도식이 반대파의 습격을 받아 의식불명 상태에서 산소 호흡기를 끼고 있고, 조직원들 간의 대화를 듣고 있던 태주는 족제비와 하이에나 사이에 사전에 어떤 음모가 계획되었음을 간파한다.

조필(송강호)은 도식의 병실에 접근하고 이 사실을 접한 태주는 병실로 달려가 급히 도식을 안전한 곳으로 피신시킨다. 태주는 하이에나 똘마니들에게 잡혀 모진 고문을 당하지만 끝까지 버티면서 도식의 은신처를 발설하지 않는다. 깡패 경력 15년 만에 도식의 목숨을 구한 공로로 드디어 조직의 넘버 2 자리에 오른 태주. 그는 랭보라는 이름을 현지의 노트에서 발견, "그 새끼가 도대체 누군데 그리워하냐"며 따지고, 부창부수라고 현지는 랭보는 건달로 치면 알 카포네만큼 유명한 시인이라고 맞장구를 친다.

삼류 시인 랭보(박광정)로부터 개인 교습을 받던 현지는 "시인은 인생 자체가 진실"이라는 명분을 내세우며 육탄공격을 퍼붓는 그를 거부하지 못한다. 얼마 못 가 태주 똘마니의 개입으로 현지와의 관계를 정리한 랭보는 자신을 '람보'라고 부르며, 섬세하고 디테일한 손길을 가르쳐달라는 오야붕의 여인 지나(방은희)에게 운명을 맡기는 신세가 된다. 이 영화에서는 대부분의 등장인물들이 감동(?)적인 명대사를 남발하는데 오지나 역시도 예외가 아니다.

"감동 같은 소리 하구 있네! 세상에 이 오지나를 감동시킨 건 딱 세 가지뿐이다. 캐쉬, 크레디트 카드, 그리고 섹스."

영화가 이쯤 진행될 때, 이 영화를 한국 영화사에 길이 남게 할 명대사를 남발하는 양아치 불사파의 활약이 관객들의 웃음보를 한껏 요동치게 만든다. '절대 안 죽는다'는 신조로 결성된 불사파 두목 조필과 그의 똘마니들은 언젠가는 자신들이 당당히 조폭 반열에 등극하길 기대하며 '지옥훈련'에 매진한다. 영화 후반에 나오는 마동팔(최민식)의 말처럼, 불사파는 돈이나 조직원의 동원이 전혀 불가능한 단순 양아치에 불과하다. 조필, 그는 누구인가? 그는 무조건 복종과 헝그리 정신과 무대뽀 정신을 강요하는 '무식한 두목'의 대명사다. 조필은 불한당이란 '땀을 안 흘리는' 사람이라고 우기질 않나, 심지어는 '헝그리(hungry)'의 철자조차 모른다. 그러나 조필의 똘마니들은 자장면과 컵라면으로 연명하며 한참 부족한 사부의 명강의(?)를 받아 적으며, 때로는 〈봄비〉 운율에 맞춘 조필의 거친 난타공연의 희생양이 되기도 한다.

"오늘 강조하고 싶은 것은, 이 헝그리 정신에 관해서야, 헝그리. 배가 고프다는 뜻이지. 에이치 유 엔…… 니들, 한국 '뽁싱' 이 왜 잘 나가다가 요즘 빌빌대는지 아나? 다 이 헝그리 정신이 없기 때문인 거야. 헝그리 정신. 옛날엔 말이야, 다 라면만 먹고도, 진짜 라면만 먹고도 챔피언 먹었어. 홍수환, 홍수환, '엄마, 챔피언 먹었다.' 다 라면…… 뽁싱뿐만이 아냐. 그 누구야. 현정화, 현정화 걔도 라면만 먹고, 라면만 먹고도 육상에서 금메달 세 개씩이나 따버렸어."

"임춘앱니다, 형님."

"……."

"내가 하늘 색깔, 하늘 색깔이 빨간색, 그러면 그때부터 무조건 빨간색이야…… 내가, 현정화 그러면 무조건 현정화야. 내 말에 토 다는 새끼는 배반형이야. 배신, 배반형, 무슨 말인지 알겠어? 앞으론 직사시켜 버리겠어. 직사!"

한편 넘버 2로 등극한 후 '나와바리'(구역)를 관리 도중 쓰러졌던 태주는 도강파의 일망타진을 호시탐탐 노리는 마동팔 검사에게 의도적으로 접근, 한번 잘 지내보자며 앞으로 형님으로 모시겠다고 너스레를 떨지만 마동팔 또한 절대 호락호락한 인물이 아니다. 가는 곳마다 조직을 폐허로 만들어 '핵폭탄' 이라는 별명이 붙은 마동팔은 (태주의 표현을 빌리자면) "×을 입에 달고 사는" 욕쟁이 검사다. "죄를 지은 새끼가 나쁜 새끼지 죄는 아무런 죄가 없다" 는 이상한 신념을 가지고 있는 그의 언변을 듣고 있노라면 관객은 누가 깡

패인지 누가 검사인지 심히 헷갈린다.

"×까지 마. 나 깡패새끼 동생으로 안 키워. 괜히 찐따 붙거나 잔대가리 굴릴 생각 하지 마. 배워도 내가 너보다 많이 배우고, 세상 짠밥도 많아."

"검사질 십년에 겨우 아파트 하나 장만했다. 근데 새벽부터 깡패새끼들이 설레발치니, 내 심정이 ×같지 않겠냐? 꽁초 줏어! 이 새끼야, 즉심 넘기기 전에."

평화호텔 건을 협상하던 염쟁이와 찬종, 찬수 형제는 '이이제이,' '무주공산,' '어부지리,' '당랑지부,' '구장인세' 등 사자성어를 주고받는데, 그 순간 재철(박상면)과 태주가 들어와 염쟁이의 안면을 재떨이로 강타한다. 시도 때도 없이 재떨이를 마구 휘두르는 재철이 거슬렸던 태주는 빌딩 주차장에서 성경 구절을 인용, "재떨이로 흥한 새끼 재떨이로 망한다"고 말하고, 이에 질세라 재철 또한 "너나 잘하세요"라며 태주의 심기를 언짢게 만든다.

마치 물위에 유유히 떠 있는 백조처럼, 사회 저 밑바닥에서 처절한 몸부림으로 계급 상승을 꿈꾸며 살던 이들. 그들의 삶은 어떻게 변했을까? 〈스물아홉, 섹스는 끝났다〉로 등단한 현지는 서점가를 휩쓴 유명 시인으로 거듭나지만 미국으로 취업 이민을 떠난다. 한편 삼류 시인 랭보는 귀가 길에 성기 절단을 당해 휠체어에 몸을 의지하는 신세가 된다. 도식은 여전히 '대부'를 끌어안고 있고, 지나는 교도소에 복역 중인 서방을 기다리지 못해 고무신을 거꾸로 신는다.

"인간은 미워하되 죄는 미워하지 말라"(?)며 사회의 온갖 비리에 맞서 정의의 지팡이를 휘두르던 마동팔! 그는 외견상으로는 여전히 욕을 입에 달고 전화기로 머리를 자학하는 행태를 일삼고 있지만, 이제 그의 본질은 달라졌다. 그는 룸살롱에서 여인네들과 얼싸안고 여흥을 즐기며 썩은 냄새를 피우는, 즉 자신이 그토록 경멸하던 사회와 타협하는 그저 그런 인간으로 전락해 버린다.

한편 마동팔로부터 양아치라는 치욕스런 대접을 받던 조필. 그가 이끄는 불사파는 경범죄로 풀려나 조직의 심볼(ㅇㅇ)을 내걸고 포장마차를 운영하고 있다. 태주는 면회실에서 자신을 30% 닮은 아들, 그리고 현지와 마주하고 있다. 누가 봐도 그 꼬맹이는 태주의 붕어빵임이 분명하다. 도식이 내린 저주처럼, 태주는 21세기를 보지 못하고 교도소 뜰 안에서 아쉽게 생을 마감하지만, 그 순간 표정만은 정녕 행복하다. 비록 그가 "조폭생활 다 때려치고 바닷가 같은 데서 애새끼 키우면서 사는" 기회를 갖지는 못했지만 소원대로 그의 주니어와 면회를 했으니 행복했을 것이 분명하지 않은가!

이 영화는 과연 행복에 대한 객관적인 판단을 내릴 수 있는 기준이 무엇인지를 생각하게 만든다. 우리는 갖지 못한 것에 집착한다. 때로는 이러한 것을 꿈이라고 또는 이상이라고 표현하고, 그것을 실현했을 때 행복감에 빠져든다. 그러나 그 꿈을 향해, 그리고 행복을 얻기 위해 질주하는 과정에서 많은 것을 잃을 수도 있다. 허먼 멜빌의 소설 《백경》에서, 피쿼드호 선장 에이해브는 포경선을 타고 오대양을 항해하다가 '모비 딕'이라고 일컫는 거대한 흰 고래에게 한쪽 다리를 잃은 후 복수심과 광기에 불타 고래 추격에 평생을 바친다. 무슨 보상이 있는 것도 아니고 자기 파멸이라는 자명한 사실을 알고 있음에도 불구하고 한쪽 다리를 잃은 원한을 풀기 위해 백경 사냥에 인생을 건다. 오랜 기간 동안 생명의 위협을 무릅쓴 사투 속에서 결국 그가 얻은 것은 무엇이었던가?

이 소설에 등장하는 고래의 색깔, 즉 백색은 순수한 것 같으면서도 더러우며 모든 색의 결합체이면서도 아무 색도 아닌 '이중성'을 상징한다. 〈넘버 3〉의 주요 등장인물인 서태주와 마동팔은 흰고래를 연상시킨다. 악의 무리의 일원으로 부초 같은 삶을 살아온 태주, 그리고 태주와 같은 악의 무리를 근절시키기 위해 검사 뺏지를 달고 사는 동팔. 이 두 사람은 얼핏 보기에는 각각 사회의 양지와 음지의 대표 주자들처럼 보인다. 하지만 영화 종반 그들은 그간 지켜온 삶의 방식에 과감한 변화를 시도, 태주는 도강파를 밀고 선한 삶에 대한 욕망을 추구하고, 반면 동팔은 사회의 악으로 스스로를 동화시켜 자신도 회색분자의 일원으로 합류한다.

영화는 삶이 그 순간 어떤 빛에 노출되는가에 따라 달라진다는 메시지를 전달하는 듯싶다. 이러한 선과 악의 대비 구도는 태주와 동팔뿐만 아니라 재철과 조필에 의해서도 흐트러진다. 예컨대 야쿠자와 마주한 자리에서 증조부가 윤봉길 의사의 도시락을 들고 있었다는 믿기 힘든 이야기를 늘어놓으면서 강한 항일정신을 발로하며 독도는 우리 땅 그리고 국어순화운동까지 펼치며 재떨이를 휘두르던 재철, 그리고 무식한 양아치 주제에 현정화를 거론하며 헝그리 정신을, 최영의를 들먹거리며 무대뽀 정신을 그럴싸하게 포장해서 똘마니들에게 설파하는 조필 모두 이 영화에선 선과 악의 명암 대비 효과를 저하시킨다. 결국 우리는 이 영화를 통해 그저 왁자한 값싼 웃음이 아니라 인생의 애환과 고통이 녹아든 페이소스를 느끼면서 현재의 우리 삶의 현주소를 확인할 수 있다. 당신은 지금 어떤 위치에 서 있는가? **01**

●●● 1997년 I **감독** 송능한 I **주연** 한석규, 이미연, 최민식, 송강호, 박상면

나인 하프 위크

"난 누구와도 만나고 싶지 않아. 당신과 같이 있고 싶을 뿐이야."

"엄지공주처럼 내 호주머니 속에 항상 넣고 다녔으면 좋겠다."

"목도리처럼 네 목을 칭칭 감고 살았으면 좋겠다."

사랑에 빠진 남자와 여자는 어떤 마음으로 상대를 소유하고 싶어할까. 드라마 〈내 이름은 김삼순〉의 삼식이(위)와 삼순이(아래)의 대화를 보면 그 차이를 확실히 알 수 있다. 남자와 여자의 사랑 문법이 근본적으로 다르다는 사실을 정확히 표현하고 있는 대사가 아닐 수 없는데, 꽃미남 스타 현빈은 남자들의 심리를 잘 대변해 주고 있다. 여자를 호주머니에 넣고 다니고 싶다는 건 너무 사랑스러워서 보호해 주고 싶다는 말이다. 모든 삼순이들은 하나같이 이런 말에 '뻑'이 간다.

하지만 말뜻을 잘 되새겨보면 마냥 좋아할 일만은 아니다. 호주머니 속 물건은 자칫 잃어버리기도 쉽고 귀찮아서 버려지기 일쑤다. 얼마 전 나는 양갱이를 한입 베어물었다가 미처 다 먹지 못하고 주머니에 넣어둔 적이 있다. 몇 시간 후에 생각이 나서 다시 먹으려고 하니 손에 잡히지 않는다. 주머니가 얕아서인지 어디선가 빠져버린 모양이었다. 내 양갱이 어디 갔을까?

배가 고팠던 참이라 좀 아까운 마음이 들었으나 그뿐이다. 그렇다. 여자는 남자에게 때로는 주머니 속 양갱이 같은 존재일지도 모른다. 필요할 땐 아쉽지만 없으면 그뿐이고, 또 오랫동안 호주머니 속에 넣어두어야 한다면 빨리 버리고 싶어질 것이다. 주머니 속 양갱이를 귀찮아하는 경향은 여자보다 남자가 더 강한 것 같다.

삼순이 김선아의 말은 지극히 여성스럽다. 한번 엮이면 절대 떨어지지 않겠다는 말이 아닌가. "여자는 거미와 같은 존재다. 거미집을 지어놓고 남자가 들어오기만을 기다린다"는 어느 명사의 말과 크게 다르지 않다.

모든 남자는 기본적으로 바람둥이의 기질을 가지고 있다. 미남이든 추남이든 바람기는 DNA의 문제다. 여건만 된다면(물론 이 여건이 중요하다) 언제라도 카사노바가 되고 싶은 것이 바로 남자들이다. 그래서 호주머니 속에 넣고 잘 감시해야 하는 것은 오히려 남자라는 존재일지도 모르겠다.

여기 영화 속에 멋진 바람둥이가 있다. 에로 영화의 고전이 된 〈나인 하프 위크〉의 존(미키 루크)이다. 그는 여자가 바라는 모든 것을 갖추고 있다. 그냥 한 번만 씩 웃어도 모든 게 용서되는 환상적인 외모, 전화가 아니라 빨간 장미 꽃다발 속에 든 카드로 데이트를 신청하는 낭만, 아침이면 먼저 일어나 여자를 위해 요리하는 자상함, 음악과 예술을 이해할 줄 아는 섬세함, 월스트리트의 증권거래사라는 잘 나가는 직업, 여자가 원하는 것이 무엇인지를 너무도 잘 알고 있는 황홀한 섹스 테크닉 등.

〈나인 하프 위크〉는 한마디로 이런 남자와 만난 한 여자의 특별한 체험담이다. '가학적 정사' 라는 말은 너무 거창하다. 엘리자베스(킴 베이싱어)는 화랑에서 일하는 뉴요커로, 한 번 이혼한 적이 있으며, 수줍음을 타는 평범한 여자다(킴 베이싱어가 평범하다는 말은 결코 아니다!). 화랑 일 외에는 특별한 삶의 활력소가 없던 엘리자베스 앞에 어느 날 100점, 아니 120점짜리 남자 존이 나타난다.

두 사람이 만나는 장면이 퍽 인상적인데, 엘리자베스가 중국 상점에서 닭고기를 살 때와 벼룩시장에서 알을 낳는 암탉 장난감을 살 때이다.

"만날 때마다 닭을 사는군."

"당신은 만날 때마다 날 보고 웃는군요."

엘리자베스는 알을 낳고 싶은 욕망을 가진 암탉이다. 가정을 갖고 아이를 키우는 엄마가 되기를 바라는 심리가 깔려 있음을 상징적으로 표현해 주고 있다. 그러한 그녀의 욕망은 영화 틈틈이 비춰진다. 존은 엘리자베스를 만날 때마다 그저 싱긋 하며 백만불짜리 미소를 날린다. 어떤 여자가 거부할 수 있겠는가(미키 루크는 얼마 전 〈씬 시티〉를 통해 최근 모습을 드러냈는데, 그에 대한 환상이 여지없이 깨져버린 여자들 아마 많을 것이다).

존은 즉시 호숫가에 있는 친구의 별장으로 엘리자베스를 데리고 간다. 앉으라는 말도 없이 침대에 하얀 시트를 까는 존의 모습에 그녀는 당황한다.

"당신은 이런 식으로 여자를 유혹하나요?"

선수답게 대답 대신 딴청이다.

"음악을 좋아하나?"

"뭐, 약간."

그리고는 익숙하게 빌리 할리데이의 재즈를 튼다. 그제야 여자는 긴장을 풀고 직업을 묻는다.

"당신이 하는 일은 위험하지 않나요?"

"당신이 이곳에 온 것보다 위험하지 않아. 나는 당신을 몰라. 당신도 마찬가지고. 이곳엔 남과 여 둘뿐이야. 전화도 없고. 당신이 소리쳐도 달려올 사람도 없어."

"가겠어요."

그는 역시 선수답다. 그물 속에 넣었다가 순순히 풀어준다. 다음 번 만난 장소는 엘리자베스의 집이다. 여자가 혼자 사는 집으로 남자를 데려간다면 게임 오버다. 이삼십대 싱글 여자의 연애법을 알려주는 《남자가 절대 말해주지 않는 것들》이란 책에서는 이 부분에 대해 이렇게 조언한다. 진지하게 사귀는 남자와 육체관계로 돌입하려면 적어도 4개월은 지나야 한다고. 처음 만난 날 곧장 섹스로 돌입하는 건 관계를 끝내는 지름길이라고 말이다(세 번 데이트하고 생각해 보라고 말하는 사람도 있지만). 그런데 엘리자베스는 두 번째 데이트에서 남자를 집으로 초대한다. 이쯤 되면 남자는 벌써 본색을 드러낸다. 존은 엘리자베스에게 명령하기 시작한다.

"옷 벗어."

"뭐라고요?"

"옷 벗으라고."

더 나아가 하얀 천으로 엘리자베스의 눈을 가린다.

"원치 않는다면요?"

"여기서 나가라고 말해도 좋아."

이 흥미진진한 게임을 거부하지 못하는 엘리자베스. 그녀에게 존과의 시간은 별천지에라도 온 듯 황홀한 체험이었다. 다음번 만남에서 엘리자베스는 존에게 자신의 친구들과 함께 만나자고 조른다.

"난 누구와도 만나고 싶지 않아. 당신과 같이 있고 싶을 뿐이야."

역시 진정한 바람둥이의 진수를 보여주는 존. 여자는 결혼하자는 뜻을 비친 반면 남자는 털끝만큼도 뜻이 없다. 이후로도 존은 엘리자베스에게 참으로 희한한 행동을 요구하는데 자위행위를 시키고, 콧수염을 붙인 남자로 변장하고 식당에 나타나게 하며, 물건을 훔치게 한다. 또 공공장소 아무데서나 섹스하도록 한다. 그는 엘리자

베스를 성의 노예로, 사랑을 게임의 일부 정도로밖에 생각하지 않는 것처럼 보인다.

"말해줄 게 있는데, 이건 정말 구역질나는 생활이야. 일하고 또 일하고, 알지도 못하는 사람들을 만나야 해. 물론 필요도 없는 사람들이지만. 그들은 당신에게 물건을 팔려 하고 당신도 그들에게 팔려고 하지. 집에 가서 TV 보고 아이들과 놀아야 해. 하나도 빠트리면 안돼. 아침에 일어나면 다시 시작하고…… 날 지켜주는 유일한 건 바로 닭(엘리자베스)이야. 당신은 너무 예뻐."

엘리자베스는 서서히 존의 본색을 깨닫기 시작하지만 발을 빼기에는 너무 늦었다. 엘리자베스에게 강요하는 존의 이해할 수 없는 행동은 점점 도를 넘어선다. 돈을 뿌리고 개처럼 짖어라, 흑인 여자와 섹스 하는 모습을 보여달라……. 이제 존의 요구는 엘리자베스가 생각하는 게임의 한계를 훌쩍 넘어버린다.

그는 왜 그녀에게 그처럼 희한한 행동을 요구했을까? 파괴 본능을 가지고 있는 모든 남자는 아름다운 여자의 망가지는 모습을 보며 묘한 쾌감을 느낀다. 남자들을 대상으로 한 에로 비디오의 카메라가 성적 쾌감을 느끼는 여자의 얼굴에 초점을 맞추는 것도 같은 이유다. 화장실도 안 갈 것처럼 예쁜 여자의 망가지는 모습을 즐기는 것이다. 존은 엘리자베스가 점점 망가지는 모습에서 쾌감을 찾는다. 그렇다면 존은 정말 변태일까? 그는 정말 엘리자베스를 사랑하지 않았을까?

나는 그가 엘리자베스를 진심으로 사랑했다고 생각한다. 존은 타고난 기질에다 바람 피우기 유리한 조건을 골고루 갖추고 있었을 뿐이다. 도를 넘어선 것이 문제였지만. 《남자가 절대 말해주지 않는 것들》에서 말하는 바람둥이의 정체는 이런 것이다. "바람둥이는 이 세상에 당신 이외의 여자는 없는 것처럼 느끼게 한다. 그것은 정말로 여자를 좋아하기 때문이다."

엘리자베스는 자신의 화랑에서 전시회를 갖는 작가 판스워드와의 이야기를 통해 사랑이 떠나버렸음을 깨닫는다. 판스워드의 이 한 마디는 의미심장하다.

"뭔가 순간적인 것을 잡으려 한 것 같군요."

"그래 그거야…… 순간이지. 물건에 익숙해진다는 건. 벌써 저 멀리 떠나버린 거야."

욕망은 끝났다. 엘리자베스는 이제 짐을 싼다. 존은 체념 반, 붙잡는 심정 반으로 고백한다.

"나에겐 많은 여자가 있었어. 정말 많았어. 그러나 지금 같은 기분을 느낀 건 처음이야. 당신과 함께 있을 때조차 몰랐어."

그러나 이미 늦었다. 엘리자베스는 울면서 외친다.

"당신은 둘 중 누가 그만이라고 말할 때 끝이란 걸 알았어요. 하지만 당신은 얘기하지 않을 거예요. 나는 너무 멀리 왔어요."

엘리자베스가 세상에 태어나서 두 번째쯤 잘한 일은 돌아오라는 존의 명령을 거부한 일일 것이다. 물론 문을 나서기는 너무도 힘들

었겠지만. 존은 마지막까지 포기하지 않고, 엘리자베스가 나간 문을 보면서 마법을 건다.

"제발 돌아와. 50 셀 때까지. 하나……."

이런 방식으로 다시 돌아온 여자도 있었던 모양이다.

그러나 진정한 바람둥이라면 여자를 웃는 모습으로 떠나도록 해야 한다. 카사노바는 자신이 상대한 모든 여자를 만족시켰고, 헤어진 후에도 그와 보낸 시간을 추억하도록 만들었다고 한다. 영국 작가 앤드루 밀러의 말에 따르면, 지나가던 젊은 여자가 카사노바 묘의 녹슨 십자가에 스커트를 걸쳐두었다고 한다.

존은 그런 점에서 그 시작은 창대했으나 그 끝은 미미했다. 엘리자베스 외에도 그가 만난 모든 여자를 울면서 황급히 뛰쳐나가도록 만들었을 테니까. 여자와의 관계에서 자신만의 즐거움을 추구했고, 사랑하면서도 사랑하는 여자가 원하는 것을 외면한 존은 카사노바에게 한수 배워야 할 것이다. 존을 생각하니 시트콤 〈올드미스 다이어리〉에서 노처녀 미자(예지원)의 대사가 떠오른다.

"넌 연구 대상이 아니라 해부 대상이야." 🈁

●●● 원제 Nine 1/2 Weeks | 1986년 | 감독 애드리안 라인 | 주연 킴 베이싱어, 미키 루크

레드 바이올린

"여기에는 내 이름을 새길 수 없다는 소리야. 작품에 분노를 담아!"

〈레드 바이올린〉, 〈업타운 걸〉, 〈미키 블루 아이즈〉, 〈사랑할 때 버려야 할 아까운 것들〉, 〈허드슨 호크〉, 〈종횡사해〉. 이들 영화의 공통점은 무엇일까? 그것은 바로 경매 장면이 등장한다는 것이다. 이 가운데 〈레드 바이올린〉과 〈미키 블루 아이즈〉는 아예 예술품 경매에 얽힌 이야기를 주요 소재로 삼고 있다.

로맨틱 코미디인 〈미키 블루 아이즈〉에 비해 〈레드 바이올린〉의 분위기는 상대적으로 무겁고 비밀스럽다. 이탈리아와 캐나다가 공동으로 제작한 미스터리물인 이 영화에는 사무엘 잭슨이 경매를 둘러싼 음모의 열쇠를 쥔 바이올린 전문 감정사 찰리 모리츠 역을 맡았다. 바이올린이 주인공이니만큼 영화 전반에 걸쳐 자슈아 벨(Josua Bell)의 아름다운 바이올린 선율이 흐르는데, 음악을 맡은 존 코리질리아노는 이 영화로 2000년 아카데미 작곡상을 수상했다.

〈레드 바이올린〉은 대륙을 넘나들며 수많은 사람들과 파란만장한 운명을 함께 했던 불후의 명품 '레드 바이올린'에 얽힌 격정과 비밀, 사랑과 예술의 드라마이다. 이탈리아의 니콜로 부조티(카를로 세치)가 300여 년 전에 제작한 이 바이올린에 영화는 인격을 불어넣어 불멸의 주인공으로 승화시켰다. 1999년 몬트리올의 경매장에서 각각의 과거 시점으로 시간과 공간을 반복 교차하며 바이올린과 인물들에 얽힌 관계의 올을 역동적으로 풀어나가는 이색적인 작품이지만, 관객들에겐 몇 차례에 걸쳐 등장하는 경매장의 모습, 시간과 공간의 반복 등이 다소 혼란스럽게 느껴질 수도 있을 듯싶다.

몬트리올 듀발 경매장에 72번을 단 레드 바이올린이 등장하면서 화면은 17세기의 이탈리아 크레모나의 공방으로 거슬러 올라간다. 니콜로 부조티는 예술가의 혼이 담긴 바이올린을 제작하는 르네상스 시대의 악기 장인이다.

"잘했다. 걸작을 만들어냈구나. 광대나 신부한테 딱 좋겠어. 저녁 먹고 한 곡조 뽑거나 미사 후에 광내기에는 말이야. 쉽게 말해 여기에는 내 이름을 새길 수 없다는 소리야. 작품에 분노를 담아!"

공방에서 제자에게 이렇게 고함을 치던 부조티는 난산의 고통에 대해 불안을 호소하는 만삭의 아내에게 음악가로 성장할, 장차 태어날 아이를 위해 만든 미완성의 바이올린을 보여주며 아내를 위로해 준다.

"새 바이올린이야. 완벽하지. 여기 있는 것들은 죄다 쓸모없는 쓰레기들이야. 이건 내 걸작이지. 내 아들을 위해 만들었어. 우리 아들은 음악가가 될 거야. 음악을 위해 살면서 모두에게 세상에 대한 자부심과 아름다움을 가져다줄 거야."

안나는 점술가 체스카가 들려준 힘겨운 산고, 아이에게 닥칠 엄청난 저주와 그 아이로 인해 사랑하는 많은 사람들이 안게 될 고통, 질병, 위험, 그리고 불멸의 영혼에 대한 두려움에서 벗어나지 못하고 자신의 운명을 거역하지 못한 채 아이를 낳고 숨을 거둔다.

슬픔과 절망에 빠진 부조티는 분노와 영원한 생명력을 담아 레드 바이올린을 완성하고, 레드 바이올린의 운명적인 행로는 18세기 오스트리아 알프스의 어느 수도원에서 시작된다. 수도원에서 수련을 받던 바이올린 천재 카스파 바이스는 푸상 선생에게 놀라운 재능을 인정받지만 아쉽게도 궁정 오디션 참가 도중 숨을 거둔다. 수도사들은 카스파가 천상에서라도 연주할 수 있도록 그의 시신과 함께 바이올린을 묻어주지만, 이후 푸상은 무덤을 파헤쳐 바이올린을 도굴한다.

레드 바이올린은 이후 집시의 손을 떠돌다 정열로 가득한 천재 바이올리니스트 프레데릭 포프의 손으로 전해져 예술적 영감의 원천으로 사랑을 한 몸에 받으며 화려한 시절을 풍미한다. 그러나 결국 포프의 연인 빅토리아의 끓어오르는 질투의 희생양이 되어버린 레드 바이올린은 대륙을 건너 중국 문화혁명의 회오리 속으로 빠져들고, 그로부터 몇십 년 후 자신의 모습을 세상에 화려하게 드러낸다.

"마님은 이제 강해지셨어요. 마치 숲속의 나무와도 같이……. 마님은 혼자가 아닙니다. 많은 힘, 친구와 가족, 적과 연인들, 마님의 추종자들이 마님을 얻기 위해 싸울 것입니다. 돈이 보입니다. 거액의 돈! 아니에요, 마님 걱정하지 마세요. 카드 점에서 마님의 부활이 보입니다."

이제 점술가의 예언대로 레드 바이올린의 화려한 부활이 시작된다. 1999년 몬트리올, 뉴욕에서 활동하는 바이올린 감정 전문가인 찰리 모리츠는 중국에서 경매 입찰을 의뢰한 바이올린을 감정 및 보증 하기 위해 듀발 경매장으로 향한다. 스트라디바리를 비롯한 몇 점의 바이올린을 보면서 모리츠는 자신의 눈을 사로잡은 한 점의 바이올린에 시선을 고정하는데, 그 순간 모리츠는 그것이 바로 '레드 바이올린' 임을 직감한다. 이제부터 모리츠는 레드 바이올린의 탄생의 비밀을 하나씩 벗기기 위해 은밀한 조사를 착수한다.

"아이가 있나? 자식 말이야, 있어?"

"없어요, 하지만 무슨 뜻인지는 알겠어요. 저도 탐이 나거든요."

"정말? 그럼 어떻게 하겠나?"

"다 뜯어내서 원리를 알아내겠어요."

모리츠는 보존처리사와 함께 레드 바이올린의 소유에 대해 공감대를 형성한다. 레드 바이올린을 손에 넣기 위해서는 그의 도움이

절실히 필요했기 때문이다. 모리츠는 사람의 심금을 울리는 완벽한 예술성의 비밀을 캐기 위해 몬트리올 대학교에 유기 화합물의 성분 분석을 부탁한 결과, 부조티가 아내의 머리카락을 잘라 붓을 만들고 그녀의 손목에서 혈액을 채취해서 안료와 혼합한 후 바이올린을 채색했다는 사실을 밝혀낸다.

"정말 찾게 될 줄은 몰랐어. 내가 가장 갖고 싶었던 거야. 과학과 심미의 완벽한 결합. 불가능해 보였는데…… 이젠 어쩌지? 자넨 어떻게 하겠나? 자네가 그토록 원하던 것이 거저 굴러들어 온다면?"

레드 바이올린으로 심한 갈등을 겪던 모리츠, 급기야 그는 공항으로 향하던 발길을 경매장으로 돌린다. 과학과 심미의 결정체 레드 바이올린이 경매에 입찰되기 불과 몇 초를 남겨둔 긴박한 순간, 모리츠는 직원들의 눈을 피해 교묘하게 모조품과 진품을 바꾸는 데 성공하고 지상 최대의 레드 바이올린 사기극을 완전범죄로 종결시킨다. 이윽고 모리츠가 자취를 감춘 경매장에서는 다수의 경매 입찰자의 경합 끝에 모조품 레드 바이올린이 240만 달러라는 거액에 저명한 음악가 러셀스키에게 낙찰된다.

경매에서 예술작품이나 유물 또는 표본물을 구입하는 경우, 가장 세심한 주의를 기울여야 할 부분은 역시 '위작' 여부이다. 이러한 위작들은 작품 자체, 작가의 서명, 감정서 철인에 이르기까지 실로 교묘하게 위조하기 때문에, 어떤 경우에는 감정 전문가조차 식별하기 어려운 경우도 있다. 얼마 전 경매에 나온 이중섭의 〈물고기와 아이〉에 대한 위작 시비는 법정 공방으로 비화되었다. 1999년 9월에는 세계적인 명성을 자랑하는 런던의 소더비가 가짜 골동품을 팔아 이미지가 바닥으로 곤두박질친 바 있다.

감정 전문가들은 진품 여부를 확인할 수 있는 한 가지 방법으로 '소장 기록(provenance)'을 확인할 것을 조언한다. 소더비나 크리스티의 경매도록을 보면 작품 사진 밑에 작품에 대한 설명과 추정가가 제시되어 있고 마지막으로 소장 기록이 기술되어 있다. 소장 기록은 언제 누구에 의해 제작되었으며, 과거에 이 작품을 누가 수집, 소장, 관리했었는지를 알려주는 일종의 '작품 족보'라 할 수 있으며, 작품의 소유권 이전에 관한 명백한 사실을 제공해 주기 때문에 때로는 작품의 출처가 진위 평가에서 매우 중요한 단서가 되기도 한다. 하지만 문화재와 예술작품을 둘러싼 국제 범죄가 갈수록 극성을 부리자 소유권 위조에 대한 문제도 제기되고 있다. 더욱이 이러한 소유권 위조에 감정 전문가들이 관련되어 있다는 사실이 밝혀짐에 따라 소장 기록조차도 100% 신뢰할 수 없게 되었다.

이제 경매사로서의 윤리 강령에 위배되는 모리츠의 행동은 가상의 영화에서만 가능한 것이 아니라 실제 사건으로 벌어지고 있다. 경매사인 모리츠의 행동은 전문 인력이 지켜야 할 윤리 강령을 위배했을 뿐만 아니라 더 나아가 영화 〈토마스 크라운 어페어〉의 토마스 크라운(피어스 브로스넌)이 저지른 것과 동일한 '예술품 범죄(art crimes)'에 해당된다. 대부분의 예술품 범죄는 예술품의 금전적인 가치로 인해 발생하지만, 찰리 모리츠의 경우에는 사람의 심금을 울리는 완벽한 예술성 때문이다. 그렇다면 이러한 사물의 수집과 소유에 대한 욕망은 도대체 어디에서 오는 것일까?

'페티시즘(fetishism)'이란 원래 자연물이나 인공물이 초자연적 혹은 신비한 힘을 가지고 있다는 원시 종교 특유의 신앙에서 유래한 주물숭배(물신숭배)를 일컫는다. 이에 원시인들은 색다른 모든 것들을 주물로 여겼다. 최초의 주물들은 특별하게 두드러진 모양의 조약돌이었으며, 이후 인간은 '신성한 돌'을 찾기 위해 끊임없는 노력을 기울였다. 한편 정신분석학자들은 페티시즘을 서물숭배(庶物崇拜)의 관점에서 접근한다. 이는 신체의 일부, 특정한 사물에 대해 애착을 느끼는 일종의 도착현상을 의미하며, 그 결과 극단적인 수집광과 같은 성향을 나타낸다.

이러한 페티시즘에서 출발한 극단적인 수집광의 성향은 다른 영화에서도 발견할 수 있다. 〈토마스 크라운 어페어〉의 토마스 크라운처럼 예술품을 수집하거나, 신발 가게의 장식장을 거실에 들여놓을 만큼 신발에 집착하며 자신의 억눌렸던 욕망을 표출하는 〈분홍신〉의 선재(김혜수), 〈양들의 침묵〉에서 여자가 되고 싶은 욕망에 사로잡혀 몸집이 큰 여성들의 피부를 벗겨 수집하는 버팔로 빌(테드 르바인), 〈내셔널 트래져〉의 보물 사냥군 벤자민 게이츠(니콜라스 케이지), 〈툼레이더〉의 라라 크라포드(안젤리나 졸리), 〈종횡사해〉의 아해(주윤발), 〈오션스 트웰브〉의 밤여우 시맹(뱅상 카셀), 그리고 〈레드 바이올린〉의 찰리 모리츠 등이 페티시즘에 빠진 인물들이라 할 수 있다.

예술작품과 문화재에 대한 페티시즘은 긍정적인 결과를 낳기도 하지만 때로는 부정적인 결과를 초래하기도 한다. 긍정적인 관점에서 본다면, 영국의 대영박물관은 의학자였던 한스 슬론경(Sir Hans Sloane)이 약 8만 점에 이르는 방대한 소장품을 영국 정부에 기증하면서 설립되었다. 또한 현대미술관의 '빅 3'로 불리는 뉴욕의 구겐하임미술관, 현대미술관과 휘트니미술관 모두 신흥 재벌의 재정적인 지원과 소장품 기증으로 설립된 미술관이다.

반면 나폴레옹과 히틀러, 이토 히로부미, 콜랭 드 플랑시, 기하치로 오쿠라, 그레고리 핸더슨 등은 문화재나 예술품 수집광이라는 한 가지 공통점을 지닌 인물들이고 이들 대부분은 예술품 범죄자에 해당된다. 나폴레옹과 히틀러의 예술작품이나 문화재에 대한 소유욕은 영토 정복에 대한 욕망에 필적한다. 예컨대 나폴레옹은 이집트의 문화유산을, 히틀러는 유럽 국가들의 박물관이 소장하고 있던 예술작품 수십만 점을 약탈했다. 또한 이토 히로부미는 우리나라의 고려자기, 그레고리 핸더슨은 우리나라의 회화 작품과 골동품, 콜랭 드 플랑시와 기하치로 오쿠라는 특히 고문서와 전적류 수집에 미쳐 있었다.

사랑이 지나치면 소유욕과 집착으로 발전한다고 했던가? 사람들은 물적 자산이나 재산을 일정 기간 이상 보유하는 것이 이롭다는 생각을 하기 때문에 소유한다. '가진다,' '보유한다,' '축적한다' 는 생각은 그 동안 자본주의의 미덕처럼 떠받들어졌다.

　오늘날 현실 공간에서 가상 공간으로, 산업자본주의에서 문화자본주의로, 소유에서 접속으로 이동하는 거대한 조류가 우리를 향해 밀려오고 있다. 과학기술이 급속하게 발전하고 경제활동이 어지러울 만큼 빠르게 진행되는 세상에서 이제 소유에 집착하는 것은 곧 자멸하는 지름길이다. 〔01〕

●●● 원제 The Red Violin | 1988년 | 감독 프랑수아 기라드
　　주연 사무엘 잭슨, 그레타 스카키, 제이슨 플레밍

반지의 제왕

"우리는 빵맛을 잊어버렸고 나무들의 소리와
부드러운 바람의 감촉도 잊어버렸어.
심지어 우리의 이름마저도!"

플라톤은 《파이돈》에서 "자기를 묶고 있는 쇠사슬을 가장 세게
조이는 자는 바로 자기 자신"이라고 말했다. 인간의 몸은 포로처럼
노예 의지에 사로잡혀 있고, 그에 따라 어처구니없는 악행을 저지
른다. 몸을 꽁꽁 묶고 있는 것은 '욕망'이다. 즉 인간은 욕망의 포로
다. 〈반지의 제왕〉의 골룸을 보면서 플라톤의 글이 연상된 것은 골
룸이 바로 욕망에 사로잡힌 인물이기 때문이다. 그를 현대적 용어
로 설명하자면 편집증, 조울증, 피해망상증, 기억상실증 등을 가진
'다중인격 장애자'다.

"나쁜 주인! 우릴 속였어! 스메아골, 골룸을 속이다니. 그 길로 가
면 안돼! 그 보물에 해를 입히면 안돼! 스메아골한테 내놔! 우리에게
줘! 내놓으란 말야!"

그는 이 작품의 원작자 톨킨이 창조하고, 영화감독 피터 잭슨이

형상을 부여해 태어난 가장 개성 있는 캐릭터다. '어둠의 군주' 사우론의 절대반지를 호빗의 손에서 빼앗아 악의 신하로서 한 자리 차지하길 바란다.

개그우먼 조혜련이 골룸으로 분장해 큰 인기를 누렸을 정도로 골룸은 문화의 아이콘이 되었다. 대중이 골룸에 열광하는 이유는 분명하다. 욕망에 사로잡힌 현대인의 자화상을 보는 것 같아 섬뜩하면서도, 인간과는 다른 이질적 존재로서 동물원 우리에 갇힌 동물들을 놀리는 즐거움을 동시에 얻을 수 있기 때문이다. 욕망과 악의 실체는 무엇일까.

호빗, 인간, 요정으로 구성된 세 팀의 원정대가 세상을 악으로부터 구하기 위해 절대반지를 파괴하러 떠나는, 한 편에 상영시간 200분이나 되는 영화 세 편을 봐야 그 끝을 만날 수 있는 거대한 스케일이야말로 판타지의 대서사로서의 결정판이라고 하겠다. 그러면서도 인물 하나하나에 아로새긴 인간 존재에 대한 물음이야말로 〈반지의 제왕〉의 진정한 가치라 할 수 있다.

신화학자 조지프 캠벨은 저서 《천의 얼굴을 가진 영웅》에서 "도깨비(악 혹은 괴물)란 인간성 가운데 해결되지 않은 수수께끼가 투영된 것일 뿐"이라고 주장한다. 그에 따르면 악이나 괴물은 인간 자신의 어두운 측면을 형상화한 것이다. 한 명의 인간은 우주 그 자체이며, 그 안에 천사와 악마의 속성을 모두 지니고 있다.

골룸은 중간계에 존재하는 수많은 종족과 인물 중에서도 인간의 악을 구현하고 있는 수수께끼 같은 존재다. 그는 가면을 벗고 있기 때문에 인간보다 더 적나라하게 인간의 모습을 드러낸다. 피터 잭슨 감독은 그 방대한 텍스트를 영상으로 옮기는 과정에서 악에 대한 격렬한 투쟁, 절망의 벼랑 끝에서 피어나는 희망을 강조했다. 따라서 프로도(일라이저 우드)를 위시한 인간들은 절망을 이겨내는 초인으로 변모한다. 나약하고 게으른 생활에 젖어 있던 키 작은 호빗들이 모험을 떠날 때와는 전혀 다른 모습이다.

그 반대편에는 추악한 얼굴로 씩씩거리고 있는 오르크들이 있다. 사우론이 일으킨 전투에서 주로 트롤과 함께 보병부대의 선봉에 서 있는 오르크는 판타지 게임에서와 마찬가지로 싸움과 전쟁밖에 모르는 존재다. 톨킨의 텍스트에선 오르크도 미적 감각이 있는 존재로 묘사되어 있지만, 영화에선 프로도가 오르크의 탑에 갇혀 있을 때도 오르크들은 누더기가 된 프로도의 옷을 가지려고 서로 싸우고 죽이는 저능아들에 불과했다. 오직 도끼로 내리쳐 상대방을 죽이는 살인기계다. 선한 임무만을 맹목적으로 수행하는 인간도, 악의 추종자인 오르크도 인간의 참다운 모습과는 거리가 있다.

스메아골, 즉 골룸은 어떤가. 호수 밑바닥에서 절대반지를 주운 데아골을 목졸라 죽이기 전까지만 해도 평범하고 착한 존재였다. 그후 동굴에서 물고기를 산채로 뜯어먹는 추악하고 냄새나는 존재로 변해간다.

"우리는 빵맛을 잊어버렸고 나무들의 소리와 부드러운 바람의 감촉도 잊어버렸어. 심지어 우리의 이름마저도!".

마법사 간달프(이안 맥켈런)는 골룸에 대해 이렇게 말한다. "오래
전 옛날, 손재주가 뛰어나고 발이 빠른 소인족이 살았다네. 이들은
호빗과 유사한 종족으로 짐작되는데 그 집안에는 호기심 많고 무슨
일이든 알고 싶어하는 스메아골이라는 젊은이가 있었지. 그는 사물
의 근원과 뿌리에 관심이 많아서 풀과 나무 밑을 파보기도 하고 푸
른 산에 굴을 뚫기도 했다네."

타락한 천사와 같은 골룸은 그럭저럭 살아가는 것에 만족하지 못
할 뿐만 아니라 마음속에 끝없는 호기심을 지녔다. 남을 속이고, 비
겁하고, 야만스럽고, 인간과 땅의 낮은 곳을 깊이 파헤치려는 열망,
주어진 것 이상을 알고 싶어하는 호기심 등이 골룸의 속성이다. 절
대반지가 권력과 지적 호기심으로 골룸을 유혹했을 때, 그는 악마
의 노예가 되어버린다. 악마가 천사가 될 순 없다. 천사가 타락해
악마가 될 수는 있어도. 인간과 골룸의 공통점은 바로 이 점이다.

어떤 이는 골룸이 자유를 얻기 위해 투쟁하고, 굶어 죽어가고, 지
배 세력의 부를 빼앗아 자기 것이라고 주장하는 노동자 계급을 구
현하고 있다고 설명하기도 한다. 〈반지의 제왕〉 텍스트에서 제1차
세계대전 당시 영국의 통합을 꿈꾸던 톨킨의 인종차별주의 등 보수
성을 지적하는 것이다. 어떤 측면에서 접근해도 골룸은 〈반지의 제
왕〉의 핵심이다.

간과해서는 안될 점은 골룸이 프로도 및 인간의 욕망, 악을 대변

하는 인물이라는 사실이다. 반지 원정대의 인물들 역시 악에서 자유롭지 못하다. 프로도가 반지를 파괴할 수 있는 불의 산에 도착한 후 광기를 번뜩이며 "마침내 여기까지 왔다. 하지만 난 이 일을 할 수가 없어. 아니, 하지 않겠어. 이 반지는 내 것이야!" 라며 반지를 자신의 손가락에 낀 사실을 기억하는가. 아무리 골룸이 배신과 거짓말을 밥 먹듯 한다고 해도 개목걸이를 만들어 골룸을 짐승처럼 질질 끌고 다니는 샘은 노예 사냥꾼의 모습에 가깝다. 난쟁이 김리와 요정 레골라스는 전쟁터에서 오르크 더 많이 죽이기 경쟁을 벌인다. 그래서《반지의 제왕, 혹은 악의 유혹》을 쓴 철학자 이자벨 스마자는 이 작품이 독자를 매혹시키는 까닭을 두고 '악과 싸우는 선의 승리' 가 아니라 '선과 악의 구분이 모호한 상태' 이기 때문이라고 주장한다.

　욕망과 악이란 무엇일까. 프랑스의 대표적인 철학자 폴 리쾨르는 저서《악의 상징》에서 이렇게 말한다.

　욕망은 일정한 도를 넘어 무엇에 사로잡힌다. 그런데 도를 넘는 것은 '거짓'을 통해서다. 폭군은 대표적으로 욕망에 사로잡힌 자다. 악함이란 선함의 대체물이 아니며 인간 안에 있는 순결과 빛과 아름다움이 퇴색되고 희미해지고 추해진 것임을 알게 된다. 악이 아무리 뿌리 깊다 해도 선만큼 근원적이지는 않다.

폴 리쾨르에 따르면 악은 악의 인간론과 악의 사탄론 두 가지 종류가 있다. 그는 "악은 나와 내가 일치하지 않아 생기는 것이므로 내 안에 있다"며 인간이 스스로를 욕망의 감옥에 가두고 있다는 악의 인간론과, 악의 기원을 인간 이전에 둠으로써 유혹에 시험당하는 어쩔 수 없는 인간을 상정하는 악의 사탄론 중에서 악의 인간론에 더욱 무게를 둔다. 악의 인간론이라면 스스로의 문제이기 때문에 욕망의 노예가 되지 않도록 노력해야 할 일이고, 악의 사탄론이라면 악이란 인간이 감당할 수 없는 상대이기 때문에 근본적인 악한은 없다는 면책론을 받게 된다.

거대한 욕망에 제압당해 자의식마저도 오락가락 하는 골룸은 악의 하수인임에도 불구하고 매력덩어리다. 어찌 보면 아이 같은 순수함을 지녔고 기쁨을 표현할 줄 아는 인물이면서도 실수하는 악이다. 《파우스트》의 악마 메피스토텔레스가 코믹한 성격과 호기심을 뿜어내면서도 괴테의 표현대로 "악을 행하고자 하나 선을 이루게 하는 힘" 자체인 것과 비슷한 이치다. 악의 사탄론에 따르면 골룸 역시 '어둠의 군주'의 폭력적인 힘에 굴복당한 희생양이다. 역설적으로 사우론의 부하가 될 뻔한 프로도를 구하기까지 한다. 톨킨의 텍스트에서 최고의 장면 중 하나인 골룸의 최후를 살펴보자.

갑자기 골룸이 (프로도의) 긴 손을 자기 입 근처로 가져가는 것이 보였다. 하얀 어금니가 번득이는가 싶더니 무엇인가를 물어뜯었다. 그

러자 프로도의 울부짖음이 들렸다. 프로도가 벼랑 끝에 무릎을 꿇고 쓰러진 모습이 보였다. 골룸은 미친 듯 춤을 추며 프로도의 잘린 손가락에 끼워진 반지를 치켜들었다. 반지는 살아 있는 불처럼 빛을 발했다.

"보물! 보물! 보물! 내 보물! 아, 내 보물!"

골룸이 외쳐 댔다.

그는 지나치게 낭떠러지 쪽으로 발을 내딛다가 벼랑 끝에 걸려 잠시 버둥대더니, 그 순간 비명을 지르며 떨어져 버렸다. 심연 깊숙한 곳에서 '보물!' 하는 그의 마지막 외침이 울려왔다. 이제 그는 영원히 사라져버린 것이다.

영화에서 카메라는 반지의 구멍을 통해 하늘을 쳐다보며 덩실덩실 춤추는 골룸의 모습을 하늘로부터 잡아준다. 골룸이 얼마나 황홀경에 빠져 있는가를 보여주려는 의도다. 활짝 웃는 어린아이 같은 표정, 파멸하기 전에 천국을 본 악마의 모습!

〈반지의 제왕〉이 골룸을 통해 보여주려 했던 것은 인간의 노예근성이 아니었을까. 노예근성은, 처음에는 착하고 아름다운 젊은이였던 골룸이 절대반지에 집착하게 되면서 자신도 모르는 사이에 추악한 괴물로 바뀔 만큼 무시무시한 위력을 지녔다. 현실적으로 가질 수 없는 것, 설사 가진다 해도 허탈함 외에 아무것도 남지 않는 것에 집착하고 소유하려 하는 데서부터 내면의 균열이 온다. 톨스토이는 《톨스토이 인생 일기》에서 그리스 철학자 에픽테토스의 우화를 인용해 인간이 가진 노예근성의 본질을 파헤친다.

노예가 얼마나 살고자 애쓰는가를 보라. 무엇보다도 먼저 그는 사슬에서 풀리기를 원한다. 그는 그것 없이는 자유도 행복도 없다고 생각한다. 그리하여 그는 말한다.

"만약 이 사슬만 풀린다면 나는 곧 충분한 만족을 얻을 수 있을 것이다. 주인의 비위를 맞출 필요도 없으며 일할 필요도 없을 것이다. 주인과 나는 대등한 처지에서 이야기하며, 그의 승낙 없이 마음대로 나다닐 수도 있게 될 것이다"라고.

그러나 일단 그 사슬이 풀리자, 노예는 곧 환심을 살, 새 주인을 찾아다니지 않으면 안된다. 옛 주인이 이제는 자기를 길러주지 않으므로 딴 주인에게서 밥을 얻어먹기 위해서다. 그런 사람을 찾기 위해서 그는 온갖 비열한 짓을 예사로 하게 된다. 그리하여 그는 전보다 더 쓰라린 노예가 되어버렸음을 알기에 알맞은 잠자리와 식사를 겨우 얻게 되는 것이다. 그는 이전 노예 생활을 회상하고 그리워하며, "그 집에 있을 때는 이토록 심하지는 않았다. 아무 걱정 하지 않아도 밥과 옷을 주었고, 병이 나면 여러 가지로 걱정도 해주었다. 일도 편했었다. 그런데 지금은 이게 무슨 불행이란 말이냐! 이전에 상전이라곤 한 사람밖에 없었는데, 지금은 몇 사람의 상전을 모시고 있는가!" 하고 탄식하게 된다.

이 노예는 깨달음을 얻지 못한 것이다. 무엇이 인간의 참된 행복인가를 깨달아야 한다.

톨스토이나 에픽테토스는 깨달음만이 답이라고 한다. 어려운 이야기다. 결국 깨닫지 못하면 골룸처럼 된다는 말인가. 골룸 이야기가 현실성을 갖고 있는 것은 그가 원래 괴물이 아니라 착하고 아름다운 모습의 젊은이였다는 점이다. 반지 획득에 매달린 이후 추악한 괴물의 모습으로 변한 것이다. 자신도 모르게 그렇게 흘러갔다는 사실은 상당히 섬뜩한 일이 아닐 수 없다. 그러한 예는 우리 주변에도 예상외로 많다. 그래서 나는 〈반지의 제왕〉이 어떤 텍스트보다 두렵다. 🈟

●●● 원제 The Lord Of The Rings | 2001~2003년 | 감독 피터 잭슨
주연 일라이저 우드, 이안 맥켈런, 리브 타일러, 비고 모텐슨

아메리칸 뷰티

> "아내를 바라보면 숨이 막힌다. 저러지 않았건만. 그녀는 행복했었다. 아니 우린 행복했었다."

아내와의 섹스에서 희열을 느끼지 못해 한참 나이 어린 애인과 바람난 영작(황정민), 머리에 피도 마르지 않은 옆집 고딩과 심심풀이로 '진한 연애' 나 해보려고 시작하다 급기야 원하던 임신을 성취한 호정(문소리), 남편과는 15년 동안 성관계를 갖지 못하다가 초등학교 동창과 바람나서 "생전 처음 오르가즘을 느꼈다"며 남편이 간암으로 사망하자 기다렸다는 듯 당당하게 새 애인과의 결혼을 선언한 시어머니 병한(윤여정)……

이게 무슨 콩가루 집안이란 말인가. 성에 대한 혼란과 무질서, 그리고 가족 간의 아슬아슬한 균열과 붕괴를 담은 영화가 바로 우리 영화 〈바람난 가족〉이다.

"난 번듯한 아빠를 원해. 내 친구나 넘보며 팬티에 사정하는 아빠 말고. 저질! 난 누가 아빠를 없애버렸으면 좋겠어."

"내가 해줄까?"

"그래 줄 수 있어?"

이런 맹랑한 대화로 시작하는 영화. 주도면밀한 시나리오, 등장 인물들의 우울한 그림자를 섬세하게 포착한 뛰어난 연출, 배우들의 소름끼치는 열연으로 〈아메리칸 뷰티〉는 72회 아카데미 시상식에서 작품상 등 주요 5개 부문을 휩쓸었다. 특히 이 영화에서 고요하게 움직이는 카메라의 시선은 배우들의 관계와 심리를 절묘하게 포착, 극도의 절제된 미학을 보여준다. 이 영화는 한마디로 보수적인 경향의 결정체인 미국 사회에 정면으로 도전하며 미국 중산층의 삶과 치명적인 아름다움을, 한 가정의 붕괴를 통해 표현한 미국판 '바람난 가족'이다.

완벽한 바디 라인과 하얀 속살, 그리고 배꼽 주위에 얹어진 빨간색 장미와 손을 묘사한 영화 포스터는 성적 유혹보다는 오히려 극도로 절제된 미학적 구도를 보여줌으로써 보는 이에게 불안감을 느끼게 만든다. 영화 시작과 함께 등장하는 잘 정돈된 정원과, 집들이 일렬로 늘어선 평온한 교외 마을도 뭔가 석연치 않다. 이곳에 평범한 회사원 레스터 버냄(케빈 스페이시)과 그의 아내 캐롤린(아네트 베닝), 그리고 외동 딸 제인(도라 버치)이 살고 있다.

"내 이름은 레스터 버냄, 여긴 내가 사는 동네며 여긴 우리 집. 이것이 내 인생이다. 난 올해 마흔둘이며, 일 년 이내로 죽을 것이다."

자신의 죽음을 예견하는 레스터. 자명종 소리에 잠을 깬 레스터는 '걸어다니는 시체' 와 같은 자신의 일상 가운데 샤워 중의 자위가 가장 짜릿한 순간이라며 푸념을 늘어놓는다. 부동산 중개업자로서의 성공과 부의 축적에 집착하는 아내 캐롤린과는 이미 10년 전에 '성관계 종료' 상태다. 그뿐만이 아니다. 레스터는 감미로운 재즈의 선율과 낭만적인 촛불이 어우러진 저녁식사를 통해 이미 단절되어 버린 가족과의 의사소통을 시도하려 하지만, 잘 정돈된 식탁에는 화목의 그림자는커녕 서로간의 증오만 증식될 뿐이다. 아내와 자식에겐 패배자인 동시에 경멸의 대상, 그리고 직장에서는 해직 소식을 통보받은 레스터는 '중년의 위기' 에 처한 문자 그대로 무능한 가장. 레스터는 가족 내에서의 자신의 위치를 돌아보며 언젠가는 상실해 버린 의욕을 되찾고 싶은 바람을 관객에게 잔잔한 내레이션으로 전달해 준다.

"아내를 바라보면 숨이 막힌다. 저러지 않았건만. 그녀는 행복했었다. 아니 우린 행복했었다."

관중석에서 차례를 기다리던 제인은 갑자기 애정이 샘솟기라도 한 듯 자신의 공연을 보러 온다는 부모의 호들갑스런 행동에 "밥맛이야. 자기들 인생이나 신경 쓰라지" 라는 반응을 보인다. 제인의 말은 한 마디로 〈친절한 금자씨〉의 금자(이영애)가 내뱉은 "너나 잘 하세요" 의 싸늘한 냉소 그 자체다.

우연히 아내 손에 이끌려 제인의 치어리더 공연을 보러 농구장으로 향한 레스터는 제인의 친구 안젤라의 몸짓을 통해 성적 환상을 경험한다. 딸의 친구라는 사실조차 망각한 채 레스터가 주접을 떨자, 제인은 자신의 친구에게 묘한 시선을 보내는 구제불능의 아버지가 부끄럽고 한심하기 그지없다. 그러나 안젤라는 레스터가 '매력적인 남자'라는 의외의 반응을 보이며 대수롭지 않다는 듯 레스터의 부담스러운 눈길이 오랫동안 굶주렸던 성욕 때문일 것이라고 오히려 제인을 위로한다. 12살 때부터 고혹적인 외모로 인해 남자들의 축축하고 묘한 시선을 받아오던 안젤라. 자신을 상대로 자위를 하는 남자들을 역겨워하기는커녕 오히려 자신에게 모델의 자질이 있다며 스스로를 과찬한다.

안젤라와의 만남 이후 마치 혼수상태에서 깨어난 사람처럼 레스터는 매일밤 장밋빛으로 휩싸인 황홀경으로 빠져들며 그간 잊고 살았던 삶의 열정과 감성을 하나씩 회복하기 시작한다. 더욱이 "가슴 근육만 좀 키우면 훨씬 섹시해질 것 같다"는 안젤라의 대화를 엿들은 레스터는 당장 창고로 달려가 삐질삐질 땀을 쏟으며 몸짱 만들기 모드로 돌입한다. 레스터에게 안젤라는 잠재된 능력을 일깨워 신기루를 찾게 해주는 존재가 되었다.

한편 파티장에서 부동산업계 거물 버디를 만난 캐롤린은 호들갑을 떨며 특유의 요란한 언변을 구사, 결국 그와 불륜관계를 맺기에 이른다. 영화 초반에 등장하는 캐롤린이 머리끝부터 발끝까지 갖춰 입고 장미를 손질하는 모습이나 버디에게 접근해서 불륜행각을 벌이며 '왕비나 맛봄직한 쾌감'을 운운하고 스트레스를 핑계 삼아 성

적 유희를 만끽하는 모습은 그녀가 얼마나 과시욕과 허영에 들뜬 삶을 꿈꾸는 여자인지를 단적으로 표현해 준다.

"직장 관뒀어. 사장을 협박해서 6만 달러나 뜯어냈지."

"그걸 자랑스럽게 생각한다는구나."

"네 엄마는 섹스를 거부하며 내가 청교도처럼 살길 바래."

"애 앞에서 그런 심한 말을? 일자리를 잃은 분풀이를 내게 하다니."

"생계 전선에 날 내던져줘서 고마워."

저녁식사 도중 격분한 레스터가 접시를 내던지는 해프닝을 벌이며 이들 가족이 나눈 대화다. 빈정거림과 냉소, 위선과 허위가 가득하다. 제인은 옆집의 젊은 리키와 함께 그가 찍은 필름을 감상하며 그에게 마음을 열기 시작하지만 가족에게서 느끼는 소외감과 절망감은 회복될 기미조차 보이지 않는다.

딸이 자신을 죽일 만큼 혐오하고 있다는 사실을 눈치채지 못한 채 레스터는 "오늘은 당신에게 남은 인생의 첫날" 이라고 쓰인 포스터의 글귀를 되새기며 안젤라와의 '그날' 만을 학수고대하며 시간을 보낸다. 대마초 거래를 위해 리키와 레스터가 빈번히 접촉하는 것을 의혹의 눈빛으로 바라보던 리키의 아버지 프랭크는 이들이 동성애 관계를 맺고 있는 것으로 오해한다.

햄버거 가게에서 버디와 캐롤린의 밀회를 목격한 레스터는 분노는커녕 오히려 싸늘함이 느껴지리만큼 태연하게 근육 만들기에 여념이 없다. 이때 비에 흠뻑 젖은 채 자신의 품에 안기는 프랭크의 돌발적인 행동에 놀란 레스터는 자신을 오해한 것 같다며 그를 밀어낸다. 직접 재배한 꽃바구니를 들고 환영인사를 온 친절한 게이 커플에 대해 뭐 자랑이라고 자신들이 호모란 사실을 떠벌이냐며 격앙된 어조로 분노하던 프랭크! 그랬던 그가 바야흐로 커밍아웃을 하려는 찰나였다. 안젤라에게 과시하고 싶었던 레스터의 섹스 어필은 마치 잘못 날아간 큐피트의 화살처럼 본의 아니게 프랭크에게로 꽂혔던 것이다. 잘못된 화살이 종국에는 죽음을 불러오는 불씨가 될 줄이야.

홀로 집안에 있던 안젤라와 드디어 함께 있게 된 레스터. 그러나 안젤라가 첫경험이라는 사실을 밝히는 순간, 레스터는 자신이 그토록 원하던 것을 포기하고 만다. 원조교제를 꿈꾸는 파렴치한 같던 레스터에게도 일말의 양심은 있었던 모양. 안젤라로부터 제인이 사랑에 빠져 행복하다는 말을 전해들은 레스터는 행복함에서 우러나오는 미소를 띠고 가족사진을 들여다보며 자신의 지난 행동을 참회한다. 그 순간 프랭크가 뿜어낸 한 발의 총성이 집안의 정적을 깨고, '아메리칸 뷰티' 처럼 선홍색의 핏줄기가 레스터의 머리에서 흘러내린다.

"살다 보면 화나는 일도 많지만 분노를 품어선 안된다. 세상엔 아름다움이 넘치니까. 아름다움을 느끼는 순간, 가슴이 벅찰 때가 있다. 터질 듯이 부푼 풍선처럼. 하지만 마음을 가라앉히고 집착을 버려야 한다는 걸 깨달으면 희열이 몸 안에 빗물처럼 흘러 소박하게 살아온 내 인생의 모든 순간들에 대해 오직 감사의 마음만이 생긴다."

레스터의 마지막 내레이션과 함께 흘러나오는 비틀즈의 〈Because〉는 마치 그의 죽음을 애도하는 장송곡 같다.

우리는 이 영화를 보면서 마냥 통쾌하지만은 않다. 이 영화가 아무리 미국 사회를 향해 통렬한 비판을 쏟아내더라도 관객 입장에서는 어딘지 불편할 수밖에 없는데, 중년의 위기에 빠진 무능한 가장이 죽음으로 치달으면서 '가족 해체의 슬픔'이란 메시지를 전달하기 때문이다.

〈아메리칸 뷰티〉는 한 사회 안에서 '가족 이데올로기'가 무엇인지에 대한 의미를 겸허하게 생각하도록 만든다. 이 작품에서 가족 해체의 원인은 철저하게 개인의 파괴로부터 기인한다. 결국 인물들의 부적절하고 무분별한 행동으로 인해 가족은 심판을 받듯 해체되고 마는 것이다.

영화 종반 결코 자신이 희생자가 되지 않겠다고 끊임없이 되뇌며 레스터를 죽이겠다는 일념으로 빗속을 달려온 캐롤린은 그토록 미워하던 남편의 죽음 앞에서 오열을 토해낸다. 누군가 아빠를 없애주길 바라던 제인조차도 레스터의 시신 앞에선 공허함에 말을 잃는다. 마치 승냥이처럼 서로의 상처를 물고 뜯던 캐롤린과 제인은 레스터의 싸늘한 시신을 보고서야 비로소 그의 존재에 대한 소중함을 깨닫게 된다.

레스터의 내레이션처럼, 소박한 인생의 순간들이 아름답다는 것을, 그리고 감사하다는 것을 조금만 일찍 느꼈더라면 그처럼 비극적인 종말을 향해 치닫지는 않았을 것을. [01]

●●● 원제 American Beauty ㅣ 1999년 ㅣ 감독 샘 멘데스
　주연 케빈 스페이시, 아네트 베닝, 토라 버치, 앨리슨 제니

오만가지
삶의
스펙트럼

3장 樂

결혼은 미친 짓이다

"난 자신 있어. 절대로 들키지 않을 자신."

'오늘의 작가상' 수상작으로 화제를 모았던 이만교의 동명 소설을 스크린으로 옮긴 것이 이 영화 〈결혼은 미친 짓이다〉이다. 작가상 시부문 심사위원이었던 유하 감독은 도발적인 화두를 던지는 소설의 제목과 두 집 살림을 천연덕스럽게 해내는 불온한 여성 인물에 매료되어 관심을 갖게 되었다고 한다.

〈네 번의 결혼식과 한 번의 장례식〉에서 "결혼하지 않고 영원히 행복하게 살았다"는 내레이션에 대해 깊은 인상을 간직했던 감독은 결혼의 신성함을 공략한 기존 영화와는 다르게, 현존하는 결혼제도의 문제점을 공론화시켜 다양한 시각으로 담론을 이끌어 내려는 노력을 기울였다. 어쨌거나 감독은 〈결혼은 미친 짓이다〉에서 펼쳐지는 두 남녀의 연애담을 통해 결혼이란 제도에 비아냥스런 표정으로 연신 시비를 건다.

"사실은 그 영화 본 거에요. 그저께도 저 선봤거든요. 그때도 참 지루했는데, 그 지루한 영화를 또 보러 왔네요. 한 달 사이에 만난 남자만 열 명이 넘어요. 이렇게까지 해서 결혼이란 걸 해야 하는지. 웃기죠?"

친구 결혼식 사회를 보는 대가로 소개팅을 하게 된 준영(감우성)은 차분한 성격의 지적이고 매너 좋은 영문과 '보따리 장사'(대학 강사)다. 연애지상주의자인 그는 대학로 패스트푸드점 앞에서 신문을 말아쥐고 연희(엄정화)와의 007 데이트를 기다리고 있다. 셀레민트껌 향기를 풍기며 뒤늦게 나타난 연희는 섹시하고 당돌하다 못해 발칙함까지 발산하는 서른을 앞둔 조명 디자이너. 우아한 저녁식사 도중 술을 잘 못한다며 내숭을 떨던 연희는 "오늘따라 술이 참 다네요"라는 멘트를 날리며 맥줏잔을 채우기 무섭게 원샷으로 들이킨다. 그러더니 조금 전에 관람했던 영화를 며칠 전 선본 남자와 보았다는 둥 점차 내숭 본색을 드러내기 시작한다.

"근데…… 왔다갔다 택시비 하면 여관비가 더 쌀 것 같은데요?"

어느새 여관으로 직행한 그들은 대화만큼이나 솔직한 섹스를 나눈다. 그녀는 섹스를 할 때도 정정당당하게 자신이 원하는 것을 주장하는 여자이며 솔직함만큼이나 포용력도 크다. 패스트푸드점에서 보았던 풋풋한 아르바이트 여대생과 자신을 비교하는 준영에게 기분 나쁘다는 반응을 보이기는커녕 오히려 머리를 묶으며 지금부터는 자신을 그녀라고 생각하라고 말해 버리는 귀여운 여자다.

조카의 생일 선물을 사기 위해 백화점으로 향한 그들은 주방용품을 둘러보며 남들한테 신혼부부로 오인받고는 무척이나 재미있어 한다.

"정말 우리가 신혼부부로 보이나 봐, 그치."

"그래? 그럼, 이렇게 하구 평생 다닐까?"

"평생? 지금 청혼하는 거야?"

"아니. 말 그대로 연기. 가짜 결혼을 하는 거지."(이 남자, 정말 얄밉다)

"주말부부인 양 살면 되는 거야."

그들이 무심코 나눈 대화가 현실이 될 줄은 그들도 몰랐을 것. 연희는 마음 한구석에는 남들도 결혼하니까 나도 해야 된다는 강박관념을 갖고 있었지만, 또 한편으로는 주위의 결혼한 친구들을 둘러보면 뭐 그리 대단한 것도 없고 걱정도 행복도 고만고만하니 과연 결혼을 해야 되는지 말아야 되는지에 대해 확고한 신념도 없는 상태다. 그러나 내심 준영이라면 결혼을 고려해 볼 만하다고 생각했던 것 같다. 연희는 준영의 마음을 떠보기 위해 다음주에 선을 본다는 말을 건네며 그의 반응을 예의주시한다.

"니가 맞선에서 찾는 건 어떤 남자가 아니잖아, 어떤 조건이잖아. 어떤 남자가 아니고 어떤 조건! 내 말 틀렸어?"

준영은 연희의 속을 훤히 꿰뚫어보고 있다. 조건 좋은 남자가 나타나면 속물근성을 휘날리며 금방 따라나설 것이고, 결혼을 하더라도 은장도 휘두르는 열녀는 못된다는 사실을. 연희는 준영이 퍼붓는 칼날 같은 비아냥에 맞서 자신만만 장담한다.

　"난 자신 있어. 절대로 들키지 않을 자신."

　그렇게 준영의 진단에 대한 타당성에 한껏 무게를 실어주는 그녀. 하지만 한편으로는 자신의 마음도 몰라주고 그저 그런 여자로만 자신을 바라보는 준영이 밉고 야속하다.

　홧김에 서방질한다고 연희는 이미 맞선 본 여러 명의 남자들에 대한 철저한 성분 분석을 마무리하고 있었다. 드디어 결혼식(물론 다른 남자와)을 며칠 앞둔 연희는 준영과 함께 바닷가로 신혼여행을 떠나고 보통의 신혼 커플들처럼 순간순간 아름다운 기억을 사진으로 남긴다. 연희가 그들의 사랑을 사진으로 남기는 행위는 순간을 영원히 간직하려는 것이 아니라 사랑이 지속되길 바라는 마음을 담은 것으로 해석할 수 있다. 이들 사이에 오고가는 대화엔 '나중'이라는 단어가 사용되는데, 관객은 여기서 결혼을 앞둔 연희가 아예 준영과의 밀회를 기정사실화 했음을 간파할 수 있다. 한마디로 그녀는 바람을 작정하고 결혼을 하는 것이다. 연희는 준영이 지켜보는 가운데 결혼식을 올리고, 준영은 몇 주 동안 아내 역할에 충실하고 있을 연희의 전화를 기다린다.

　"설령 잤다 해도 너랑 상관없는 일이잖아."

　"최소한 여긴 끌어들이지 마. 여긴 내가 꾸민 방이야. 다른 기집애 냄새 배는 거 싫어."

"넌 언제나 그렇게 가버리면 끝이지. 그러다가 생각나면 또 찾아올 거구. 난 너랑 달라. 너야 그냥 가버리면 끝이지만 난 아주 기분 엿 같애. 니 쓰레빠 굴러다니지, 베게엔 니 머리카락 묻어 있지. 난 아주 기분 더러워."

한국 영화 〈싱글즈〉에서 나난(장진영)에게 "큼…… 배고프다고 아무거나 덥석 먹지 마라. 누굴 잊기 위해서 급하게 새 남자 만나는 거 위험하다"고 조언해 주던 동미(엄정화)는 결국 이 영화에서 급하게 새 남자와 결혼식을 올린 뒤 '결혼 급채증'에 걸리고 만다. 결혼 두 달이 지났을 무렵 준영과 연희는 둘만의 오붓한 옥탑방을 마련해(연희가 돈대고) 본격적인 이중생활에 돌입한다.

옥탑방은 이들 두 남녀의 부도덕한 관계에 대한 상징적인 표상이다. 영화 전반부가 연희와 준영의 연애 이야기라면 준영의 옥탑방이 중심인 후반부는 그들이 현실에 어떻게 반응하는지를 보여준다. 이들에게도 항상 따사로운 봄바람만 부는 것은 아니었다. 주말부부처럼 신혼살림을 차릴 땐 서로 쿨해 보였지만 결국 사랑은 소유욕으로 발전하게 마련. 이제 사랑의 존재와 결혼이라는 제도를 부정하던 준영에게도 그녀의 그림자가 떠난 공백과 이곳저곳에 흩어진 그녀의 흔적을 바라보는 것은 분명 괴로움이었다. 둘 사이에 서로를 할퀴는 대화가 오가면서 서로의 가슴에는 수없이 많은 상처가 생기고 둘은 이별이 임박해 있음을 직감한다.

"이제 끝내자. 서로 슬슬 지겨워지기 시작하고 있잖아."

"자신 있어?"

"어차피 언제까지고 계속될 수는 없는 거잖아. 그 이유가 하필 콩나물 비빔밥 때문일 거라고는 생각하지 못했지만."

"정말 끝낼 수 있어?"

"의지 문제인데, 널 잊기 힘들 때는 다른 여자나 찾아볼까 해."

"하긴, 나도 그럴 거야."

"……."

"나, 다시 자기 만나러 올지 몰라."

"오지 마."

"만약에 내가 못 참고 자길 만나러 오면 매정하게 돌려보내줘. 갈수록 아무런 죄책감도 느껴지지가 않아. 남들보다 약간 바쁘게 산다는 느낌뿐인데."

"아무튼 이젠 그만 와. 니가 오면 난 널 돌려보낼 자신이 없어."

이후 비록 준영이 연희와 마주치지는 않았지만 격주 간격으로 옥탑방을 오갔다는 사실을 알고 있다. 연희가 남긴 앨범을 처음으로 들여다보던 준영은 사진 속의 행복한 모습을 보며 그제야 연희가 앨범을 만든 이유와 그녀가 끝내 하지 못했던 말이 무엇인지를 깨닫게 된다.

영화의 마지막 장면은 헤어졌던 연희가 다시 준영의 옥탑방 앞에 서서 눈 내리는 거리를 바라보다 문을 열고 들어가는 것이다. 그녀가 문을 여는 손길은 단호하다. 영화가 계속되었다면, 그 필름이 늘어지는 것만큼이나 연희 또한 준영과의 만남과 헤어짐을 끊임없이 지루하게 반복했을 것이다.

그녀는 자신의 말대로 영화가 끝날 때까지 자신의 외도를 완벽하게 들키지 않는다. 〈싱글즈〉에서 여자친구가 자신에게 돌아오기를 기다리는 순수 청년 정준(이범수)에게 "야! 걔가 왜 그런 줄 알아? 그쪽 새끼는 밥이고, 넌 라면이거덩! 맨날 밥만 먹고 살기는 지겨우니까, 가끔 라면이 먹고 싶은 거야! 너 옛날에 그 짓 잘했잖아. 씹던 껌 책상 밑에 붙여놓고 생각나면 씹다가 또 붙여놓고…… 결국 단물 빠지면 끝이야, 끝! 근데 뭐? 죽을 때까지 못 잊게 해줘? 껌딱지 못 잊는 인간 봤냐, 이 븅신아?" 라고 모멸감을 안겨주었던 그녀는 이번 영화에서 "맘 맞은 인간하고만 까놓고 즐기고 까놓고 사랑한다!" 던 말을 당당하게 실천했다.

하지만 연희에게 준영은 정말 '라면' 이나 '씹던 껌'과 같은 존재였을까? 난 그렇지 않다고 생각한다. 연희와 준영의 어리석고 위험한 사랑 놀음을 나는 모두 준영의 탓으로 돌리고 싶다. 친구 규진 커플의 청첩장을 받아든 준영이 "인생의 첫발, 사랑의 화촉, 왕림" 이라는 문구를 읽으며 결혼에 대한 회의를 간접적으로 표현한 것도 결혼에 대한 환상을 잃어버린 독신주의자 준영의 마음을 잘 나타내 준다. 준영은 누구와도 결혼할 마음이 없다. 그 이유는 '거짓말하면서 살 자신이 없다' 는 것이다. 하지만 정말로 '거짓말할 자신이 없어서' 결혼을 거부했던 것인가? 만일 준영이 번듯한 직장에다 돈도 많다면 그래도 결혼을 생각하지 않았을까?

　대부분의 사람들은 아마도 비난의 화살을 연희에게 돌릴 것이다. 어쨌거나 남편이 있는 여자가 일처다부제를 옹호하며 감쪽같이 이중생활을 했으니까. 그러나 이 영화는 외견상으로는 연희의 자유분방한 행동을 통해 '결혼은 미친 짓'이라는 메시지를 전달하는 듯싶지만, 알고 보면 그 목소리는 준영의 것이다. 결혼을 다시 생각해야 한다는 연희에게 준영은 오히려 옳은 길로 가고 있다며 그녀의 결혼을 종용한다. 심지어는 연희의 혼수 장만 행렬에 합세, 짐꾼 노릇까지 해준다. 그러면서 연희에게 자신과의 결혼에 대한 일말의 가능성도 갖지 못하도록 미리부터 방패막을 쳐놓는다. 아마도 연희는 준영이 언젠가는 누군가와 결혼할 수 있다는 가능성만 열어놓았더라도 그를 그렇게 쉽게 포기하지는 않았을 것이다.

　이 영화에서 준영과 연희의 대화 중에 '사랑한다'는 말은 나오지 않는다. 물론 영화 종반부에 준영이 연희가 무엇을 말하려고 했는지를 깨닫게 되지만, 정녕 그 자신은 감정의 혼란 속에서 영화가 끝나도록 '그녀를 사랑했다'는 말을 내뱉지 않았다. 준영은 사랑한다고 말할 자신감조차 없었고, 떠나가는 그녀를 잡지도 못하는 우유부단하고 무책임한 남자에 불과했다. 어쩌면 연희 말대로 준영이야말로 더욱 치사하게 여자를 재고 고르는 남자일지도.

　결혼과 함께 12살 이후에 생긴 사랑 따위의 감정이 종식할 거라고 믿었던 준영. 그는 일부일처제를 고집하며 검은 머리가 파뿌리

될 때까지 한 사람만을 사랑하고 누군가의 인생을 책임지는 결혼이라는 제도와 이를 둘러싼 현실에 두려움을 느끼는 피터팬 증후군에 시달렸을지도 모른다. 그 누가 연애는 행복한 오해요, 결혼은 참혹한 이해라 했던가. 물론 탈무드의 한 구절처럼 "결혼이란 굴레는 무척 무겁다. 부부뿐만 아니라 자식까지 운반해야 하니까."

하지만 또다른 누군가는 이렇게 말한다. 엄밀히 따져보면 일부일처제는 평균 수명 30세 시절 만들어진 제도이며, 그러니 인간의 수명이 평균 80년을 바라보고 있는 지금 40년 동안 한 남자, 혹은 한 여자하고만 섹스를 하라는 건 정말 불합리하다고. 결혼이라는 사회적인 제도가 과연 합리적인지 또는 미친 짓인지에 대한 판단은 보는 이의 해석에 맡기는 수밖에. 01

●●● 2001년 | 감독 유하 | 주연 감우성, 엄정화

토마스 크라운 어페어

"저걸 갖고 싶어요?"
"왜요? 훔쳐다 줄 건가요?"

'예술품 범죄'는 예술품과 사기, 도난, 훼손 등과 관련된 행위로 처벌 가능한 범죄행위다. 이러한 유형의 범죄 규모는 전세계적으로 연간 200억 달러를 넘어서고 있는데, 이는 마약 거래, 돈세탁, 무기 밀매에 이어 규모나 빈도수가 네 번째로 높은 국제 범죄다. 최근에 이러한 문화재의 불법 거래가 급증하고 있는 이유는 1980년대의 세계 경제 부흥으로 문화재에 대한 새로운 소비 계층이 발생한 점, 자금 세탁의 필요성을 느끼는 마약 거래업자들의 수요, 주식시장에서 실망한 거부들의 개입 등이 주요한 원인으로 꼽히고 있다.

이 가운데 마약 거래업자들의 행태는 몇몇 영화에서 그 실체를 목격할 수 있다. 예를 들어 〈캥거루 잭〉에서 찰리 카본의 계부 살바토레 마지오가 도난 차량, 모피, 예술작품 등을 이용해서 돈세탁을 벌이고, 〈미키 블루 아이즈〉에서는 그라치오시가 마이클에게 작품을 5만 달러에 팔아달라고 협박하여 경매를 통해 매각한 것 등이 모두 이러한 예술품 범죄에 해당한다.

무엇보다도 이러한 예술품 범죄가 날로 기승을 부리는 이유는 이러한 예술작품에 녹아 있는 재화적 가치 때문이다. 반 고흐를 예로 들어 예술작품의 재화적 가치를 살펴보자. 반 고흐의 걸작 〈해바라기〉는 1987년에 2,475만 달러에 매각되었고, 1990년 〈가셰 박사의 초상〉은 5,250만 달러라는 경매 사상 최고가에 팔려 경매사의 최고 미술품 가격 기록을 갱신했고 2002년에 8,250만 달러에 재매각되었다. 1998년에는 고흐가 말년에 어머니의 선물로 그린 자화상 〈수염 없는 예술가의 초상〉은 7,150만 2,500달러에 매각되었다.

예술품 범죄는 비단 루브르박물관의 〈모나리자〉나 뭉크미술관에서 도난당했던 〈절규〉와 〈마돈나〉 등 유명한 예술작품에 국한되지 않는다. 심지어는 몇 해 전 우리나라에서 발생한 국립공주박물관의 문화재 도난 사건과 같이 한마디로 돈이 되는 것이라면 인정사정 볼 것 없이 범죄 대상으로 삼는다.

우리는 영화에서도 이러한 예술품 도난 사건을 쉽게 만날 수 있다. 루브르박물관에서 부메랑을 날려 모네의 조각상을 훔치는 〈백만 달러의 사랑〉, 유명 경매장에 전시된 〈스포르자〉와 바티칸미술관의 〈코덱스〉를 둘러싸고 벌어지는 〈허드슨 호크〉, 오르세미술관에서 모딜리아니의 작품을 빼내는 〈종횡사해〉, 첨단 장비를 동원하여 고도의 기술로 렘브란트가 그린 여인의 초상화를 빼돌리는 〈앤

트랩먼트〉, 로마미술관에서 〈파베르제의 달걀〉을 손에 넣는 〈오션스 트웰브〉 등의 영화가 바로 이러한 재화적 가치로 인한 예술품 범죄를 소재로 다루고 있다.

로맨스 스릴러인 〈토마스 크라운 어페어〉 또한 예술품 범죄를 다룬 영화에 해당되는데, 이 영화는 재화적 가치보다는 개인의 고도의 미학적 가치에 대한 집착과 소유욕으로 인해 사건이 벌어진다는 점이 다른 영화와 다르다고 할 수 있다. 스티브 매퀸과 페이 더너웨이가 열연했던 1968년의 동명 영화를 다이 하드 시리즈를 연출한 존 맥티어난 감독이 리메이크한 작품이다. 토마스 크라운 역을 맡은 피어스 브로스넌은 익히 알려졌듯 5대 제임스 본드로 세계적인 스타가 되었다.

토마스 크라운은 원하는 것이면 무엇이든 가질 수 있는 성공한 기업가지만, 돈으로는 해결할 수 없는 짜릿한 모험과 스릴에 대한 욕망을 통제하지 못하는 인물이다. 사회적 명망과 고급 문화적 취향을 지닌 토마스는 박물관 관람을 즐겨하는데, 그의 단골집은 반 고흐와 모네 등의 인상파 작품이 즐비하게 전시된 뉴욕의 '뮤지엄 마일'의 정수 메트로폴리탄미술관이다.

영화 시작과 함께 토마스는 마치 박물관 내부를 이미 훤히 알고 있는 것처럼 일말의 주저 없이 인상파 전시실로 향해 작품을 감상하며 경비요원과 담소를 나눈다. 이 장면은 박물관 큐레이터나 나와 같은 박물관 전문가의 눈엔 즉각 '옥의 티' 임이 들통나는 장면인데, 그건 바로 토마스가 전시실에서 작품을 감상하며 크로아상을 먹기 때문이다. 토마스는 '심미적 그리고 정서적 고양'을 목적으로 박물관을 이용하는 열성 집단에 속하는 관람객이다. 고급 문화적 취향을 과시하는 박물관 마니아 토마스가 음식 반입을 엄격히 금지하는 전시실 안에서 거리낌없이 크로아상을 먹는 실수를 저지르다니.

토마스의 무지몽매한 관람객으로서의 작태는 여기서 그치지 않는다. 절도범들이 감시 카메라를 피해 대낮에 메트로폴리탄미술관에 출몰하여 작업을 시도하는 혼란한 틈을 이용, 토마스는 자신이 평소에 소유하고 싶어했던 모네의 〈베니스 인 트왈라이트(Venice in Twilight)〉를 재빨리 서류가방에 넣어 미술관을 빠져나온다. 박물관 경비요원들이 가까스로 절도범 일당을 체포하지만 그림의 행방을 추적할 단서조차 찾지 못해 사건은 미궁 속으로 빠져든다. 자신의 회사와 저택에 다수의 걸작들만을 소장하고 있던 토마스는 마치 전쟁에서 전리품을 획득한 장군처럼 모네의 작품을 바라보며 기쁨과 쾌감을 만끽하며 자축한다.

메트로폴리탄미술관의 사건 현장에 급파된 보험 수사관 캐서린 올드(르네 루소). 토마스를 목격자로 내세워 현장에서 검거한 절도범들과 대면시키는 과정에서 캐서린은 직감적으로 이들이 진범이 아닐 것이라고 단정하고 고상한 취미를 지닌 모네 추종자의 명단을 뒤져 토마스의 이름을 확인하고는 회심의 미소를 짓는다.

한편 토마스는 잃어버린 모네 작품의 자리에 피사로의 풍경화를 기증함으로써 자신의 부, 사회적인 명망, 문화애호가로서의 넓은 아량을 과시하는 여유를 잊지 않는다. 기증 축하 파티에서 토마스에게 의도적으로 접근한 캐서린은 자신의 신분과 자신이 토마스를 의심하고 있다는 사실을 넌지시 알려주며 본격적인 두뇌 게임을 선포한다. 메트로폴리탄미술관에서 첫 데이트를 하게 된 캐서린은 중절모를 쓴 신사가 그려진 르네 마그리트의 〈인간의 아들〉(1964) 포스터를 바라보며, "당신 초상화가 여기 있는 줄은 몰랐네요. 중절모에 얼굴 없는 신사인데 서류가방이 빠졌네요. 그리는 데 오래 걸렸나요?" 라며 비아냥거린다.

"나라면 이 많은 그림 중에서 모네는 안 찍었을 거예요."

"그래요? 물론이에요. ……그럼 뭐죠?"

"내 취향 말인가요? 저거요."

"저걸 갖고 싶어요?"

"왜요? 훔쳐다 줄 건가요?"

"복사본을 사면 되지."

인상파 전시실에서 서로의 취향에 대해 진단을 마친 두 사람. 캐서린은 토마스로부터 그림을 훔친 이유를 실토하게 만들기 위해 숨을 조이는 듯한 집요한 유도심문을 벌인다. 토마스는 매순간 노련하게 위기를 모면하는데, 피터팬 증후군으로 시달리던 그는 고슴도

치처럼 칼날을 들이대는 캐서린에게 진정으로 '통'하고자 하는 욕구를 느낀다. 토마스를 보고 있노라면, 한국 영화 〈스캔들 — 조선남녀상열지사〉에서 숙부인과의 내기로 시작했던 유혹 작업에서 그녀를 정말 사랑하게 된 조원이 떠오른다. 드디어 '작업의 고수' 토마스의 유혹에 무릎을 꿇은 캐서린은 별장으로 함께 여행을 떠난다. 그곳에서 캐서린은 토마스를 자극하기 위해 르누아르의 작품을 모닥불 속으로 던져버리고, 토마스는 '쿨'하게 범죄 사실을 시인하고 협상을 제안한다.

절도범 토마스와 혼란스러운 사랑에 빠진 캐서린. 작품 위조의 증거를 확보하고 토마스의 집으로 향한 그녀는 안나와 함께 여행 준비를 서두르는 토마스의 모습을 목격한다. 그녀는 안나가 고용인이라는 사실을 신뢰하지 못하고 토마스를 바람둥이라고 오해한다. 작품을 미술관으로 돌려주고 헬기장에서 만나자는 토마스의 제안이 귀에 들어올 리 만무한 일. 그녀의 눈엔 이미 토마스가 뻐꾸기만 날리는 한낱 허우대 멀쩡하고 돈 많은 바람둥이에 불과했다.

다음날 메트로폴리탄미술관에는 이미 수많은 경찰과 경비 요원들이 토마스를 맞이하기 위해 배수진을 치고 있고, 이들은 숨죽이며 토마스의 움직임을 추적한다. 토마스는 르네 마그리트의 〈인간의 아들〉의 신사처럼 중절모를 착용하고 미술관을 돌면서 그와 똑같은 차림의 남자들과 순간적으로 서류 가방을 계속 맞바꾸는 묘기를 펼친다. 점차 서류가방은 중절모를 쓴 신사들의 손을 거치게 되

고 이를 지켜보던 이들은 급기야 혼란에 빠져 토마스를 눈앞에서 놓친다. 이 장면은 007 시리즈의 제임스 본드 역할을 맡았던 피어스 브로스넌이 마치 다시 한 번 치밀한 작전을 수행하는 것처럼 연출 된다.

자신을 지켜보던 요원들을 성공적으로 따돌리고, 인상파 전시실 로 들어간 토마스는 캐서린이 갖고 싶어했던 그림을 떼어 유유히 사라진다. 경보시스템이 작동됨에 따라 스프링 쿨러가 뿜어져 나오 고 토마스가 기증했던 피사로 작품의 실체가 드러나는데, 그것은 바로 토마스가 훔쳤던 모네의 작품이었다.

토마스처럼 고급 문화 취향을 갖고 있으면서 예술작품과 문화재 를 무분별하게 수집했던 콜렉터로는 단연 히틀러를 들 수 있다. 물 론 '모든 문명 세계의 순수 예술품을 한곳에 모아놓은 공인된 중심 지' 로 부각하려는 문화제국주의의 비뚤어진 욕망의 소유자 나폴레 옹도 있었으나 규모면에서 히틀러의 문화재 약탈에는 필적하지 못 한다. 히틀러는 왜 그토록 예술작품의 약탈에 집착했을까?

"클레오파트라의 코가 조금만 낮았더라면" 에 못지않게 회자되는 말이 "히틀러가 화가가 되었더라면" 이다. 히틀러는 젊은 시절 미술 학도 지망생이었다. 오스트리아의 빈 미술아카데미는 히틀러의 입 학을 거절했던 학교로 널리 알려져 있다. 이러한 미술가에 대한 그 의 욕구는 총통이 되었을 때 미술품 수집가로 바뀌었는데, 물론 개인의 지나친 욕망이 국가 정책으로 이어져 걷잡을 수 없는 해일을 일으켰지만 한편으로는 히틀러가 젊은 시절 이루지 못한 꿈의 실현, 즉 대리 만족으로도 해석해 볼 수 있다.

히틀러는 'ERR(Einsatzstab Reichsleiter Rosenberg)'로 불리는 전리품 수집 특수 부대를 조직해서 렘브란트, 벨라스케스, 레오나르도 다 빈치, 루벤스 등의 회화 작품뿐만 아니라 고서, 조각, 도자기 등 모든 예술작품을 수탈해서 오스트리아 린츠와 아트 아우제와 튀링겐의 소금 갱도, 그리고 바이에른 성에 보관했다.

ERR이 약탈한 수십만 점의 작품 가운데 히틀러가 "역사적이고 예술적인 면에서 가장 가치 있는 유럽 작품"이라고 칭송한 작품은 영화 〈진주 귀걸이를 한 소녀〉의 주인공인 요하네스 베르메르의 〈천문학자〉(1668)였다. 책을 펴고 눈앞의 지구본에 손을 대고 있는 천문학자가 한창 연구에 몰두해 있는 순간을 묘사하고 있는 이 작품의 뒷면에는 히틀러의 개인 소장품이라는 증거인 '卐' 표시가 새겨져 있으며, 이 작품은 종전 후 원래 소유주인 에두아르드 로스차일드에게 반환되었다가 1982년에 루브르박물관에 기증되었다.

그러나 히틀러가 모든 예술작품을 다 좋아했던 것은 아니다. 히틀러는 그의 저서 《나의 투쟁》에서 격한 어조로 큐비즘, 미래주의, 다다이즘 등 현대 미술사조를 "타락한 정신의 산물"이라고 비판하고, 이러한 타락한 예술을 정화하기 위해 작품들을 불길 속으로 던져버리게 했다. 결국 예술의 애호가가 반달리즘(vandalism)의 선봉자로서의 이중적인 모습을 지니게 된 것이다. 지나친 소유욕이나 사랑은 재앙을 가져온다는 말은 이럴 때 적절하게 사용될 수 있을 것이다. 01

●●● 원제 The Thomas Crown Affair | 1999년 | 감독 존 맥티어난 | 주연 피어스 브로스넌, 르네 루소

나쁜 남자

"저런 년은 자가 6만 원짜리라는 거 빨리 알아야 해."

우리 안에는 예수의 본성과 유다의 본성이 공존한다고 한다. 다시 말해, 우리는 세상에서 가장 고결한 성자도 될 수 있고 세상에서 가장 흉악한 배신자(악인)도 될 수 있다. 김기덕 감독의 〈나쁜 남자〉의 내용은 한마디로, 사랑하는 여자를 창녀로 만든 세상에서 가장 잔혹한 '나쁜 남자'의 이야기다. 바로 이러한 관점에서 영화는 과연 인간의 선과 악을 어떻게 평가할 것인가, 그리고 만일 악하다면 인간이 저지를 수 있는 악행의 한계는 어디까지인가를 생각하게 만든다. 동시에 다른 한편으로는 경멸하거나 증오해야 마땅한 악인이지만 우리는 왜 그들의 몰락에 즐거워할 수 없는가에 대해서도 고민하게 만든다.

김기덕 감독은 국내에서 최소 인원, 최소 자본, 최단기간 등 가장 효율적으로 영화를 만드는 감독으로 인정받고 있다. 파리에서 미술

공부를 하다 시나리오 공모전을 통해 작가 생활을 시작한 김 감독은 첫 영화 〈악어〉(1996)를 발표할 때부터 센세이셔널한 반향을 불러일으켰으며, 그 이후 발표하는 작품마다 표현하기 힘든 인물들과 충격적인 영상, 파격적인 메시지로 평단과 관객의 호응과 비판을 골고루 받아왔다.

　미술사 전공자가 아니더라도 미술에 대해 조예가 있다면 〈나쁜 남자〉의 포스터나 그의 영화에서 회화적인 요소가 숨어 있다는 사실을 금방 눈치챌 수 있다. "세상에서 가장 나쁜 남자를 만났다"라는 카피가 쓰인 〈나쁜 남자〉의 포스터는 영화의 내용을 함축, 정확히 형상화했다는 찬사를 받기도 했다. 사실 포스터는 스페인 화가 벨라스케스의 작품 〈비너스의 거울〉을 패러디한 것이다. 이 영화에 등장하는 거울은 단순히 사물의 형상을 비추는 역할이 아닌, 보이지는 않지만 어디선가 숨쉬고 있는 또다른 누군가의 눈 또는 메타포로 작용한다. 영화 전체가 거울이라는 상징성 높은 오브제를 중심 모티프로 활용하고 있는 점을 생각하면 단순히 포스터뿐만 아니라 감독이 영화를 통해 전달하고자 하는 메시지까지도 벨라스케스의 영향을 받은 것이라 생각된다.

　벨라스케스뿐만 아니라 그의 영화 속에는 에곤 실레의 두툼한 도록이 상징적인 의미를 지닌 오브제로 등장하는데, 〈파란 대문〉에서는 에곤 실레의 작품이 그려진 그림엽서를 이지은과 이혜은이 주고받는 장면이 등장하고, 〈나쁜 남자〉에서 주인공 선화(서원)가 에곤 실레의 화집에서 〈포옹〉(1917)이란 작품을 찢어낸다. 김기덕 감독의 영화와 에곤 실레의 회화 작품은 그 분위기에서 어딘가 흡사하다.

조재현을 빼고 김기덕 감독의 영화를 논할 수 있을까? 누군가의 말처럼, 로버트 드 니로 없는 스코시즈 영화나 주윤발 없는 오우삼 영화를 생각할 수 없듯, 김기덕의 영화를 이야기할 때면 으레 등장하는 배우가 바로 조재현이다. 그는 〈악어〉, 〈야생동물보호구역〉, 〈나쁜 남자〉에서 주연을 맡았고, 〈섬〉과 〈수취인불명〉에서는 조연으로 등장한다. 그는 김기덕의 영화에서 대부분 굶주린 늑대처럼 눈을 희번덕거리는 인간쓰레기로 등장한다. 대사 없이 악의 형상에 부여한 입체감을 무기로 삼아 인간의 속물적인 감정을 파고드는 연기를 보여준 그는 분명 이 시대의 진정한 배우다.

명동 한복판에서 소시지를 먹으며 활보하던 사창가 깡패 두목 한기는 벤치에 단아한 모습으로 앉아 있는 여대생 선화를 보는 순간 넋을 잃는다. 곰브리치의 《서양 미술사》를 얌전히 무릎 위에 놓고 누군가를 기다리는 그녀는 교도소에서 갓 출소한 듯한 짧은 머리에 남루한 검은색 옷을 입은 한기와는 전혀 딴세상 사람처럼 고결해 보인다. 공공장소의 벤치에는 누구나 앉을 수 있지만, 여대생과 깡패가 같은 벤치에 자연스럽게 앉아 있는 풍경은 좀처럼 흔치 않다. 생 양아치 같은 한기도 인생을 살면서 한번쯤은 누군가와 수평적인 관계를 맺고 싶은 소박한 바람을 갖고 있었던 것 같다. 벤치에 나란히 앉아 그녀의 모습을 훔쳐보는 한기에게 선화는 마치 벌레 보는 듯한 경멸의 시선을 보낸다.

"어딜 가? 사과해. 사과하고 가, 사과해. 사람들이 보는 앞에서!"

한기는 충동적으로 선화에게 강제적인 입맞춤을 퍼붓고, 주위에 모여든 군중들에게 짓밟혀 결국 그녀 앞에 끌려간다. 선화는 '미친 놈'이라는 외마디와 함께 그를 향해 침을 뱉는다. 이 순간부터 한기의 '내 애인 창녀 만들기'라는 희대의 처절하고 치밀한 계획이 행동으로 옮겨진다. 한기가 할 수 있는 가장 잔인한 복수는 그녀의 신분을 추락시키고 그녀의 몸을 성적으로 식민화함으로써 가부장제 사회에서 여자는 남자를 경멸할 수 없다는 법칙을 확인시키는 것이다. 그의 복수는 대학생 애인과 싸워 이기기가 현실적으로 불가능하다는 사실에서 오는 신분의 열등감 때문이기도 했을 것이다.

에곤 실레의 화집에서 지면 한 장을 찢어 감춘 뒤 옆에 놓여 있던 지갑을 챙겨 황급히 자리를 뜨는 선화. 자신의 사소한 실수가 인생을 영원한 '악의 늪'으로 몰아넣는 단초가 될 줄은 꿈에도 몰랐으리라. 금욕스런 순결함이 돋보이던 그녀의 이미지는 외설적인 그림을 훔쳐서라도 갖고 싶은 욕망으로 얼룩지고, 남의 지갑에 손을 대는 비윤리적 행위에 의해 재차 훼손되기 시작한다. 한기의 계략은 선화에게 잠재되어 있던 비윤리성을 들춰내 부적절한 행동으로 이어지게 만드는 것이었고 선화로 하여금 신체포기각서에 서명하도

록 궁지로 몰아넣은 다음 사창가의 매춘부로 전락시키는 것이었다. 이제 하늘이 무너져도 결코 가질 수 없는 것에 대한 한 남자의 끝없는 소유욕은 한 여자의 인생을 최하류 인생으로 끌어내리며 잔혹하게 파괴시켜 버린다.

"처음은 그 사람과 할 수 있게 해주세요."

"저런 년은 지가 6만 원짜리라는 거 빨리 알아야 해."

가학적인 성 세례를 받던 선화는 포주에게 자신의 처녀성만큼은 사랑하는 사람에게 바치고 싶다고 말하지만 가당치 않은 바람일 뿐. 밀실과 연결된 거울을 통해 한기는 서서히 창녀로 변해가는 선화를 지켜본다. 치욕과 공포에 찌들어가는 선화의 모습은 한기에게 자괴감으로 다가온다.

탈출을 시도하던 선화는 한기의 손에 이끌려 바닷가로 향하고 그곳에서 한 여인의 죽음을 통해 진정한 매춘부로 거듭난다. 이제는 팔을 걷어붙이고 호객 행위를 일삼는다. 마치 종소리가 나면 밥그릇 앞에서 먹이를 기다리는 개처럼, 그녀도 남자가 들어오면 한점 부끄럼 없이 옷을 벗을 정도로 창녀촌 생활에 길들여져 있었다.

선화가 자신의 주위를 맴도는 한기를 밀어내지도 받아들이지도 못하고 있을 즈음, 한기가 숙적인 달수파의 공격을 받는다. 바닥에서 뒹굴면서 선혈을 뿜어내는 한기의 시선은 선화를 향해 있다. 애원하는 듯한 그의 눈빛은 마치 "내가 이렇게 고통을 받아도 나를 용서할 수 없겠니?"라고 말하는 것 같다. 복수심으로 가득 찬 한기의 부하 정태가 달수를 살해하고, 그 죄 값은 고스란히 한기의 몫으로 되돌아온다. 교도소로 한기를 면회 간 선화는 뜻밖에도 죽어서는 안된다며 그를 향해 절규하듯 울음을 터뜨린다.

"너 그렇게 못 죽어. 날 이렇게 망가뜨려 놓구 그렇게 무책임하게 죽으려고?"

이 광경을 지켜본 정태가 자수를 함으로써 창녀촌으로 돌아가던 선화와 한기에게 각각 자유의 기회가 열린다. 그렇게 원하던 자유였건만 선화는 또다시 창녀촌 자기 방을 지키고 있다. 유리창과 밀실이 연결되어 있음을 확인한 선화는 출감한 한기의 존재를 직감적으로 느끼고 한기와 자신 사이에 놓여 있던 오랜 벽을 허물고 한기의 품에 안겨 울음을 토해낸다.

영화 종반 한기와 선화는 자신들의 운명이 엮이게 된 바로 그 벤치에 또다시 나란히 앉아 있다. 이제 한기는 떠나가는 그녀의 뒷모습을 바라본다. 이 둘의 인연은 여기서 끝날 것 같았다. 그러나 영화는 트럭에서 매춘 행위를 하는 선화와 그 주변을 서성이는 한기의 모습으로 마무리된다. 이들은 다시 그토록 지옥 같은 운명을 반복하고 있다. 마치 인간의 욕망과 대상은 '뫼비우스의 띠'라는 사실을 입증하듯이! 욕망은 분명 존재하건만 잡히지 않는 실체다. 그 이유는 욕망 안에 충족불가능성이 존재하기 때문이다. 한기와 선화에게 남겨진, 그리고 채우고자 하는 욕망은 과연 무엇일까?

한기의 욕망은 이중적이다. 마치 관음증 환자처럼 그는 훔쳐보는 시선 속에 숨어 있으면서도 한편으로는 선화 앞에 자신의 존재를 드러내고 싶어한다. 그래서 그는 선화가 찢은 에곤 실레의 화집을 직접 그녀에게 갖다주면서 자신의 존재를 알린다.

이 영화에서 한 가지 주목할 사실은 영화 초반 선화가 한기의 덫에 너무 쉽게 걸려들었다는 것이다. 한기는 아름답고 도도한 그녀가 사실은 자신과 같은 부류에 속하는 천박하고 비열한 인간의 속성을 지니고 있다고 이미 간파하고 있었던 것일까? 21살의 순수 여대생 선화의 일련의 이미지 훼손 과정은 비록 외면적으로는 강제적인 것처럼 보이지만 내면적으로는 자신의 윤리적인 선택에 의한 것이다. 매춘부로 부활한 선화는 한기의 눈빛을 이해하고 그의 마음을 받아들이고 사랑의 감정을 느끼게 된다. 자신을 그 지경으로 망쳐놓은 한기를 향해 그녀는 오열하며 "빨리 나와. 너 이렇게 죽으면 안돼"라는 말을 반복했다.

결과적으로 보면, 선화가 "이제 그만 제자리로 보내주세요"라고 말했던 것은 자신의 원래 위치인 순수한 여대생의 모습이 아니라 매춘부의 자리, 즉 한기의 여자를 의미한 것으로 해석할 수 있다. 그래서 선화는 한기가 떠날 수 있는 기회를 주었음에도 불구하고 떠나지 않았던 것일까? 너무 멀리 와서 돌아갈 수 없었기 때문이었을까? 더 이상 예전처럼 살아갈 수 없다는 사실을 알기 때문이었을까? 선화가 능동적으로 자신의 운명을 헤쳐가고 싶었던 것은 아닐까?

농염한 유혹이 이루어지는 밀실 속의 선화를 보고 있으면, 어느 날 40대의 외로운 남자 스미카와에게 납치되지만 성관계나 돈을 요구하지 않은 채 한없이 자신에게 잘해주는 스미카와에게 마음을 여는 17살 여고생 츠무라 하루카를 보는 듯하다. 〈완전한 사육 — 신주쿠 여고생〉이라는 이 영화의 제목처럼 하루카는 자신을 납치한 남자에게 길들여지며, 그에 대한 호기심과 연민으로 점차 마음을 열게 된다. 이 영화에서도 선화는 하루카처럼 한기의 독특한 삶의 방식에 길들여지고 순응하게 된다.

한기와 선화. 이들은 얽혀진 인생의 굴레 속에서 본래의 모습을 벗어버리고 타인의 옷자락을 잡아 흔들면서 운명의 변화라는 소용돌이 속에 휩싸인다(이 영화의 원래 제목은 '운명'이었다고 한다). 한기는 사랑하기 때문에 선화와의 육체적인 관계를 통제했으며, 선화 또한 그를 사랑하기 때문에 창녀촌을 떠나지 않았다.

한기는 비록 강제적으로 선화의 인생을 짓밟았지만, 그녀를 진정 소유하지 않았다. 이 영화에서 한기가 내뱉은 유일한 대사인 "깡패 새끼가 무슨 사랑이야!"는 결국 자기 자신을 향한 목소리였으며, 이를 통해 자기 주제에 선화와 같은 고결한 존재를 사랑하는 것이 가당치 않다고 생각하고 있음을 표현해 주었다. 결국 '성녀' 선화를 '창녀'의 나락으로 떨어뜨렸던 것도 '사랑' 때문이었고, 그 나쁜 행위가 그에겐 선과 악의 지평에 대한 평가와는 전혀 무관한 그만의 고유한 삶의 방식이자 동시에 사랑의 방식이었던 것이다.

망가진 삶, 그 삶의 밑바닥을 고통스럽게 드러내는 이 영화는 조용히 관객의 마음을 움직인다. 또한 영화 종반 한기가 트럭에서 자신의 여자에게 다시 매춘행위를 시키는 것은 나로서는 도저히 이해가 되지 않지만, 한편으로 생각해 보면 인간은 선과 악 그 양면적인 모습을 모두 지니고 있다는 감독의 메시지가 일관적으로 표현되었던 것 같다. 01

●●● 2001년 | 감독 김기덕 | 주연 조재현, 서원

쉘 위 댄스

"사교춤 춘다는 게 알려지면 변태 취급 당해 늘 조심하지."

영화 속에서 남녀가 함께 춤을 추는 장면은 참으로 매력적이다. 애덤 스미스도 이렇게 말했다. "무용과 음악은 인간이 발명한 최초이자 가장 기초적인 쾌락이다." 하지만 일반적으로 '춤' 하면 떠오르는 이미지는 아마도 〈아이즈 와이드 셧〉에서 니콜 키드먼이 보여주었던 우아한 왈츠나 〈여인의 향기〉에서 알 파치노가 보여준 격정적인 몸짓의 탱고는 아닐 것이다. 왠지 춤이라 하면 '바람' 이란 단어와 함께 붙어다니는 듯하고 어둠침침한 분위기에 오색 조명이 돌아가는 카바레가 연상되기 십상이다.

춤을 춘다고 하면 "혹시 제비와 바람이?" 라고 오해하기 십상이다. 아마도 386세대 이상의 사람들 기억 속에는 텔레비전과 신문에 심심찮게 보도되었던, 시장바구니로 얼굴을 가리면서 카바레에서 일명 빽구두를 신은 '그녀의 제비' 와 함께 잡혀 엉거주춤한 자세를 취하던 아줌마들의 모습이 아직까지도 남아 있을 것이다. 한동안 회자되었던 "싸모님, 가정을 버리시지요"란 유행어도 바로 이러한 배경에서 탄생되었던 것 같다. 어쨌거나 우리 사회에선 아직까지도 남녀가 만나 춤을 춘다고 하면 색안경을 끼고 마치 '춤바람' 난 사람으로 보며 춤을 다소 경멸하거나 낮게 평가하는 경향이 존재하고 있다.

〈더티 댄싱〉, 〈플래시 댄스〉, 〈토요일 밤의 열기〉, 〈그리스〉, 〈스테잉 얼라이브〉 등의 외화, 그리고 우리 영화 〈댄서의 순정〉, 〈발레교습소〉, 〈바람의 전설〉 등은 모두 춤을 소재로 한 영화들이다. 이 가운데 존 트라볼타가 주연한 〈토요일 밤의 열기〉, 〈그리스〉, 〈스테잉 얼라이브〉는 70년대 말 디스코 열풍을 일으킨 주역들이다. 최근에는 보수적인 성향이 강한 우리나라에서도 춤에 대한 인식이 많이 바뀌고 있는 듯하다.

〈쉘 위 댄스〉는 부정적인 사회적 통념에 반기를 들며 '춤'의 보편적 가치를 일깨운다. 한걸음 더 나아가 춤의 긍정적 효과를 옹호하기까지 한다. 일본 내에서 220만 관객을 동원한 것은 물론, 미국(구로사와 아키라 감독의 〈란〉을 제치고 190만의 관객을 동원해 역대 일본 영화 중 흥행 1위를 기록)과 영국에서도 기록적인 흥행 성적을 올린 이 영화는 일본 열도에 한동안 '사교춤 붐'을 몰고오기도 했다. 뿐만 아니라 일본에서 최고의 권위를 자랑하는 일본 아카데미상(1997)의 외국영화상을 제외한 공식 13개 부문 상을 독점하는 경이적인 기록을 세우기도 했다. 또한 할리우드에서 동일한 제목으로 리메이크 되어, 주인공 스기야마 역에는 리처드 기어가, 마이 역은 제니퍼 로페즈가 각각 맡았다.

〈시코, 밟아버렸다〉로 그해 일본 내의 각종 영화상을 휩쓸며, 평단과 관객의 절대적 지지를 받고 있는 수오 마사유키 감독이 기획, 각본, 연출의 1인 3역을 완벽하게 소화해 낸 이 영화는 "샐러리맨은 어떤 곳에서 직장 이외의 사람들과 만날까?"라는 질문에서 출발했다. "이야기를 하라고 하니 환상적인 얘기를 들려주마"라는 자막과 함께 영화 〈왕과 나(King and I)〉의 주제곡 〈쉘 위 댄스〉가 배경에 깔린다. 이윽고 루이 왕조 시대의 궁정 댄스에서 시작된 사교춤의 유래와 사교춤은 어린아이부터 노인까지 즐길 수 있는 건전한 오락이라고, 기존의 사교춤에 대한 오해의 소지를 초반에 종식시켜 버린다.

영화의 내용은 이러하다. 스기야마 쇼헤이(야쿠쇼 코지)는 직장에서는 능력 있는 중견 간부로, 가정에서는 책임 있는 가장으로 자신의 지위와 명예를 성실하게 유지해 온 지극히 평범한 42세의 샐러리맨이다. 일상으로부터 무기력함을 느끼던 그는 어느 날 퇴근길에서 우연히 마주친 한 여자로 인해 인생의 터닝포인트를 맞게 된다. 지하철을 이용, 출퇴근하던 스기야마는 '기시카와 댄스 교습소' 간판과 그곳 창문에 기대선 한 여자(쿠사카리 타미요)의 고결하고 청순한 모습에 한순간 마음을 빼앗겨 버린다.

며칠 후, 댄스 교습소를 다시 한 번 호기심 어린 눈으로 훔쳐보던 스기야마는 일상에서의 일탈을 실천하기로 결심한다. 가족과 함께 쇼핑을 나갔던 스기야마는 댄스 교본을 구입, 마치 '빨간책(?)'을 몰래 숨겨놓고 보는 남학생처럼 가족의 눈을 피해 댄스 교본을 뒤적거리고 다음날 드디어 집으로 향하던 발길에 꼭짓점을 찍고 댄스 교습소로 '턴' 한다.

"댄스를 배우는 게 탄로나면 플레이보이로 낙인찍히겠죠."

창가의 그녀 마이와 함께 스텝을 밟을 수 있다는 '꿈'을 안고 거금 2,000엔을 투자한 범생이 가장 스기야마! 하지만 설렘으로 가득찬 그 앞에 방글방글 미소를 띠며 서 있는 댄스 교사는 할머니 또래로 보이는 다무라 다마코였다. 다무라 선생의 낭랑한 구령에 맞춰 한 스텝 한 스텝, "퀵 퀵 슬로우"를 반복하지만, 마이에게 시선이 고정된 스기야마의 스텝은 마치 그의 마음처럼 뒤엉켜 좀처럼 풀릴 기색이 보이지 않는다.

"당신도 목적은 딴 데 있죠? 그럼, 개인 레슨을 해야지."

마이를 향한 스기야마의 마음을 간파한 동료 교습생 토요코는 스기야마에게 일격을 가한다. 침만 흘리지 않았을 뿐 스기야마의 표정은 마이로부터 개인 레슨을 받는 노년의 남성이 부럽기 그지없다. 이 장면에서 관객들은 스기야마가 춤을 배운다는 순수한 목적만으로 학원에 등록하지 않았다는 사실을 재차 확인할 수 있다. 관객들은 이 대목에서, 그리고 어쩌면 창가에 서 있던 마이를 쳐다보다 마음을 빼앗긴, 그리고 수업을 진행하고 있는 마이를 힐긋힐긋 곁눈질하는 스기야마의 눈길을 통해 위기에 빠진 중년의 남자가 댄스 교습소 선생과 종국에는 불륜 관계에 놓이는 흔하고 뻔한 이야기가 전개되리라고 생각할 것이다. 물론 스기야마의 경우, 마이가 단초가 되어 춤을 배우게 되었고, 그의 아내의 말대로 '상대가 댄스라고 해도 역시 바람'이지만, 그의 늦바람은 한마디로 춤을 통해 인생의 숨겨진 재미와 즐거움을 동시에 발견하는 신나는 외도다. 이제부터 영화 관객들 또한 스키야마의 즐거운 외도와 신나는 춤바람의 세계에 동참하게 된다.

그날 이후 스기야마의 인생은 너무도 아름답고 풍요로워졌다, 라고 말하고 싶지만 그에 대해서는 정확한 판단이 서지 않는다. 한 가지 분명한 사실은 그의 시계의 초침이 눈썹 휘날리게 재빨리 달음질친다는 것이다. 그는 수요일에는 학원으로 향하고, 주말이면 사교댄스 클럽에 참가, 중년의 나이에 느낄 수 있는 지루함에서 벗어나 인생의 새로운 재미를 만끽하게 된다. 영화가 이쯤 진행되는 동안 관객들은 이 점잖은 아저씨의 신나는 무용담에 전적으로 편승하면서, 마이와 얼싸안고 블루스의 선율에 몸을 맡기길 원하는 스기야마의 바람이 한번 정도는 이루어지는 것도 무리는 아니라고 생각하게 된다.

"하지만 뒤에서 보면 자세가 장난이 아냐. 그게 말이야. 본인만

모를 뿐 꽤 흔한 일이라구. 그만큼 빠져들게 마련이지."

"정말로 이렇게 열중하게 될 줄은 몰랐어."

라면발 같은 단발머리 가발을 얹어놓은 채 현란한 춤동작도 모자란 듯 과장스런 표정 연기를 선보이는 직장 동료 아오키(다케나카 나오토)를 댄스 교습소에서 만난 이후 이들은 서로의 비밀을 지켜주며 격려하는 '진정한 동료의 관계'로 급속히 발전한다. 자신의 표현대로 이제 스기야마는 춤의 매력에 푹 빠져버렸다. 지하철에 앉아서도 스텝을 밟아보고, 공터에서 몸을 꼿꼿이 세우기 위해 기구를 착용하고 춤동작을 연습하는 남다른 정성과 열정을 기울인다. 댄스를 배우게 된 동기는 분명 마이에게서 비롯되었지만, 이제는 댄스가 정말로 좋아진 것이다.

드디어 고대하던 댄스 경연대회가 열리고 마이와 다무라 선생의 격려 속에 토요코와 함께 플로어에 입장한 스기야마는 모두가 찬사를 보낼 만한 멋진 모습을 펼친다. 그러나 "아빠 파이팅"이란 말이 귓전을 울리는 순간 무너져버린 스기야마는 이를 계기로 그간에 벌였던 춤과의 외도를 정리한다.

춤을 통해 활력을 되찾는 40대 샐러리맨의 이야기를 그린 이 작품은 우리들 누구나가 공감할 수 있는, 생활의 무료함을 떨쳐버리고 춤을 통해 사랑을 터득하도록 유도한다. 그리고 무엇보다 그간 색안경을 끼고 사교춤을 바라보던 시각을 하나의 스포츠나 예술로 인식시키는 데 중요한 역할을 한 공로를 인정하지 않을 수 없다는

점이다. 이러한 공적은 주연 배우들뿐만 아니라 조연급 배우들에게도 돌아간다.

이 영화의 조연급들은 주인공과 얽히고설키는 관계 속에서 영화에서 없어서는 안될 인물들로 그려지며 주인공을 능가하는 맹활약을 펼친다. 다시 말해 영화 속 조연들은 그들 행동 하나하나에 사연이 담겨 있고, 대사 하나하나에 의미가 있을 만큼 그 캐릭터가 생동감으로 가득 차 있다.

그 가운데 "사교춤 춘다는 게 알려지면 변태 취급 당해 늘 조심하지"라고 말하던 '오버맨' 아오키. 그는 정열의 지르박 스텝을 밟아 수많은 이에게 감동의 도가니탕 한 그릇을 선사한다. 스기야마의 동료인 그는 한마디로 직장 내에서 '왕따'의 대상이다. 그가 왕따를 당하는 이유는 다분히 그의 '오버스러운' 언행에서 비롯된다.

그러나 알고 보면 그의 이러한 직각 보행 습관은 자의적인 행위가 아니라 이미 몸에 녹아버린 춤에서 비롯되었다. 또한 그의 과장되고 현란한 춤 동작은 단순히 관객을 웃기기 위한 제스처에 머물지 않는다. 회사에서는 능력을 인정받지 못하고 부하직원들에게는 무능력한 선배로 낙인찍혀 늘 주눅이 들어 지내는 아오키가 자신의 정열과 분노를 표출하는 수단이 바로 춤이었던 것이다. 결국 영화 종반 자신의 춤이 역겹다는 파트너의 표현에 충격을 받아 잠시 춤을 멀리했던 아오키는 경연대회에서 가발을 내던지고 대머리를 커밍아웃 시키면서 열정 가득한 춤 솜씨로 토요코와 멋진 호흡을 맞

춘다.

"이 나이에 이런 말 하기 창피하지만, 매일매일 살아 있구나 하는 느낌이에요. 피곤한 것도 오히려 기분이 좋구요."

이렇듯 춤을 통해 활력을 찾은 스기야마. 뿐만 아니다. 스기야마의 댄스 파트너 토요코의 경우에도 춤은 사별한 남편에 대한 기억과 사랑을 되찾아주는 도구였다. 더욱이 어렵게 찾은 파트너에게 댄스가 품위가 없다는 이유로 결별을 당한 토요코는 고된 빌딩 청소에도 불구하고 댄스 경연대회를 목표로 열정을 쏟아낸다. 또한 세계 최고의 댄스 경연대회인 블랙풀에서 퀵스텝으로 사고를 당해 종국에는 팀까지 해체되었던 아픈 상처를 갖고 있는 댄스 교사 마이도 춤에 대한 열정과 상대에 대한 신뢰를 되찾아 결국 영국 유학 길에 오르게 된다.

스기야마를 비롯, 이들에게 춤은 단순히 여가 선용 활동이 아니라 아픈 상처를 치유하고, 인간관계의 신뢰감, 자신감, 삶의 의욕을 회복하는 수단이자 자신에게 숨겨진 잠재력을 이끌어내는 원동력이었던 것이다. 01

●●● 원제 Shall We Dance? | 1996년 | 감독 수오 마사유키
주연 아큐쇼 코지, 쿠사카리 타미요, 다케나타 나오토

말아톤

"초원이가 당신 없이 못 사는 것이 아니라 당신이 초원이 없이는 하루도 못 살 테니까."

"초원이 다리는?" "백만불짜리 다리."

"몸매는?" "끝내줘요."

설령 영화를 보지 않았더라도 대한민국 사람이라면 누구나 이 대사와 함께, 표기법이 틀린 '말아톤' 이란 단어를 기억할 것이다. 마라톤 풀코스를 완주한 21세 자폐증 청년 배형진 군의 실화를 바탕으로 만들어진 〈말아톤〉은 영화에서 초원이 자신의 그림일기에 "내일의 할 일 말아톤" 이라고 적은 데서 힌트를 얻어 붙인 제목이라고 한다.

〈말아톤〉에서의 '마라톤' 은 결국 우리 자신의 삶에서 각자가 이루고자 하는 어떤 목표이자 의지의 표현 수단이다. 영화는 자폐아 초원(조승우)과 그의 엄마 경숙(김미숙), 그리고 초원의 재능과 의지를 뒤늦게 발견하고 그의 삶 한가운데로 뛰어드는 마라톤 코치 정욱(이기영) 등 세 사람을 축으로 하여 인간의 '의지'와 '도전'에 대한 이야기가 전개된다.

그러나 이 영화는 불굴의 의지로 장애를 딛고 일어서는 '인간 승리' 라는 거창한 슬로건을 내걸지도 않았고, 작심하고 억지로 감정 이입, 즉 눈물의 도가니를 만드는 실수도 범하지 않았다. 영화는 균형미와 절제를 앞세우며 극적인 반전이나 구성 없이도 안정된 내러티브, 감독의 연출력, 배우들의 호연이 녹아 있다. 특히 영화 곳곳에서 우리는 2%도 부족하지 않은 순수 청년 초원을 만날 수 있다. 예를 들면 슈퍼마켓에서 자신의 이름 대신 '싸인' 이라고 쓰고, 엄마와 함께 거울 앞에서 입꼬리를 올리며 미소 훈련을 받으며, 자두를 사수하기 위해 정욱을 견제하며 가방을 품에 안고 달리고, 코치의 지시대로 100바퀴를 뛰고 난 뒤 자신의 심장에 코치의 손을 갖다대는 초원의 모습 등이 그것이다.

하나라도 더 가르치고 싶은 것이 모든 엄마의 마음이다. 얼룩말, 자장면, 초코파이를 유난히 좋아하는 초원에게 엄마는 창밖의 빗줄기를 보며 "비가 주룩주룩 내려요"를 따라하라고 강요한다. 결국 아이를 문밖으로 데리고 나와 빗속에 선 채 그 말을 토해내도록 다그치는 엄마. 혼자 남겨진 초원이 길 잃은 강아지처럼 비를 피하며 안절부절하는 모습은 장차 초원이에게 닥칠 운명적인 사건을 암시하는 듯하다. 의사로부터 자폐증 판정을 받은 후 감당할 수 없는 현실 앞에 좌절한 경숙은 동물원에서 잡고 있던 초원의 손을 넌지시

놓아버린다.

외부와의 접촉을 거부하며 자기만의 세계에 파묻혀 버리는 병적인 경향이나 상태를 자폐증이라고 한다. 자폐증의 원인에 대해서는 아직 정확히 알려진 바가 없지만 유전적 요인 이외에 환경의 영향, 신경 이상, 면역 영향 등이 지적되고 있다. 자폐증을 지닌 사람들은 주위에 아무런 관심도 나타내지 않으며 오직 혼자만의 세계에 몰입한다. 이들이 현실 세상에 무관심한 이유는 현실과 유리된 주관의 세계에 관심을 기울이기 때문이다. 이들은 설령 다른 사람과 눈이 마주치거나 그들이 말을 걸어오더라도 응하지 않고 냉정한 태도를 보인다. 영화 속에서 초원이 다른 사람의 눈을 제대로 쳐다보지 않고 카메라 앞에서 산만한 태도를 보이는 것도 바로 이 때문이다. 초원 역을 맡은 조승우의 현란한 손놀림, 몸짓, 눈빛은 그에게 대종상 남우주연상의 영광을 안겨주기에 충분했다.

"아프리카 세렝게티 초원에는 수십만 마리의 초식동물들이 무리를 지어 살고 있습니다. 해마다 동물들은 짝짓기를 하고 새끼를 낳습니다. 저기 갓 태어난 새끼와 함께 있는 어미 얼룩말이 보이는군요. 이제 새끼에게 야생에서 살아남는 법을 가르칠 것입니다."

일반적으로 자폐아들은 언어 발육이 늦고 다른 사람의 감정에는 별로 관심을 보이지 않지만, 자기가 생각하는 규칙에 따라 사물을 배열하거나 복잡한 현상에서 특정한 규칙을 찾아내 체계화하는 능력이 뛰어나다. 정상인의 경우에는 작은 정보는 털어버리고 큰 정보를 중심으로 지식 체계를 형성해 가지만, 자폐아들은 감각을 통해 습득하는 모든 정보를 하나하나씩 받아들여 새로 조립하는 힘든 과정을 거침으로써 전체 정보를 구성하기 때문에 때로는 신기하다 싶을 정도의 우수한 재능을 나타내기도 한다. 초원이가 '동물의 왕국'의 내레이션을 한 글자도 틀리지 않고 암기하고, 모든 광고를 음률까지 완벽하게 소화해 내는 것도 바로 이러한 탁월한 재능 덕분이다. 이러한 예는 미국 영화 〈레인맨〉의 더스틴 호프만에게서도 찾아볼 수 있다.

시간이 흘러 어느덧 스무살 청년이 된 초원. 그러나 지능은 여전히 다섯살 수준에 머물러 있다. 아무렇지도 않게 큰 소리로 방귀를 뀌는 초원의 행동에 이웃집 아저씨는 당황해서 담배를 떨어뜨릴 정도이다. 또한 초원이는 동생에겐 마치 선생님 대하듯 깍듯이 존댓말을 쓰고, 음악만 나오면 아무데서나 특유의 막춤을 선보이기 일쑤여서 어딜 가든 초원이가 있는 곳은 작은 소동을 동반한다.

하는 짓이나 말투는 영락없는 다섯살 어린애지만 어린 시절부터 꾸준히 해온 달리기 실력만큼은 최고 수준을 자랑하는 초원. 경숙은 자신의 목표를 '초원의 마라톤 서브쓰리 달성'으로 정하고 아들의 훈련에 매진한다. 그녀의 목표는 마라톤에서 메달을 따는 것이 아니라 자폐아 아들이 자립할 수 있도록 만드는 것이었다. 그렇게 그녀는 자신과 다른 가족의 삶을 포기하는 희생을 감수하며 오직 초원이를 위해 모든 것을 쏟아붓고 있었다.

"존나게 뛴다고 병이 낫나? 병이 아니라 장애라면서, 솔직히 엄마 욕심 아니요? 개나 소나 진짜, 무슨 마라톤이 죽어라 뛰기만 하면 되는 줄 아나? 그러다 진짜 죽어요. 마라톤은 페이스 조절 못하면 심장 터져 죽는다구요. 애 죽이고 싶어요?"

"그러니까 당신이 제대로 가르쳐줘야지!!"

경숙은 초원의 손을 이끌고 음주운전으로 사회봉사명령을 받고 초원의 학교로 온 세계 마라톤 입상자 정욱을 찾아가 아들의 코치가 되어 달라고 애원하지만 정욱에게 이들 모자는 성가신 존재에 불과하다. 그러나 "사회봉사 200시간이 아니고 20년을 벌 받으면서 사는 기분 아세요?"라는 경숙의 절규는 정욱의 굳게 닫힌 빗장에 틈새를 만든다.

정욱은 자기 입만 챙기는 초원이에 맞서 초원이가 숨겨놓은 자두를 훔쳐먹는 비행(?)까지 서슴지 않지만, 세렝게티의 동물에 대해 백과사전처럼 술술 늘어놓는 초원의 순수함에 조금씩 동화된다. 자신의 지시를 따라 힘겹게 운동장 100바퀴를 뛰고 있는 초원이를 목격한 정욱은 드디어 초원의 손을 잡아주고, 초원 또한 "가슴이 뛰어요. 초원이 가슴이 콩닥콩닥 뛰어요"라고 말하며 정욱에게 물병을 건넨다. 서툴지만 자신의 마음을 표현하기 시작한 것이다.

정욱의 봉사기간이 점차 막바지에 이르자 세상과 소통하지 못하는 초원, 그리고 경숙과 정욱도 사사건건 의견 차이를 보인다.

"애가 하루 먼저 죽는 것이 소원이시라구요? 당연하지. 왜 줄 알아요? 당신은 초원이 없이는 하루도 못 살 여자니까. 초원이가 당신 없이 못 사는 것이 아니라 당신이 초원이 없이는 하루도 못 살 테니까."

정욱의 만류에도 불구하고 경숙은 초원을 대회에 참가시키지만 초원은 속도 조절에 실패, 결국 완주하지 못한다.

"동물원에서 초원이 잃어버렸지. 동물원에서 엄마가 손 놨지. 그래서 엄마가 초원이 잃어버렸지."

어릴 적 동물원에서 엄마를 잃어버린 기억을 갖고 있는 초원이 지하철역에서 본능적으로 얼룩말 무늬의 스커트를 쫓아가고 심한 봉변과 수모를 당한 사건 이후로 엄마는 자신의 헌신적인 모성애와 희생이 어긋난 집착에서 비롯되었다고 자책하며 쓰러진다. 초원이가 좋아하는 것 하나쯤 만들어주고 싶었지만 '좋다', '싫다' 는 의사 표현조차 할 줄 모르는 아이를, 그리고 엄마에게 다시 버림받을 것이 두려워 힘들다는 말 한마디 하지 못하는 아이를 자신의 욕심 때문에 다그치며 혹사시켰다는 죄책감 때문에 이제 더 이상 초원에게 마라톤을 시키지 않기로 결정한다.

하지만 경숙의 입원을 계기로 스스로 아무것도 할 수 없었던 초원의 가슴에 뭔가 꿈틀거리는 기운이 솟기 시작한다. 자신의 팔에 42.195킬로미터라고 손가락으로 쓰며 양재천 마라톤 달리기에 무작정 혼자 참가하는 초원이(초원의 일기장에 내일 할 일로 '말아톤' 이라고 적혀 있다).

수많은 인파 속에서 경숙, 정욱, 중원의 눈에 초원이 들어온다. 경숙은 초원의 손을 이끌며 대회 출전을 만류하지만 평소와는 달리 초원이가 고집을 피운다. 영화 〈말아톤〉의 베스트 컷은 초원이 마라톤을 완주하는 그 순간이 아니라 스타트 라인에 선 초원이 엄마의 손을 놓으며 스스로의 의지로 달려나가는 바로 그 순간이다. 한번도 자신의 의사를 표현하거나 주장한 적이 없는 아들의 행보가 불안하고 걱정스럽지만, 초원은 결국 자신의 의지로 홀로 설 수 있다는 가능성을 보여준다. 이 순간 〈말아톤〉은 고귀한 희생의 의미를 일깨우는 동시에 희생보다 더 아름다운 자립을 그리고 있다.

가을이 여울진 춘천호의 모습과 나무 사이로 비치는 영롱한 햇살 줄기 속에서 초원의 행복한 모습이 보인다. 영화 속에서 가장 인상적인 장면 중 하나인 그 모습을 통해 관객은 부모의 강요나 외부적인 조건에 의한 것이 아닌 오로지 자신의 의지로 목표를 향해 달리고 있는 인간의 미소가 얼마나 아름다운 것인지를 실감할 수 있다. 또한 이 장면은 마치 모네, 마네, 르누아르 등의 인상파 회화 작품을 보는 듯한 착각을 불러일으킨다.

실제로 나는 정윤철 감독과 인터뷰한 적이 있는데, 그는 2000년 덕수궁 국립현대미술관에서 열렸던 '인상파와 근대미술 ─ 오르세 미술관 한국전'에서 〈피아노 치는 소녀〉가 발산하는, 시간과 공간을 초월한 예술의 영원한 생명력에 압도되었다고 전해주었다. 정 감독은 자신의 이러한 인상주의적 예술 취향과 관심을 실제로 〈말 아톤〉에 투영했는데, 마치 인상파 작가들이 빛, 색감, 자연에 비중을 둔 것처럼 감독 자신도 바람, 햇빛, 하늘 등의 인상주의적 관점에서 초원이의 감각을 표현해 냈다.

이제 초원은 스스로 페이스를 통제하는 능력을 발휘하며 마라톤에 몰입한다. 지쳐 주저앉았을 때 누군가가 건네준 초코파이를 받아쥔 초원이는 엄마를 떠올리며 다시 힘찬 발걸음을 재촉한다. 코스가 막바지에 들어섰을 때 스프링 쿨러에서 물이 흩날리자 초원은 정욱의 지시대로 마치 치타처럼 내달린다. 초원이의 완주는 초원이 자신에게뿐만 아니라 엄마를 위한, 4만여 자폐우를 위한, 그리고 우리 모두를 위한 희망의 발걸음이었다. 기나긴 마라톤의 여정 속에서 환희에 찬 표정으로 많은 사람들과 화해의 손짓을 나누는 초원. 그리고는 생애 처음으로 카메라 앞에서 얼굴 가득 환한 미소를 선보인다.

초원이의 마라톤 완주 기록증이 화면을 가득 메우고 식탁 위에는 말끔하게 비운 네 개의 자장면 그릇이 보인다. 초원이의 것으로 보이는 양복이 벽에 걸려 있고 가족들의 다정한 대화 소리가 여운을 남긴다. 이 마지막 장면은 르누아르의 〈피아노 치는 소녀〉보다도 더욱 진한 감동을 주는 한 폭의 회화 작품이다.

상투적인 감동이나 강요된 깨달음이 아닌 영화 속의 인물에게서 자신의 모습을 발견하고 그 깊은 공감을 통해 선사받은 기분 좋은 감동, 그것이야말로 〈말아톤〉을 여타의 휴먼 드라마들과 차별되게 만드는 가장 큰 미덕이다. 초원의 행복한 미소는 관객의 마음속에 영원히 남아 삶에 지쳐 주저앉고 싶은 순간마다 다시 한 번 불끈 일어서게 만드는 에너지가 되어줄 듯싶다. 01

●●● 2005년 I 감독 정윤철 I 주연 조승우, 김미숙, 이기영

아마겟돈

"네 결혼식만은 꼭 보고 싶었는데 안될 것 같구나.
난 하늘에서 지켜보마, 애야."

우주와의 한판 승부를 다룬 〈아마겟돈〉은 루돌프 메이트 감독의 〈세계가 충돌할 때〉에서 모티프를 얻은 블록버스터이다. 혜성과 지구의 충돌을 그린 〈딥 임팩트〉와 같은 시기에 개봉했던 영화다. 물론 흥행에서도 〈딥 임팩트〉보다 무려 3억 명 이상의 관객을 끌어들였지만, 특히 인류애와 부성애에 대한 감동적인 메시지를 전달하는 데 큰 성공을 거둔 작품으로 평가받았다.

1997년 12월, 영화 〈아마겟돈〉과 〈딥 임팩트〉의 제작이 한창 진행되고 있을 무렵 전세계가 들썩거릴 만한 아찔한 해프닝이 벌어졌다. 당시 국제천문연맹은 '1997XF11'이라 명명된 소행성 하나를 발견했는데, 2028년 10월 27일 지구에 약 3만 9,000km까지 접근할 것이라는 예측을 발표한 것이다. 만약 궤도의 불안정성이나 계산 착오로 인해 지구를 향해 돌진해 올 경우 핵폭탄으로 이 소행성을 파괴해야 한다는 엄청난 사실이 보도로 흘러나왔다.

이 사건은 다음날 나사(NASA)의 정밀 판독 결과 '계산 착오'로 판명되면서 천만다행히도 단순한 해프닝으로 일단락되었지만, 이듬해 〈아마겟돈〉과 〈딥 임팩트〉의 흥행에 큰 호재로 작용했다. 하지만 이러한 소행성과의 충돌로 인한 인류의 재앙이 단지 억측이나 공상적인 발상에 머무는 것이 아니라 현실적으로도 발생 가능하다는 사실은 전세계인에게 분명히 충격을 던져주었다.

영화 제목인 '아마겟돈'은 히브리어로 '므깃도의 언덕'이라는 뜻의 '하르마게돈'에서 유래하는데, 이 용어는 신약성경 요한계시록에 등장한다. 요한계시록에는 전략적 요충지인 므깃도가 서 있는 언덕 또는 그 뒤의 '산'이 앞으로 있을 종말의 시기에 선과 악의 최후의 결전장(예루살렘)을 상징하게 되었음을 암시하고 있는 것으로 보인다. 혹자는 아마겟돈은 노스트라다무스가 예언한 21세기 대충돌 가운데 하나인 '제3차 세계대전'이라고도 말한다.

아마겟돈은 흥행에 있어서는 타의 추종을 불허하는 할리우드의 명콤비 제리 브룩하이머와 마이클 베이의 초대형 블록버스터로서 브루스 윌리스, 벤 애플렉, 리브 타일러에다 주로 독립영화에 출연했던 스티브 부세미와 피터 스토메어까지 끌어들였다. 물론 여기저기 틈새를 비집고 튀어나오는, 소위 '옥의 티'라 불리는 과학적 오류들과 지나치게 단순한 스토리, 노골적인 미국 우월주의가 눈에 밟히긴 한다.

우주과학 전문가들은 소행성이 돌진해 오는 것을 18일 전에 알아 낸다는 것은 말도 안되며, 더욱이 소행성에 대한 묘사도 엉망이고, 그것을 막기 위해 석유 굴착기 기사를 훈련시켜 우주로 보낸다는 설정은 한마디로 코미디라고 비난한다. 그럼에도 불구하고 이 영화 는 개인적으로 필름이 늘어지도록 볼 만큼 작고한 아버지에 대한 그리움을 자극하여 눈물샘을 열어놓았던 작품이다. 적어도 나는 불 후의 명작 반열에 당당히 이 영화를 올려놓는다.

영화는 천년 동안 지속되었던 지구의 냉각기가 우주를 떠돌던 소 행성으로 인해 발생되었다는 전제하에 시작한다. 우주 탐사를 진행 하고 있던 아틀란티스호의 대원들이 무엇인가의 공격에 의해 전멸 하는 참사가 발생하면서 나사 연구진들의 발길이 분주해진다. 나사 가 이번 사건에 대한 철저한 진상 규명에 착수, 우주선 아틀란티스 호의 폭파가 언론에 보도될 때쯤, 뉴욕 맨해튼 한가운데에서 대기 권을 뚫고 지구로 진입한 비행물체로 인해 상상을 초월한 초유의 폭발 사고가 발생한다.

"예상 피해는?"

"완파, 지구의 종말, 인류의 종말입니다."

나사 책임자 트루먼은 우주선 폭발의 원인이 소행성이었다는 사 실을 확인한 후, 지구를 향해 돌진하고 있는 텍사스 크기의 행성과 지구와의 충돌 가능성, 그리고 이로 인해 60억 인류의 종말을 초래

할 것이라는 사실을 백악관에 보고한다. 나사가 소행성과 지구와의 충돌에 대한 유일한 해결책이 지구궤도진입 이전에 소행성을 폭파하는 것이라고 결론을 내릴 무렵, 세계 최고의 유정굴착 전문가이자 석유시추선을 운영하는 호랑이 사장 해리 스탬퍼(브루스 윌리스)는 영문도 모른 채 미합중국 대통령의 명령으로 나사로 소환되어 소행성과 지구와의 충돌에 대한 심각성을 전해 듣는다. 소행성으로 보낼 대원들의 특수훈련을 맡게 된 해리는 "드릴은 과학이 아니라 기술" 이라며, 비록 인생에선 서툴기 짝이 없지만 굴착작업에 관해서는 귀재들인 자신의 동료들과 함께 작업한다는 조건을 내걸고 소행성 폭발 임무를 맡는다.

이제 미국 전역에 흩어져 있던 해리의 시추선 똘마니들이 하나둘씩 나사로 집결하고 해리에게 눈엣가시와 같은 존재였던 AJ(딸 그레이스의 애인)도 특유의 거들먹거림을 내세우며 작업에 합류한다. 지구를 지킨다는 명분으로 평생 세금 면제를 요구하고 케네디의 암살범이 누구인지를 알려달라는 등의 말도 안되는 요구 조건을 내세우고 있는 이들이 지구와 인류를 구해줄 유일무이한 희망임이 분명했다.

"역사상 수많은 혼란을 겪고…… 수많은 불협화음과 고통과 죄를 범한 인류가 지탱할 수 있었던 것이 있습니다. 타동물과 다른 것은 바로 '용기'가 있기 때문입니다! 그리고 오늘 인류 전체의 소망이 우주로 가는 용감한 14명의 우주선 탑승자에게 집중되어 있습니다. 세계의 시민 여러분 지켜보아 주십시오. 그리고 하늘의 가호와 행운을 빌어주십시오."

탑승 직전, 아무도 장담할 수 없는 무사귀환에 대한 불안감 그리고 사랑하는 사람과의 이별에 대한 아쉬움을 삭히던 동료들과 그레이스를 안아올린 AJ가 "leaving on a jet plane I don't know I will back again"을 열창하는 모습은 관객들에게 비장함과 경건함의 전율을 느끼게 해준다.

전세계인의 시선이 집중되는 가운데 소행성 폭파라는 무거운 인류의 짐을 어깨에 짊어진 자유호와 독립호가 소행성을 향해 질주한다. 그러나 우주 정거장의 도킹 과정에서 뜻밖의 사고를 당하고 잠시 안도의 숨을 내쉬던 독립호는 소행성 파편에 맞아 추락하고, 한편 고군분투하던 자유호 또한 굴착에 실패를 거듭한다.

이제 소행성은 제한선을 넘어 지구를 향해 돌진해 오고, 소행성에서 작업을 하던 대원들의 피해 또한 끊이지 않는다. 이제 이들에게 남은 시간은 불과 3시간 57분! 해리가 트루먼에게 작전 실패라는 비보를 전하는 순간 죽은 줄로만 알았던 AJ가 레프와 함께 굴착기를 가지고 등장, 최대 속력으로 굴착작업에 합세한다. 그러나 분노하듯 거대한 진동과 함께 운석들의 폭풍이 몰아치며 타이머와 원격조종기가 파괴됨으로써, 이제 누군가는 폭파작업을 완료시키기 위해 소행성에 남아야만 한다. 결국 제비뽑기에서 선택된 AJ를 배웅하던 해리는 AJ를 우주선 안으로 밀어넣으며 그레이스를 부탁한다

는 말을 남기고 스스로 '등신불'로서의 운명을 선택한다.

"이건 내가 해야 할 몫이야."

"해리! 내게 이럴 수는 없어요. 그건 내가 해야 할 일이라구요!"

"내 딸 잘 부탁한다. 그게 네 몫이야. 늘 널 아들처럼 생각하고 있었어. 언제나! 그레이스와 결혼하게 되어서 정말 기쁘다."

"해리, 사랑해요."

"잘 가라, 아들아."

영화는 그레이스와 AJ의 성대한 결혼식에서 끝을 맺는다. 그리고 그곳엔 그레이스와 결혼식 때 함께 입장하길 그토록 바랐던 해리와 소행성에 소중한 목숨을 바친 여러 대원들의 사진이 결혼식장 맨 앞줄을 장식하고 있다.

"네 결혼식만은 꼭 보고 싶었는데 안 될 것 같구나. 난 하늘에서 지켜보마, 애야."

해리의 말처럼, 아마도 그는 천상에서 미소를 지으며 딸의 결혼식을 지켜보았을 것이다. 물론 가상의 시나리오지만, 이들을 단지 '영웅'이나 '희생정신과 인류애를 실천한 용기 있는 자'라고 표현하기에는 역부족인 듯싶다. 해리의 경우엔 더욱 그러하다. 누가 자신의 목숨보다 더 소중한 것이 있다고 말할 수 있겠는가.

유정 굴착으로 잔뼈가 굵은 해리는 외견상으로는 거친 감성을 지닌 듯 보이지만, AJ에게 '인류를 위하여'란 글귀가 쓰인 우주 대원의 견장을 트루먼에게 전달해 달라고 부탁할 만큼 온정의 소유자이다. 최후를 맞기엔 아주 멋진 곳이라며 죽음 앞에서도 특유의 유머 감각을 잃지 않는 멋진 남자이기도 하고. 해리는 비록 '꼭 돌아가겠다'는 그레이스와의 약속을 지키지는 못했지만 '중도 포기하지 않을 것'이라는, 그리고 '반드시 파내고 말 것'이라는 트루먼과 샤프 대령과의 약속을 지켰다. "당신들은 나사 역사상 가장 큰 실패작이야!"라는 비난을 퍼부었던 샤프 대령도 결국에는 "자신이 만났던 그 누구보다 용감했던 분"이라고 해리를 칭송한다.

이 영화의 베스트 컷은 해리가 AJ 그리고 그레이스와 마지막 대화를 나누는 장면이다. 항상 말썽만 피우고 진지함이라곤 모르는, 즉 한마디로 사윗감으로 결코 상상조차 하지 않았던 AJ를 종국에는 아들로 인정, 그와 생명을 바꾸며 딸의 행복을 빌어주는 행동은 말처럼 쉬운 일이 아니다. 해리에게 AJ를 받아들이는 것은 분명 소행성에 핵폭탄을 장착하는 것만큼이나 남다른 각오와 결단력이 요구되는 일이었을 것이다.

이 영화에서 아쉽거나 언짢은 몇 가지. 감독은 여자에게 그리 좋은 감정을 갖고 있지 않은 모양이다. 무사귀환한 자유호에서 내린 AJ를 향해 달려가 벅차오르는 듯 서로 얼싸안고 입맞춤을 퍼붓는 그레이스의 모습은 그녀의 유일한 피붙이였던 아버지를 잃은 슬픔을 죄다 잊은 듯 보여 무척이나 얄밉다. 여자의 참을 수 없는 가벼움은 그레이스에서 끝나지 않았다.

칙의 아내는 이혼 후 불현듯 찾아온 그를 아들 타미에게 물건을 팔러 온 외판원으로 소개하며 한술 더 떠 접근금지령을 상기시키며 다시는 찾아오지 말라고 으름장을 놓는다. 그러던 그녀는 어떻게 변했는가? 텔레비전에서 우주선 탑승을 지켜보던 그녀는 타미에게 그제야 "저분이 너희 아빠야"라고 자랑스럽게 말하며, 심지어는 우주선 착륙 장소에 마치 국빈 환영이라도 하는 것처럼 그를 따뜻하게 반겨주는 것이 아닌가. "여자의 마음은 갈대"라는 셰익스피어의 말을 이 영화는 너무 충실히 따르고 있는 것은 아닌지 모르겠다. ⊡

●●● 원제 Armageddon Ⅰ 1998년 Ⅰ 감독 마이클 베이
　　주연 브루스 윌리스, 벤 애플렉, 리브 타일러, 빌리 밥 숀튼

인생을
통째로
복수하다

4장 怒·惡

올드 보이

"인생을 통째로 복습하는 거야. 학교 끝났으니까 이제 숙제를 할 차례잖아."

음식점에 가면 금기사항이 있다. 아무리 손님이 왕이라지만 '왕' 행세를 하지 말라는 것이다. 쥐도 새도 모르게 보복당하는 수가 있다. 믿거나 말거나, 중국집의 볶음밥을 조심하라는 말이 있다. 손님이 까다롭게 굴면 주방에서 볶음밥에 이것저것 닥치는 대로 섞어 볶아서 내놓는다는.

영화 〈넘버 3〉를 보자. 한국과 일본 조직 회합이 룸살롱에서 열리는데, 갑자기 주방에다 멍게를 요리해 내놓으라는 주문이 떨어진다. 당연히 메뉴에도 없는 멍게를 대령하라니 요리사가 화가 안 날 수 없다. 요리사는 멍게에 침을 뱉은 다음 태연히 가지고 나간다. 요리사다운 복수다.

누구나 복수를 꿈꾼다. 이런 게 복수에 속하기나 할까 싶을 정도로 사소한 복수부터 남을 무너뜨리고 목숨을 빼앗는 무서운 복수까지 그 정도는 다양하겠지만. 복수에 사용할 에너지를 긍정적인 방향으로 전환하면 얼마나 생산적이냐며 복수 무용론 또는 용서론을 펴는 분도 계시겠으나, 나는 복수를 그리 부정적으로 볼 일만은 아니라고 생각한다. 복수 삼부작(〈복수는 나의 것〉〈올드 보이〉〈친절한 금자씨〉)을 완성한 박찬욱 감독의 말을 들어보자.

군이 정리하자면 복수란 결과가 아주 허망하고 보람이 없으며 무의미한 일임에도 불구하고, 거기에 매달려야 하며 포기할 수 없는 그런 욕망을 복수심이라고 생각한다. 〈올드 보이〉에서는 복수라는 것이 얼마나 정신건강에 도움이 되는지를 알 수 있다. 복수란 긴 세월 동안 어느 하나의 대상을 정해 복수만을 위해 살아가는 것을 말한다. 어디까지나 이우진의 입장에서 보자면 누나를 잃은 상처와 자책감, 그런 것들을 잊어버리게 하는 데 아주 효과적이다. 사실 문제는 오대수가 아닌 본인임에도 불구하고 오대수에게 책임을 뒤집어씌워 복수한다는 것인데, 그것이 이우진이 미치지 않고 살 수 있는 하나의 방법이다.

박 감독이 농담하고 있지 않다는 것은 〈올드 보이〉를 보면 알 수 있다. 우진(유지태)이 장도리를 들고 찾아온 대수(최민식)에게 태연하게 말할 수 있는 데는 이유가 있다.

"상처받은 자한테 복수심만큼 잘 듣는 처방은 없어요. 한번 해봐. 15년 동안의 상실감, 처자식을 잃은 고통, 이런 거 다 잊어버릴 수 있을 거야. 다시 말해서, 복수심은 건강에 좋다! 하지만 복수가 다 이루어지고 나면 어떨까? 아마 잊고 있던 고통이 다시 찾아올걸?"

영화 〈올드 보이〉의 원작은 1996년 일본의 후타바샤(雙葉社)란 출판사에서 나온, 아무 이유도 모른 채 연금되어 감옥에 갇힌 한 남자를 다룬 만화책(츠치야 가롬 글, 미네기시 노부야키 그림)이다. 이 만화는 별다른 주목을 받지 못했고 초판조차 소화되지 못하고 절판됐다. 한마디로 기억에서 영영 사라질 뻔했다. 그러다가 일본 만화를 펴내는 한국의 한 무명 출판사에 의해 2년 후 한국에서 되살아났다. 그 만화책을 〈살인의 추억〉의 봉준호 감독이 복수라는 테마에 관심이 있던 박찬욱 감독에게 추천했고 영화 제작이 검토되었다. 그 과정에서 영화사들 사이에 소문이 나 원작을 잡기 위한 경쟁이 붙었고, 우여곡절 끝에 최종 승자는 박찬욱 감독에게 돌아갔다.

영화는 개봉과 함께 큰 호평을 받았고, 제57회 칸 국제영화제 심사위원 대상까지 거머쥐었다. 일본에서는 원작이 생판 듣도 보도 못한 일본 만화라고 하니 더욱 황당해 했다. 역으로 일본에서 개봉됐으며, 절판되었던 인기 없는 만화가 영화 개봉에 맞춰 재출판되었다고 한다.

〈올드 보이〉를 주인공 캐릭터에 맞추고 보면 만화와 영화의 차이가 한눈에 들어온다. 물론 두 가지를 다 본 사람이라면 영화에 점수를 더 많이 주겠지만, '왜'를 알기 위해 납치범에게 복수할 수 없는 등 단지 전체적인 설정이 비슷하고 디테일만 많이 다르다고 보면 곤란하다. 캐릭터에 따라 작품의 성격, 주인공과 납치범의 승패까지 바뀌어버리기 때문이다.

만화 주인공 고토는 아주 평범한 남자이고, 영화 주인공 오대수는 야성적인 사나이다. 만화 납치범은 사이코인 데 비해 영화 납치범 이우진은 나름대로 복수에 정당성을 갖는다. 만화 속 납치범 가키누마 역시 멀쩡한 사람을 10년 동안 가둔 명분을 스스로 만들기는 하지만, 초등학교 시절 왕따인 자신을 동정해 준 주인공에게 무시당했다고 복수하는 가키누마는 사이코로 보일 뿐이다. 멀쩡한 사람이 지나가던 미친 개에게 물린 셈이다. 알고 보면 별 설득력 없는 '왜'를 알기까지 치열한 두뇌게임을 전개하는 것이 만화의 묘미다.

영화는 원작의 '왜'를 인과응보로 설명해 내적 깊이를 더한다. 첫 장면부터 경찰서에서 난동을 부리는 오대수는 한마디로 사고뭉치다. 납치가 일어난 것도 오대수가 고등학교에서 우진과 그의 누나 수아의 근친상간을 목격하고 소문을 내는 바람에 누나가 자살하는 데 간접적인 원인을 제공했기 때문이다. 이우진이 자신의 잘못을 오대수에게 덮어씌우고 있는 것은 부정할 수 없는 사실이지만 오대수에게 연민을 느끼던 관객조차 우진의 누나 수아가 자살하는 장면을 보면 무작정 그를 두둔할 수만은 없다. 결국 딸 미도와 근친상간하는 벌을 받는다.

오대수는 영화가 시작될 때부터 '패배자'다. 이우진의 치밀한 계획에 따라 파멸한 결과를 놓고 하는 말이 아니다. 이우진이 그를 복

수의 대상으로 결정했기 때문이다.

"너나 잘하세요."

감방 문 앞에서 두부를 먹이려는 전도사를 향해 금자가 이 말을 내뱉은 순간부터 백 선생 역시 '패배자'의 운명이다. 복수를 마음 먹은 사람은 반드시 이긴다. 남에겐 복수를 전혀 못한 듯 보일지라도, 복수자는 최소한 일정 부분 목표를 달성하고 내적으로 쾌감을 맛보게 마련이다. 오대수를 일부러 풀어주고 미도와 만나게 한 우진 역시 자신을 숨긴 채 전화를 걸어 승리자의 기분을 만끽한다.

"인생을 통째로 복습하는 거야. 학교 끝났으니까 이제 숙제를 할 차례잖아."

복수 전문가는 이와 관련해 책까지 쓰고 있다. 존 퍼니셔의 《복수하는 방법 333》이라는 책인데 복수를 꿈꾸는 보통 사람들이 보기에 꼭 알맞다. 〈올드 보이〉의 우진은 이 책을 미리 본 것이 아닐까. 책에는 복수의 미학을 다음과 같이 설명한다.

멋진 복수는 하나의 예술이다. 적에 관한 모든 것을 알기 위해 노력하되, 매우 세심한 부분까지 주의를 기울여라! 상대는 화장실에서 일을 본 다음에 손을 씻는가? 차를 운전하면서 코를 후비는 녀석인가? 혹은 퇴근 후에 곧바로 집으로 가는 것이 아니라, 돈으로 사랑을 살 수 있는 창녀촌 같은 곳을 전전하는가? 당신이 상대를 그 자신보다 훨씬 잘 알고 있다면, 당신은 분명 승리할 것이다. (……) 복수는 선이나 악과는 별개의 것이다! 복수의 목표는 내면의 만족감이다. 복수는 당신이 평소 살면서 지켜왔던 '선'이란 울타리를 넘어보는 기회다. 그러나 무절제한 분노는 절대 금물이다. 증오는 맹목적으로 할 수 있지만, 그에 대한 보상은 유머가 깃들어 있어야 한다.

전국시대 진(晉)나라의 예양은 꼭 복수의 결과가 중요한 것은 아니란 사실을 일깨운다. 예양은 진나라 대부 지백을 모시던 신하인데, 진나라의 가신 중 조양이 반란을 일으키고 지백을 살해했다. 게다가 조양은 지백의 해골로 술잔을 만들기까지 했다. 진심으로 지백을 존경했던 예양은 복수를 결심하고 두 번이나 조양을 암살하려 했다. 첫번째 암살이 미수에 그친 후 수년 동안 숨어 지내다가 독을 마셔 목소리를 바꾸고 얼굴을 불로 태워 알아보지 못하게 했다. 하지만 목적을 달성하지 못하고 죽을 운명에 처하자 조양에게 마지막 소원을 부탁한다.

"당신의 옷을 주십시오."

조양이 옷을 내주자 예양은 칼로 조양의 옷을 난자한 후 자결했다. 상대의 옷만 베고 죽은 예양이 과연 패배자일까? 아니다. 그는 소기의 목적을 쟁취한 승리자로서 죽음을 맞이했다. 이 사건을 목격한 《전국책(戰國策)》은 "베어진 옷자락마다 피가 흐르는 듯했다"고 기록하고 있다.

복수하는 자가 누리는 심리를 알기에는 도스토예프스키의 《지하생활자의 수기》에 나오는 귀여운(?) 복수가 제격이다. 사실 도스토 예프스키가 이 책을 쓰게 된 동기는 이성을 맹신하는 19세기 중반 의 분위기에 제동을 걸려는 의도였다. '1+1=2'라는 공식이 꼭 정 답이 아니라는 주장이다. 그러기 위해 작가가 내세운 인물은 세상 의 어리석음을 비꼬는 지하생활자. 그는 술 취한 장교에게 손으로 떠밀림을 당한다. 참을 수 없는 모욕이라고 치를 떨지만 결투를 신 청할 만큼은 용기가 없다. 무려 2년 동안 복수를 준비한 끝에 큰 길 에서 그 장교를 마주보고 걷는다. 장교는 지하생활자를 알아보지도 못한다. 조금이라도 어깨를 부딪쳐 보려고 용기를 내보지만 두 발 짝 앞에서 맥이 빠져 저절로 쓰러지고 만다. 장교 모르게 어깨를 부 딪치는 것이 그의 목표다. 그러다가 마침내 성공.

내가 눈을 딱 감자마자? 그의 어깨와 내 어깨가 탁 부딪친 것이다. (……) 물론 상대방이 훨씬 힘이 세니까 내가 더 아프긴 했지만 그런 건 문제가 아니다. 문제는 내가 목적을 달성했고, 체면을 지켰고, 한 걸음도 적에게 양보하지 않고 대중 앞에서 사회적으로 그와 대등한 위치에 설 수 있었다는 데 있다.

"복수는 선이나 악과 별개"라는 존 퍼니셔의 말에 유의할 필요가 있다. 산업사회에 접어들며 인간은 엄청난 스트레스에 시달리게 되 었다. 스트레스의 상당 부분은 타인으로부터 비롯된다. 복수할 일은 예전보다 훨씬 많아졌다. 종교의 자비심으로 용서하는 것도 한계가 있다.

복수하지 못한다면 미칠 수밖에 없다. 어떤 식으로든 복수자는 만족감을 챙길 수 있다. 그래서 복수는 정신건강에 이로운 것이다. 〈올드 보이〉란 텍스트를 오대수의 고통이 아니라 이우진의 복수로 읽을 필연성이 생긴다. 주의할 점, 복수는 항상 법의 테두리 내에서, 쥐도 새도 모르게!

●●● 2003년 | 감독 박찬욱 | 주연 최민식, 유지태, 강혜정

원초적 본능

"내가 사랑한 사람은 모두 죽어. 당신은 그렇게 되지 않길 바라지만. 진심이야."

사마귀는 교미 도중 암컷이 수컷을 잡아먹는 것으로 유명하다. 암컷이 교미 도중에 몸을 돌려 수컷의 목을 베어버리는데, 암컷에게 모가지가 잘리면서도 수컷은 놀랍게도 교미에 더욱 힘을 쏟는다. 목이 베이면 뇌 바로 밑 신경절의 제어 기능이 사라지기 때문에 더욱 열정적이 될 수밖에 없는 것이다. 암컷은 이렇듯 수컷을 처형함으로써 열정적인 교미와 먹이라는 두 가지 보상을 얻게 된다.

지금 내 앞에는 목이 떨어진 채 교미에 열중하고 있는 수컷 사마귀 사진이 한 장 놓여 있다. 어쩌면 지구가 우주의 먼지로부터 막 지금의 모습을 갖추기 시작할 때부터 정해진 자연의 섭리가 한 편의 영화를 생각나게 한다면 그것이 우연일까. 사진 밑에 달린 이 몇 줄의 글만큼 영화 〈원초적 본능〉 전체를 함축할 수 있는 문장은 없을 것이다.

바로 영화 첫 장면이다. 섹스가 절정에 이르렀을 때 남자의 가슴에 31번이나 얼음송곳을 꽂는 이 미스터리한 여인이, 수컷의 목을 날리는 사마귀 암컷과 다를 바 무엇이겠는가. 이 논리에 따르자면 희생된 남성 역시 행복한 순간에 저 세상으로 갔을 것이다. 절정의 순간에 보내준다면 그것이 일종의 선(善)이 될 수 있을지는 모르겠지만.

'팜므 파탈'이라 할 수 있는 캐서린(샤론 스톤)이 분명히 죽음을 여러 차례 암시했는데도 캐서린과의 섹스를 즐기는 닉(마이클 더글라스)은 정확히 발정난 수컷 사마귀다. 머리로는 죽음을 감지하면서도 행동은 철저하게 아랫도리의 명령을 따르는 닉은 지구상에 있는 수컷의 본성을 대표적으로, 적나라하게 대변한다.

여성의 사랑을 얻기 위해 목숨을 거는 남성들의 수컷적 행동은 동서양 신화나 민담에서 흔히 찾아볼 수 있다. 그리스 로마 신화에서 미모의 여자 사냥꾼 아탈란테에게 목숨을 헌납한 청년의 수는 얼마나 많던가. 그녀와 달리기 경기에서 이기면 결혼하지만 지면 목숨을 내놓아야만 하는 무시무시한 조건. 이 세상에서 달리기로 그녀를 이길 사람이 없다는 사실을 번연히 알면서도 말이다. 청년 히포메네스가 경기 도중 아프로디테에게서 받은 황금 사과 세 개를 차례로 던졌고 아탈란테가 이를 줍다가 경기에 지면서 피비린내 나는 죽음의 무도회는 끝나게 된다. 죽어도 좋다는 걸 누가 말릴 수 있겠는가.

일본의 인기 소설가 무라카미 류가 《자살보다 SEX》에서 펼치는 '수컷 소모품론' 에 이르면 구제불능의 한 수컷으로서 절망감을 공감할 수밖에 없다. 수컷은 섹스의 철저한 노예 아닌가. 여성들의 섹스 파업으로 남성들의 사회가 엉망이 되는 그리스 희극 《리시스트라테》를 예로 들지 않더라도 그것은 부인할 수 없는 사실이다.

남자는 소모품이다. 어떤 사회라도 여자는 소중히 여긴다. 그러면 소모품인 남자는 어찌하면 좋을까? 여자를 이길 방법은 없을까? 그 대답이야말로 인류 전체의 모든 역사다. 예술, 경제, 정치, 전쟁, 종교, 법률, 문학, 건축, 이러한 역사 모두가 남자들의 '모성에 대한 반역' 의 역사이다. 그래서 여자를 이겼을까? 이기지 못했다.

섹스를 즐김으로써 자살이라는 파국까지 피할 수 있다고 주장하는 그는 거친 남성조차 순한 양으로 만드는 섹스의 속성을 들춰낸다.

좋은 섹스는 전쟁을 방지한다. 정욕과 낭만이 녹아든 최고의 섹스 말이다. 그런 멋진 섹스를 즐기고 사정을 하고 난 다음에 여자의 머리칼을 어루만지며 전쟁을 하리라 마음먹는 남자도 있을까?

그렇다면 이런 결론이 가능하다. '수컷에게 섹스의 열정은 때로 죽음의 공포를 넘어선다.'

마지막 장면까지 긴장의 끈을 늦출 수 없는 〈원초적 본능〉의 스토리를 정리하자면 이렇다. 은퇴한 록스타 조니가 얼음송곳으로 난자당한 채 발견된다. 섹스 도중 하얀 스카프로 손을 침대에 묶인 채 봉변을 당한 것이다. 용의자는 막대한 유산을 상속한 여류 소설가 캐서린. 조니의 죽음은 캐서린의 소설 《사랑의 아픔》의 스토리와 일치한다. 이 사건을 맡은 형사 닉은 캐서린이 범인이라는 강력한 심증을 갖는다. 부모와 스승을 비롯해 캐서린의 주변 인물들이 모두 개운치 못한 죽음을 당했기 때문이다. 그러나 닉은 캐서린을 만날수록 그녀에게 빠져든다. 수사가 진행될수록 애인이자 수사국 내에서 평소 자신을 도와주는 가너 박사가 오히려 더 수상하다. 알고 보니 캐서린과 가너 박사는 버클리대 동기생으로 학창 시절 라이벌이었다. 과연 캐서린과 가너 박사 중 누가 진짜 범인일까.

〈원초적 본능〉은 얼빠진 형사 닉의 이야기라 할 수 있다. 죽음과 섹스를 향해 브레이크 없이 질주하는 남자. 그는 자신이 처음부터 범인이라고 단정한 용의자 캐서린에게 최면에 걸린 듯 빠져든다. 그 이유는 간단하다. 첫 만남부터 캐서린은 닉에게 환상적인 섹스를 암시한다.

"그(조니)는 섹스를 끝내주게 했거든요."

해변 별장에 탐문하러 온 닉은 캐서린에게서 칭찬을 듣는 피해자 조니가 부럽기만 하다. 캐서린의 관능적인 더듬이는 심문실의 여러 남자 중에서도 닉 하나만을 선택해 애무한다.

"난 내게 쾌락을 주는 남자가 좋아요. 약을 한 후에 섹스해 봤어요?"

이 말과 함께 다리를 바꾸어 꼴 때 슬쩍 보일 듯 말 듯한 스커트 속을 훔쳐본 닉. 그때부터 그는 맨정신이 아니다. 발정기의 수컷이 가장 매혹적인 암컷의 지명을 받았다. 수컷에게는 이를 거부할 힘이 없다. 오직 암컷이 욕망의 문을 활짝 열어젖힐 때까지 참을성 있게 주위를 맴돌아야만 하는 것이다.

닉은 상대가 잔인한 살인사건의 용의자라는 사실도 개의치 않는다. 그의 행동은 도덕과 이성으로부터 점점 멀어진다. 섹스만이 구원이고 지상천국이다. 캐서린은 닉을 '하샤신'으로 만들어간다. 하샤신이란 하시시, 즉 마약을 피우는 사람이라는 뜻으로 아랍의 자객을 일컫는다. 그들의 임무는 반대파의 우두머리를 단도로 찍어 죽이는 것이다.

'산중장로'로 불리던 이들의 두목은 교묘한 방법으로 자객을 길들였다. 먼저 자객으로 지목된 젊은이의 음식에 몰래 마약을 넣은 다음, 그들이 몽환상태에 빠져 있는 사이 비밀요새의 낙원으로 옮긴다. 젊은이가 깨어나 보면 술과 음식이 지천이며 아름다운 여자들이 사방에 널려 있다. 마약과 섹스 서비스로 끝없는 환락의 늪에 빠져 있던 젊은이에게 이윽고 암살 지령이 떨어진다. 산중장로는 자객에게 속삭인다.

"임무만 완성하고 돌아오면 이런 낙원에서 영원히 살 수 있다."

죽음에 대한 공포는 완전히 사라진다. 자객은 죽어도 잊지 못할 그 낙원으로 돌아가기 위해 미친 듯이 암살 표적을 찾아 헤맨다.

〈원초적 본능〉은 이런 관점에서 보아도 그 실마리가 풀린다. 섹스에 대한 보상이 암시된 후 닉은 캐서린 외에 누구의 말도 듣지 않는다. 캐서린이 언젠가 술과 담배를 하게 될 거라고 하자 닉은 오랫동안 끊었던 술과 담배를 입에 댄다. 말투까지 캐서린과 똑같이 변한다. 닉과 불화 관계에 있던 동료 닐슨이 총에 맞아 죽자 심문실에 끌려온 닉은 이렇게 말한다.

"낮에 싸우고 밤에 죽이는 바보로 압니까?"

예전에 캐서린이 심문실에서 수사관들에게 했던 식의 표현이다.

"소설을 쓰고 그대로 죽이는 바보로 아나요?"

캐서린은 아무 생각 없는 닉에게 가너 박사가 범인이라는 생각을 불어넣는다. 두 사람이 대학시절 잠시 레즈비언 애인이었으며 라이벌이었다는 사실이 드러난다. 결국 캐서린이 원하는 대로 닉은 가너를 총으로 쏘아 죽이고 만다. 결과적으로는 마약과 섹스를 보상으로 움직이는 암살자의 모습이다.

닉은 자신이 공모에 가담했다는 사실을 안다. 어쩌면 이용당하고 버려질지도 모른다. 영화 막바지에 이른 두 사람의 대화. 캐서린은 범죄 텍스트인 자신의 소설 이야기를 꺼낸다.

"소설이 막바지예요. 형사(닉)가 죽을 날이 얼마 남지 않았어요."

"형사는 죽지 않아. 잉꼬부부처럼 오래 살지."

"누군가는 죽어야 해요."

"왜?"

"늘 그러니까."

첫 만남부터 두 사람이 벌여오던 게임은 종국으로 갈수록 점점 더 아슬아슬한 줄타기를 한다. 샤론 스톤은 〈원초적 본능〉(1992)에서 살인 게임의 주최자다. 한 가지 흥미로운 점은 샤론 스톤이 1993년 이 영화와 비슷한 미스터리 스릴러물 〈슬리버〉에서 살인 게임에 초청된 손님으로 등장한다는 것이다.

슬리버라는 빌딩에 이사 온 미모의 출판사 편집자 칼리. 그녀 앞에 두 남자가 나타난다. 이 빌딩의 주인 지크와 베스트셀러 소설가 잭 랜스포드다. 그 주위에서 벌어지는 살인 게임. 칼리는 〈원초적 본능〉에서 닉의 위치에 놓였을 뿐이다. 칼리는 이 빌딩의 각 방을 모니터링하는 지크에게 자신의 몸을 준다.

칼리와 지크는 〈원초적 본능〉과 마찬가지로 두 사람만의 게임에 몰두한다. 지크는 칼리를 고급 레스토랑으로 데려가 게임을 제안한다. 칼리가 입고 있는 브래지어와 팬티를 즉석에서 보여달라는 것이다. 보여준다면 칼리가 이기고 지크가 진다. 주위를 부끄러운 듯 둘러보며 지크에게 살짝 브래지어를 보여주는 샤론 스톤의 표정 연기가 일품이다. 그러면 팬티는 어떻게 보여주나. 둘 사이의 분위기가 심상치 않자 주위 여기저기에서 '꿀꺽' 침 넘기는 소리가 들린다. 대담하게도 칼리는 엉덩이를 살짝 들고 아예 팬티를 벗어 지크에게 던진다. "내가 이겼고 당신이 졌어." 샤론 스톤이 아니라면 이

역을 누가 제대로 해냈을까.

〈원초적 본능〉의 마지막 장면으로 돌아가자. 캐서린과 닉은 또다시 정사를 나눈다. 캐서린이 속삭인다.

"내가 사랑한 사람은 모두 죽어. 당신은 그렇게 되지 않길 바라지만. 진심이야."

닉은 끝까지 아무 생각 없다. 자신들이 오래오래 행복하게 살게 될 거라고 믿을 뿐이다. 순진하고 복종적인 수컷 닉.

캐서린의 머리 속에 들어가 본다. '지금 꼭 죽여야 할 필요가 있나. 이렇게 착한 나의 노예를.' 캐서린의 살의는 사라진다. 꼭 그대로 실현되던 소설의 결말까지도 바뀐다. 섹스를 향한 수컷의 무모한 열정은 때로 기적을 만들어내기도 하는 모양이다. 장

●●● 원제 Basic Instinct | 1992년 | 감독 폴 버호벤 | 주연 샤론 스톤, 마이클 더글라스, 진 트리플혼

요리사, 도둑, 그의 아내, 그리고 그녀의 정부

"여긴 식당이지 도서관이 아니야! 식사하는 곳이야."

예로부터 복수의 신(神)은 여성이었다. 여자가 한을 품으면 오뉴월에도 서리가 내린다고 했다. 그만큼 여자의 한은 사무치게 깊다는 얘기다. 그리스 로마 신화에 등장하는 프로크네 이야기와 피터 그리너웨이의 영화 〈요리사, 도둑, 그의 아내, 그리고 그녀의 정부〉는 치밀하고 잔인한 여자의 복수 이야기를 들려준다. 여자는 항상 나약하고 희생적인 존재이므로 짓밟아도 된다고 생각한다면 오산 중 오산이다. 시대가 변했다고는 하지만 아직도 여자에게 폭력을 휘두르거나 힘으로 정복하려는 남자들은 이 영화를 보고 반성할 일이다. 복수를 당하려면 차라리 남자에게 당하게 해달라고 기도하라.

필로멜라, 내게는 마음의 준비가 되어 있다. 왕궁을 불바다로 만들고 테레우스를 그 불길 속에 던져넣으면 네 분이 가라앉겠느냐. 이 자의 혀를 자르고 눈알을 뽑고, 너에게 범죄한 사지를 잘라 육신으로부터 죄 많은 영혼을 풀어내면 네 분이 풀리겠느냐. 시시한 복수는 안된다. 받은 것 이상으로 돌려주어야 한다.

이 무시무시한 복수의 출사표를 던진 주인공은 아테나이 왕 판디온의 딸 프로크네다. 아테나이 왕 판디온은 자기 딸 프로크네를 트라키아 용사 테레우스와 맺어주었다. 결혼 몇 년 만에 여동생 필로멜라가 보고 싶어진 프로크네는 테레우스에게 여동생을 만나게 해달라고 부탁했다. 아테나이로 간 테레우스는 필로멜라를 본 순간 이성을 잃었고 그녀를 억지로라도 차지하고 싶은 욕망에 사로잡혔다. 처제를 범하려 했고, 그녀의 혀를 칼로 잘라버린 후 감금해 버렸다. 그 내막을 알게 된 프로크네는 한 맺힌 복수극을 준비한다. 그 순간 아들 이튀스가 방에 들어왔다.

"어쩌면 제 아비와 이렇듯 똑같이 생겼느냐?"

프로크네는 테레우스에게 가장 소중한 것을 빼앗기로 결심했다. 불같은 복수심이 타고난 모정과 천륜마저도 압도해 버렸다. 그녀는 아들을 왕궁 밀실로 데려가 칼로 아들의 목을 도려냈다. 그것도 모자라 아이의 사지를 몸에서 발라내고 사지의 살을 요리하되 일부는 청동솥에 넣어 삶고 일부는 구웠다. 아주 태연하게 테레우스를 식사에 초대해 아들로 만든 요리를 대접했다. 테레우스는 아무것도 모르고 아주 맛나게 먹는다. 아들을 불러오라고 했을 때 프로크네와 필로멜라는 피투성이가 된 이튀스의 머리를 꺼내들며 이 아이의 육신은 당신 뱃속에 있다고 소리쳤다.

섬뜩하고 잔인한 이 이야기는 여자의 복수가 얼마나 잔혹해질 수 있는지를 적나라하게 보여주는 대표적 사례다.

영화 〈요리사, 도둑, 그의 아내, 그리고 그녀의 정부〉 역시 여자의 잔인한 복수 이야기다. 이 영화를 만난 것은 대학교 시청각실에서였다. 그때만 해도 어둡고 밝은 색조가 명확히 대비되는 화면, 식욕과 성욕을 결합시킨 폭력성이란 주제에 큰 충격을 받았다. 그로부터 10년이 지난 후 신화를 읽으면서 여자의 복수라는 테마로 이 영화를 다시 읽어낼 수 있었다. 프로크네 신화를 읽는 순간, 이 영화가 떠오른 것은 우연이 아니었다.

이 영화의 '도둑'은 런던 한복판에 자리잡은, 유명한 일류 식당의 주인 알버트(마이클 갬본)다. 실제로 그는 암흑가 두목이며 도둑이기도 하다. 폭식을 일삼으며 아름다운 아내 조지나(헬렌 미렌)에게 폭력을 행사한다. 화면상에서 게걸스럽게 음식을 먹어대는 한 마리 살찐 야생동물처럼 비춰지는, 좀더 적나라하게 묘사하자면 어두운 뒷골목의 돼지와도 같은 이 남자는 지적 사랑을 꿈꾸는 조지나를 폭력으로 소유하고 있다.

그는 언제나 미식가라는 자부심 아래 화려한 식탁을 즐긴다. 무식한 부하들을 앉혀놓고 손을 씻고 프랑스어를 쓰라고 강요한다.

식탁에선 무언가 있어 보이는 철학적인 말을 하려고 한다. 물론 나중에 그 말이 얼마나 공허한지 드러나지만.

"거위는 오렌지랑 먹지 않아. 파인애플과 햄처럼. 그게 예술이다. 사업과 쾌락의 조화. 사업은 돈이고 먹는 건 쾌락이다. 공개하긴 뭣하지만 조지나도 즐거움의 하나. 위아래로 채워주거든. 위아래의 관계는 밀접해. 고상하고 추잡한 차이지만 예술이 된다."

이토록 식탁에서의 매너를 강조하는 그가 입으로는 온갖 욕설과 음담패설을 내뱉는다. 자신의 콤플렉스를 폭식과 폭력으로 보상받고 있는 것이다. 요리사 리처드도 알버트에게 일침을 가한다.

"겉치레 비용만큼만 요리에 쓰시면 주인님 미각도 향상될 겁니다."

알버트는 또한 가련하게도 성 불구자다. 그러면서도(그런 주제에 또는 그렇기 때문에) 조지나에게 밤마다 변태 짓을 일삼는 바람에 아기도 못 낳는 여자로 만들어버렸다. 늑대가 천장에 매달아놓은 새장 속 카나리아 같은 조지나는, 이 식당에서 혼자 책을 읽으며 식사를 하는 지적인 남자 마이클(알랜 하워드)과 사랑에 빠진다. 그들은 남편이 미각을 위해 초빙한 프랑스 최고의 요리사 리처드의 도움을 받아 화장실과 주방, 냉동창고 등에서 아슬아슬한 섹스를 나눈다. 비열한 동물의 후각은 얼마나 발달되어 있는 것인지, 둘의 수상적은 낌새를 눈치챈 알버트는 책을 읽는 마이클에게 선전포고를 한다.

"여긴 식당이지 도서관이 아니야! 식사하는 곳이야."

알버트는 폭군이다. 식당은 자신의 왕국이며, 마이클은 왕국의 가치를 전복하고 왕비를 빼앗으려는 불온한 인물이다. 신성한 왕국과 식탁에서 감히 책을 읽다니! 알버트는 조지나의 마음을 빼앗은 마이클을 잔인하게 죽여버린다. 성기를 잘린 채 죽어 있는 마이클 입에 책을 쑤셔박아 놓았는데, 책의 제목은 《프랑스 대혁명사》이다. 자유, 평등, 박애야말로 알버트가 처단해야 할 가치다.

조지나가 복수의 여신으로 돌변하는 순간은 이제부터다. 미칠 듯 슬퍼하던 그녀의 눈에 광기가 서린다. 그녀는 요리사의 도움을 받아 프로크네에 뒤지지 않는 복수극을 꾸민다. 죽은 마이클의 시체를 요리해 그녀의 초대장을 받고 온 알버트의 식사에 내놓는다. 이런 요리는 꿈도 꾸지 못했던 알버트. 조지나는 총을 들이대며 마이클에게 먹으라고 위협한다. 그리고 그의 머리를 향해 방아쇠를 당긴다. 통쾌하면서도 충격적인 반전은 지금도 뇌리에 생생하게 남아 있다.

가장 사랑하는 사람의 시체를 요리해 원수의 식탁에 내놓는 행위야말로 힘없는 여자가 남자의 폭력에 맞서 선택할 수 있는 가장 잔인한 복수가 아닐까. 분노는 착한 사람을 미치게 한다. 이 이야기를 하며 〈친절한 금자씨〉를 빼놓는다면 섭섭해 하는 사람이 있을 것 같다. 감옥에서 13년 동안 친절하고 상냥한 얼굴로 모두를 속여넘기고 출소한 후 주위 사람들을 자신의 복수에 동참시키며 백 선생을 집단살육 하는 무서운 금자 씨.

금자 씨는 인육 먹기의 변형을 보여준다. 집단살육 행사를 마친 사람들과 함께 백 선생의 피로 만든 핏빛 케이크를 먹는다. 제의를 연상시키는 집단 카니발이다. 이 영화에서 금자와 한 감옥에 있던 여죄수가 바람난 남편을 죽이고 그 고기를 구워먹는 장면은 인육을 이용한 여자의 끔찍한 복수를 보여준다. 남자의 경우 영화 〈양들의 침묵〉의 한니발 렉터 박사를 빼면 좀처럼 인육을 먹거나 먹이지 않는다. 한니발 렉터 박사도 혼자서 인육 먹기를 즐긴 것일 뿐 복수와 연결시키지는 않았다.

그러면 여자들은 왜 인육 먹기와 먹기를 복수에 끌어들이는 것일까. 직접적인 해답은 아니겠지만 재미있는 견해가 있어 소개하고 싶다. 미국의 대표적인 문화인류학자 마빈 해리스는 저서 《음식문화의 수수께끼》를 통해 원주민 부족사회에서 여자가 남자보다 식인에 적극적이라는 연구 결과를 밝혔다. 일부 부족들은 전쟁을 하고 포로를 고기로 사용했다.

전쟁 식인풍습은 인간고기 사냥이 아니다. 그들은 인간의 고기를 전쟁의 부산물로서 얻는 것이다. 동물성 식품의 가외의 공급원으로서 포로의 고기는 평소 고기 분배를 적게 받았던 사람들, 특히 남자보다 더 '고기에 굶주려 있던' 여자들에게 환영을 받았을 것임이 틀림없다. 투피남바와 이로코이 여자들이 식인축제에 따르는 제의에서 두드러진 역할을 하는 것은 이 때문이다.

마빈 해리스에 따르면 원주민 부족사회에서도 여자들은 고기 분배 과정에서 소외되어 있다. 여자가 남자보다 특별히 인육을 즐기는 DNA를 타고난 것이 아니다.

원시사회, 그리스 로마 신화가 생성되던 시절부터 〈요리사, 도둑, 그의 아내, 그리고 그녀의 정부〉, 〈친절한 금자씨〉가 만들어진 현대에 이르기까지 사회적 약자로서 여자가 처한 상황은 크게 변하지 않았다. 바로 그런 이유 때문에 남자의 폭력에 맞서 그들이 선택하는 복수의 모습 또한 더욱 극단적이 될 수밖에 없었을 것이다. 오랜 기간을 은밀히 준비하고 마지막에 극적으로 가장 치명적인 일격을 가하는.

그렇다면 남자들은 어떤 식으로 복수를 할까. 복수의 대명사로 유명한 춘추전국시대의 오자서. 초나라 충신의 집안에서 태어난 그는 바른 말을 한 대가로 죽음을 당한 아버지와 형을 대신해 초평왕에 대한 복수의 일념으로 살았다. 이웃 오나라의 병사를 이끌고 모국 초나라를 침공했지만 초평왕은 이미 죽고 없었다. 하지만 오자서는 복수를 포기하지 않았다. 초평왕의 비밀 무덤을 끝까지 추적한 그는 생시처럼 잘 보존된 초평왕의 시체를 입수하고 구리 채찍을 집어들었다. 어떻게 복수했을까. 원수는 이미 죽었는데 시체에 복수한들 무슨 소용이 있을까. 하지만 그는 복수를 시작한다. 뼈와 살이 먼지가 될 때까지 구리 채찍으로 시체를 내리친 다음 그 먼지를 불에 태워버렸다.

조카를 부당하게 밀어내고 왕위에 오른 세조가 자신에 반발하는 신하들을 어떻게 처단했는지도 익히 알려진 바이다. 구데타 혐의로 사육신 일당을 모진 고문과 함께 거열형에 처했다. 소나 말에 묶어 사지를 찢어 죽이는 아주 가혹한 형벌이다. '반역자'의 가족들은 삼족을 멸하는 법도에 따라 노비로 만들어버렸다. 남자들의 복수는 남들에게 보여주기 위한 전시적인 성격이 크다.

여자와 남자는 복수 방식에서 차원이 완전 다르다. 여자는 계획을 세우고 은밀하게 복수를 진행하는 반면, 남자의 경우 적을 처단함으로써 자신의 힘을 과시하는 데서 만족을 얻는다. 여자는 상대를 정말로 아프게 만드는 데, 남자는 폼을 잡는 데 복수의 에너지를 집중한다. 🎬

●●● 원제 The Cook, The thief, His wife & Her lover | 1989년 | 감독 피터 그리너웨이
　　주연 헬렌 미렌, 마이클 갬본, 알랜 하워드, 팀 로스

영웅본색

"마크, 여긴 더 이상 우리들의 세계가 아니야.
그런데 여기서 뭐 하고 있는 거야."

"돈과 권력 앞에 굴복하지 않는 조직폭력배는 없다. 그들이 맡끝마다 의리를 강조하는 것은 그만큼 배신이 다반사로, 일상적으로 일어나기 때문이다."

《조폭의 계보》라는 책에서 한 조폭 전문 검사가 한 말이다. 〈영웅본색〉을 보고 감동한 사람들에겐 미안한 일이지만 〈영웅본색〉 식의 주인공은 현실에선 거의 존재하지 않는다. 《조폭의 계보》를 좀더 살펴보자.

"현실 속 조직폭력배들의 세계는 영화나 드라마 속 주먹들과 같이 의리나 우정 같은 낭만적인 접근을 허락하지 않는다. 그것은 한마디로 돈과 권력, 폭력과 음모가 뒤엉킨 추악한 뒷골목 범죄세계일 뿐이다. (……) 있다면 낭만을 가장한 치기어린 행동들과 과장되고 부풀려진 허황된 무용담만이 있을 뿐이다."

주먹뿐만이 아니다. 이문열의 소설《우리들의 일그러진 영웅》의 주인공 엄석대는 어떠한가. 엄석대의 모든 이미지는 조작이고, '영웅'의 이면은 추하다. 황우석 교수의 일련의 사건은 영웅의 몰락을 보여주었다. 특히 그는 불치병 환자들에겐 신적인 존재였다. 조작을 통해 구축한 아성은 진실 앞에 모래성처럼 스르르 무너져 내렸다. 한 명의 영웅이 사라졌지만 걱정 마시라. 영웅이 필요한 이 나라에 또다른 영웅이 반드시 나타날 것이니.

영웅은 반드시 두 가지 자질을 가지고 있다. 카리스마와 완벽함이다. 거기에 조금 못 미치더라도 그것(명예 포함)을 위해 목숨을 아까워하지 않는 사람까지도 우리는 영웅이라 불러준다. 〈영웅본색〉의 주인공들은 이런 조건을 충족시킨다. 문제는 현실에 우리가 생각하는 영웅이 거의 존재하지 않는다는 점이다. 영웅은 인간이기 때문이다. 영웅은 대중이 만들고 환호하는 판타지다. 쥐꼬리만한 정의의 승리에 카타르시스를 느끼는 대중의 모습은 역설적으로 세상에 정의가 없음을 보여준다.

"강호의 의리는 땅에 떨어졌지만 영웅은 살아 있다"고 외치듯 위기에 처한 친구들을 구하기 위해 보트를 돌려(외국으로 그냥 직행했더라면 자신은 잘 먹고 잘 살 수 있었지만) 적들을 쓸어버리고 죽어가는 마크(주윤발)의 최후(《영웅본색 1》). 보고 나면 눈물이 나고 속이 통쾌해지는 영화임을 누구도 부인할 수 없다.

'의리를 위해 목숨을 버리는 것이 나의 갈 길'이라는 현대판 영응답은 한마디로 중국인들이 사랑하는 《삼국지》와 무협물의 변주에 불과하다. 국가, 부모형제, 친구와의 의리를 위해 죽는 사람이야말로 진정한 영웅이라는 사고방식이 《삼국지》로부터 숱한 무협물과 〈영웅본색〉 시리즈까지 일관되게 흐르고 있는 정서다. 실제로는 의리가 워낙 없었기에 중국 사람들은 대리만족 차원에서 경공으로 하늘을 날고 한 차례 몸놀림으로 수십 명을 죽일 수 있는 영웅의 판타지를 만들어내고 보고 들으며 눈물 흘렸을 것이다. 장장 세 편의 연작으로 제작된 〈영웅본색〉 시리즈 중 의리와 복수를 주제로 《삼국지》와 무협물의 판타지 성격을 가장 잘 반영하는 것이 〈영웅본색 2〉다.

〈영웅본색 1〉은 사실 복수라는 주제에서 빗겨나가 있다. 형사와 조폭이라는 상반된 길을 걸으며 극한 갈등을 겪는 형제, 자신이 가졌던 모든 것을 부하의 배신으로 잃고 다시 되찾으려 발버둥치는 남자의 인생 이야기다. 그럼에도 불구하고 인생철학이 완전히 다른 세 남자를 하나로 묶는 것이 바로 의리다.

조직의 행동대장쯤 되는 아호(적룡)는 마지막 일을 처리하고 새 사람이 되고자 한다. 이때 동생 아제(장국영)는 경찰이 된다. 형이 무슨 일을 하는지도 모르는 채. 아호에게 마크는 조직 내에서 함께 자란 친구이자 동생이지만 친동생 아제만큼이나 각별한 사이다. 아호는 마지막 임무에서 동료의 배신으로 감옥에 가는데, 마크는 아호의 복수를 하다가 다리에 총을 맞고 절름발이가 된다. 아제는 아버지의 죽음이 조폭인 형 때문이라고 생각하고 자신의 손으로 형을 검거하겠다고 벼른다. 설상가상으로 형 때문에 승진까지 막혀버리면서 아제의 증오는 극에 달한다.

아호는 감옥에서 3년의 시간을 보내고 나온다. 바르게 살려고 택시운전을 시작한 그는 길거리에서 다리를 절며 다른 조직 보스의 차를 닦는 마크를 발견한다. 구석에서 비참하게 밥을 먹고 있는 마크 옆에 서서 절규한다.

"편지에는 이런 얘기 없었잖아."

그러자 마크가 밥도 못 삼킨 채 울먹이며 아호를 껴안는다.

"마크, 내 다리를 자른다 해도 너에게 보상할 수 없을 거야. 마크, 여긴 더 이상 우리들의 세계가 아니야. 그런데 여기서 뭐 하고 있는 거야."

마크는 전혀 다른 말을 꺼낸다. 절름발이가 된 후 친동생같이 여겼던 아성에게 조직을 빼앗기고 불구자로 살아온 마크.

"난 형을 3년이나 기다렸어. 다시 시작하자."

아호는 눈 빠지게 기다렸다는 마크의 손을 잡지 못한다. 하지만 아성의 조직원들에게 복날 개처럼 두들겨 맞는 마크를 빼내오면서 결국 어두운 세계에 다시 몸을 담게 된다. 홍콩이 내려다보이는 밤, 택시에 기댄 채 아호의 치료를 받으며 마크는 중얼거린다.

"홍콩의 야경이 이렇게 아름다운 줄 몰랐어. 난 3년 동안 기회를 기다려 왔어. 다른 사람에게 날 과시하는 게 아니라 그저 내가 잃은 걸 돌려받고야 마는 사람이란 걸 보여주고 싶었어. 난 형과 다르게 살 거야."

결국 두 사람은 항구에서 아성을 위협해 200만 달러를 가지고 외국으로 달아날 마지막 기회를 잡는다. 그런데 형을 체포하겠다며 나타난 아제 때문에 일이 꼬인다. 아호는 마크만 보트에 실어 보내지만, 마크는 보트를 돌려 그들에게 나타난 후 아제에게 외친다.

"형이 무슨 죄를 저질렀든 이미 너에게 다 갚았어. 형은 새 삶을 살 용기가 있는데 넌 왜 형을 용서할 용기가 없는 거야!"

살신성인하고 죽은 마크의 시체를 뒤로 하고 형제는 다시 하나가 된다. 마크야말로 〈영웅본색 1〉이 만든 진짜 영웅이다.

공전의 히트에 힘입어 오우삼 감독이 다시 메가폰을 잡은 〈영웅본색 2〉는 의리남들의 가공할 복수극으로 성격이 바뀐다. 전편과 스토리가 이어지면서, 의리라는 정서에 분노와 복수를 증폭시켰다. 때론 황당무계해서 오히려 재미는 더 있다.

홍콩 경찰은 왕년의 조직 두목 용 사장이 다시 위폐 사업에 관여하고 있다는 정보를 입수하고 복역 중인 아호를 밀정으로 투입한다. 물론 협조할 시 죄를 감면해 주겠다는 조건으로. 아호와 경찰인 아제가 뒷조사를 해보니 용 사장은 착실한 사업가가 되어 있다. 위폐 사업은 용 사장 밑에 있는 고 이사란 사람이 꾸민 일이다. 고 이사의 계략에 빠진 용 사장은 미국 LA로 도피하지만 고 이사가 킬러를 보내고 딸까지 죽여버리자 실성해 버린다. 이 작품에선 주윤발이 전편에서 죽은 마크의 쌍둥이 동생 첸으로 등장해 미국에서 용 사장을 돌본다. 첸의 눈물겨운 노력으로 용 사장은 정신을 되찾고 아호, 아제 형제와 합세해 고 이사 일당에게 복수한다.

이 영화는 《삼국지》의 재미의 요소들을 대거 차용하고 있는 듯 보인다. 전편에선 영웅이 한 명인 데 비해 〈영웅본색 2〉는 네 명이다. 형제애로 뭉친 세 영웅 유비, 관우, 장비를 그린 나관중의 《삼국지연의》를 연상시킨다. 《삼국지》를 재미있게 하는 것은 특유의 과장이다. 관우, 장비, 조자룡 같은 인물은 일당 천의 용사다. 조조와 관우의 말을 빌리자면 "백만 군중에서 상장(상대 장수)의 머리 베기를 마치 주머니 속에서 물건 꺼내듯 하는" 이들이다. 장비가 장판교에서 홀로 말 위에 올라 조조의 수만 대군을 막아낸 것을 보라. 불사신 같은 이들은 자신의 형제가 죽자 복수에 매달린다.

중국 무협물도 별 다를 바 없다. 의리와 복수는 마치 샴쌍둥이처럼 붙어다닌다. 조상이 당한 치욕을 갚기 위해 후손이 깊은 산 속에 들어가 무술을 연마해 복수를 한다는 것이 중국 무협물의 주된 테마다. 자기가 복수를 완성하지 못하면 죽으면서까지 아들에게 복수를 유언으로 남긴다. 피는 피를 부르기 때문에 복수의 완성에는 누군가의 목숨이 필요하다. 복수자는 기꺼이 자신의 목숨을 내놓는다. 서양인의 복수와는 그런 점에서 확연히 다르다. 물론 서양인들에게도 복수는 중요하지만 죽은 후에도 복수를 완성한다는 생각은 애초에 하지 않는다. 의리를 위해 최선을 다하지만 자기가 죽고 나면 아무것도 아니라는 합리주의적 사고가 밑바탕에 깔려 있다.

〈영웅본색 2〉의 용사 네 명은 복수극에 돌입한 후엔 피의 사육제를 벌인다. 먼저 아제가 킬러의 총을 맞고 공중전화 부스에서 죽어간다. 갓 태어난 딸의 안부를 물으며. 〈영웅본색〉 시리즈의 최고 명장면으로 꼽고 싶다.

"사낸가? 딸인가? 지금 그 애와 이야기할 수 있을까? 우는 걸 듣고 싶어. 송호연이라고 이름 지어."

그러면서 우수로 가득 찬 그 유명한 〈영웅본색 2〉 주제곡이 흘러나온다.

> 오늘의 일일랑 묻지 말아요. 알려고도 하지 말아요.
> 인생의 참뜻은 아무도 몰라요. 기쁨도 슬픔도
> 내 인생을 묻지 말아요. 돌아올 수 없는 강물
> 후회도 미련도 지나간 추억.
> 한 마음으로 미래를 향해 행복의 나래를 펼쳐요.
> 슬픈 이야길랑 묻지 말아요.
> 이것 저것 모든 것이 잡을 수 없는 연기처럼
> 아무것도 몰라요.

이제 남은 세 사람의 분노는 하늘을 찌른다. 이들은 지옥에서 온 야차처럼 성난 표정으로 앞으로 돌진한다. 먼저 첸이 양손에 기관총을 들고 모조리 쓸어버린다. 마치 관우의 복수를 하는 장비 같다.

이어 수류탄 투척. 수많은 킬러들이 총 한 방에 추풍낙엽처럼 쓰러진다. 벽은 온통 피바다다. 그래서 우리나라에 들어올 때 심의에서 잔혹성 논란이 일기도 했다. 이쯤 되면 무협지와 다를 바 무언가. 총알 세례를 받은 용 사장이 멀쩡하게 일어나 총을 쏘고, 총알을 얼마큼 맞았는지 셀 수도 없는 첸이 끝까지 살아 있는 장면 앞에선 '이게 웬 황당 시추에이션?'

배반과 음모의 세계 속에 갇혀 있는 우리의 영웅들은 못 말리는 특징을 가지고 있다. '이번이 마지막이다'라는 말을 좋아한다는 것이다. 마지막으로 '한 건' 하고 뜰 거라는 맹세를 하면 뭔가 불안해지기 시작한다. 물론 아예 마지막 한 건을 안 하고 싶은 마음이 더 강하지만, 그 일을 안 하면 손을 씻을 수 없는 필연적 핑계가 있기 때문이다.

영화 〈칼리토〉에서 마피아 조직원인 칼리토(알 파치노)는 마지막 한 건을 해치우고 여자친구와 같이 휴양지로 떠날 생각이다. 마지막 일을 처리하고 여자친구와 부하가 기다리고 있는 기차로 뛰어간다. 이제 기차만 타고 떠나면 되는데 마중 나온 부하의 손에서 불꽃이 번쩍인다. 배반이다, 배신이다. 칼리토는 '마지막 한 건' 징크스에서 벗어나지 못하고 숨을 거둔다. 영화 〈왕의 남자〉에서 공길이 마지막 공연을 하겠다고 고집을 부리지 않았다면, 그대로 떠났다면 공길(이준기)과 장생(감우성) 역시 자유를 얻을 수 있지 않았을까.

〈영웅본색 1〉에서 마지막으로 한탕하고 홍콩을 튀려던 마크는 어떻게 되었는가. 거사를 앞두고 사당에서 무섭게 생긴 신상(神像)을 바라보고 있던 마크에게 아호가 묻는다.

"넌 신의 존재를 믿어?"

"믿어. 바로 내가 신이거든. 신도 인간이야. 자신의 운명을 마음대로 할 수 있는 사람이 신이지."

"때로는 마음대로 안돼."

"도박에도 승패가 있어."

결과를 놓고 볼 때 영웅은 신 앞에서 겸손할 필요가 있다. 그러나 그들이 혹시 신이나 죽음을 두려워했다면 영웅의 본색을 드러내보지도 못했을 거다. 그것이 그들의 딜레마다. 잘

●●● 원제 英雄本色 1 ׀ 1986년 ׀ 감독 오우삼 ׀ 주연 주윤발, 장국영, 적룡, 주보의
원제 英雄本色 2 ׀ 1987년 ׀ 감독 오우삼 ׀ 주연 주윤발, 장국영, 석천, 적룡

씬 시티

"모든게 어두워진다. 무슨 상관이겠는가.
잠이 온다. 괜찮다. 소녀는 무사하니까.
늙은이는 죽고 어린 소녀는 산다. 공평하다."

직장에서 당신의 의견이 무시당했다고 가정해 보자. 그것도 동료들의 조소를 받으며. 수치심과 분노가 치밀 것이다. '어디 두고 보자.' 인정받지 못하는 것만큼 비참한 일도 없다. 그 적절한 예가 《삼국지》에 나와 있다. 원소와 조조는 양무에서 사활을 건 정면 대결을 벌인다. 원소는 무려 칠십만 대군을 동원했다. 원소의 모사(謀士) 허유는 조조와 대치하는 병력 중 일부를 내어 허도(조조의 본거지)로 진격해 머리와 꼬리를 일시에 치도록 하자는 계책을 냈다가 오히려 원소에게 욕을 먹고 탄식하며 물러나왔다.

허유는 어떻게 했을까. 그 길로 조조의 영채로 달려갔다. 원소에게 따끔한 맛을 보여주리라는 심정으로. 허유는 원소의 군량과 군수품이 죄다 오소에 있으며, 그곳을 지키는 순우경이 술에 취해 있으니 그곳을 공략하라고 귀띔한다. 조조는 무릎을 치며 좋아한다. 계획은 즉시 실행에 옮겨졌고, 황제를 꿈꾸던 원소는 허유의 말 한마디에 칠십만 대군을 잃고 처참하게 무너진다. 나중에 만난 세 아들을 끌어안고 한바탕 통곡을 하더니 그만 기절해 땅에 쓰러지기까지 한다.

무법자나 사회에서 소외된 자, 즉 하류인생에겐 자신의 존재 가치를 인정받고 싶은 욕구가 더욱 강하다. 그것은 때론 목숨보다 중요하다. 한국 영화 〈실미도〉는 존재를 인정받고 싶어하는 욕망의 드라마이다. 실미도에 갇힌 북파공작원들은 범죄자들보다 더욱 사회에서 고립된 사람들이다. 사형수들로 아예 존재 기록조차도 말소되어 있다. 사회적으론 한 번도 존재하지 않았던 셈이다.

이들이 버스를 탈취해 청와대로 향하는 마지막 장면을 보자. 언론은 "무장간첩단이 서울로 향하고 있다"고 떠든다. 그들은 어차피 목숨에는 별 관심이 없었지만 국가를 위해 목숨을 버리고자 한 자신들을 무장간첩으로 몰아가는 것에 분노한다. 저격수들이 버스를 둘러싸자 그들은 투항하지도, 방어선을 구축하지도 않는다. 서로 이름을 호명하며 피로 버스 벽에다 각자의 이름을 새긴다. 존재 가치에 대한 처절한 몸부림이다. 자신이 속한 세계에서 존재 가치를 인정받기 위해 연쇄살인을 저지르는 영화로는 시고니 위버가 범죄심리학자로 등장하는 〈카피캣〉을 참고하면 좋겠다.

'사회 쓰레기'로 취급받는 인간들을 모아놓은 영화 〈씬 시티〉도

이런 관점에서 보면, 그 밑바닥을 철저하게 훑을 수 있다. 프랭크 밀러의 만화 원작 중 에피소드 세 개를 뽑아 영화화한 〈씬 시티〉는 제목 그대로 법도 경찰도 외면한 '죄의 도시(Sin City)'를 그린다. 은퇴를 한 시간 앞둔 경찰 하티건(브루스 윌리스), 스트리트 파이터 마브(미키 루크), 고독한 사진작가 드와이트(클라이브 오웬) 등 씬 시티를 무대로 살아가는 세 남자의 이야기다. 이 하수도 냄새 폴폴 나는 공간에선 누가 가해자이고 피해자인지, 무엇이 선이고 악인지조차 분간이 어렵다.

우선 야수와 같은 사나이 마브(〈나인 하프 위크〉의 귀공자 존을 떠올리면 곤란하다)의 이야기를 들어보자. 그는 씬 시티를 방랑하며 살아간다. 가공할 만한 완력을 지녔으며 싸움만큼은 누구에게도 지지 않는다. 단지 남들이 자신을 '싸이코 킬러'라고 부를 것을 걱정한다.

마브는 클럽에서 만난 창녀 골디와 하룻밤을 보낸다. 이튿날 아침 눈을 떠보니 골디가 죽어 있다. 망연자실하고 있을 때 경찰이 들이닥친다. 음모임을 직감한다. 그는 분노한다. 자신이 음모에 말려들었다는 것 때문이 아니라 자신에게 하룻밤의 천국을 맛보게 해준 골디를 누군가가 죽였다는 사실에 분노한다. 마브 정도라면 골디가 죽은 것을 보고 피하면 그만이다. 처음 만나 하룻밤을 보낸 여자의 죽음에 목숨을 걸고 복수할 필요는 없는 것이다.

그러나 마브는 달랐다. 골디의 쌍둥이 언니 웬디가 마브를 원수

로 오해하지만, 그는 골디에 대한 사랑으로 터질 듯한 가슴을 보여준다. 오히려 웬디가 의아해 할 정도다. 야수로 돌변한 마브의 복수는 전형적으로 '눈에는 눈, 이에는 이' 스타일이다.

"잘 알지도 못하는 여자에게 왜 이렇게까지?"

"나한테 잘해 줬어."

이유는 단순 명쾌하다. 나중에 골디가 누군가에게 쫓기느라 바에서 만난 마브를 이용했다는 사실이 밝혀지지만 그게 뭐 대수인가. 어떻든 골디가 자신을 어루만지며 남자로 인정해 주었다는 사실에는 변함이 없지 않은가. 살인자에 대한 응징은 표면적일 뿐이다. 몸서리 쳐지는 외로움을 수년 만에 달래준 사람이 죽었다는 사실만이 중요할 뿐이다. 마브는 생각한다.

"네가 왜 죽어야 했지? 골디! 누군가 필요할 때 넌 친구 이상이었어. 누가 죽었는지 밝히면 네가 당한 식으로 조용히 끝내지는 않겠어. 내 방식대로 요란하고 험악해질 거야. 내가 놈을 보낼 지옥은 지옥에서조차 지옥이라 부르는 곳이 될 거다."

암흑의 도시에서 괴물 취급을 받으며 폭력을 휘두르는 사나이들의 심리를 다룬 일본 SF 만화 〈총몽〉. 제임스 카메론의 영화화 발표로 더욱 유명해진 이 만화는 그런 인간의 심리를 적나라하게 파헤친다. 두뇌만 말랑말랑할 뿐 몸은 로봇인 사이보그들이 모여 사는 미래의 고철도시. 어릴 적부터 사람들로부터 미움만 받고 하수도 생활을 전전한 마카쿠는 괴물의 몸을 얻어 도시를 공포에 몰아넣는다. 하지만 알고 보면 외로움과 공포에 가장 시달리는 것은 다름아닌 마카쿠다.

"내 인생은 공포와 고통에서 시작됐지. 오래 지나지 않아 난 공포와 고통을 극복하는 요령을 찾아냈다. 이 두 감각은 물이 높은 곳에서 낮은 곳으로 흘러가는 것과 같아. 나 이외 다른 자들에게 공포와 고통을 계속 떠안겨줄 수 있으면 난 그 고통에서 벗어날 수 있다! 그러려면 힘이 필요해. 모든 자들을 공포와 고통 속으로 떨어뜨리는 바로 그 힘이 내가 살아가는 목적이야."

결국 마브는 골디 살해의 배후에 있는 로크 추기경을 아작내고 실컷 고문받다가 전기의자에서 죽는다. 어차피 한 번 죽을 목숨, 복수하다 죽겠다는 듯 마브는 웬디에게 인정받고 골디의 추억을 떠올린 채 전기의자에서 '그리 나쁘지 않은' 죽음을 맞는다.

또다른 에피소드의 주인공 드와이트 역시 바에서 만나 하룻밤을 보낸 웨이트리스 샐리가 남편 잭키 보이에게 얻어맞는 것을 보고 그를 응징한다. 올드 타운의 창녀들과 잭키 보이 일당의 분쟁에 말려들어 끔찍한 복수극을 주도하는 드와이트의 명분은 하룻밤 상대가 모욕을 당했다는 사실이다.

형사 하티건의 경우 한 시간 후면 은퇴다. 악당들에게 열한살 소녀 낸시 칼라한이 납치되어 있다는 정보를 갖고 있다. 일면식도 없는 소녀다. 그가 가야 할 곳은 범죄 현장이 아니라 가족들이 기다리는 집일지 모른다. 그러나 정의감에 넘치는 형사의 발길은 엉뚱한 곳으로 향한다. 이 퇴물 형사는 적을 만나기도 전에 비틀거린다. 소화불량으로 속이 쓰리기도 하거니와 심장마저도 정상이 아니다. 아직도 솜씨가 녹슬지 않았다는 것을 보여주고자 하는 열망만이 그를 다시 일으켜 세운다.

"네가 쓸모 있다는 것을 증명해 봐. 버티고 일어서, 노병."

하티건은 겨우 낸시를 성폭행하려던 로크 의원의 망나니 아들을 폐인으로 만들어버린다. 낸시가 살았다고 생각한 순간 등뒤에서 동료 형사가 그에게 방아쇠를 당긴다. 권력자의 시각으로 보자면 하티건은 번지수를 잘못 찾은 것이다. 하지만 하티건은 만족한다.

"모든 게 어두워진다. 무슨 상관이겠는가. 잠이 온다. 괜찮다. 소녀는 무사하니까. 늙은이는 죽고 어린 소녀는 산다. 공평하다."

하티건이 눈을 뜨니 병원이다. 아들을 잃은 로크 의원이 그를 죽도록 내버려두지 않는다. 애지중지하던 아들을 성불구자로 만들어버린 인간을 평생 괴롭히면서 살겠다는 심보다. 병실에는 단 둘뿐이다. 로크 의원은 무슨 짓을 해도 세상은 하티건보다는 자신을 믿어준다는 자신감을 보여준다.

"권력은 거짓말에서 나오지. 크게 속여서 세상이 전부 놀아나게 만들어야 권력이야."

스토리는 약간 이상한 방향으로 흐른다. 감방에서 8년 동안 썩고 나오니 열한살짜리 소녀 낸시는 성적 매력이 넘치는 여인으로 변해 있다. 게다가 하티건을 뜨겁게 사랑한다. 추악한 모습(괴물이라 부르는 것이 더 정확할 듯)이 된 로크 아들은 하티건에게 복수하기 위해 낸시를 납치한다. 추격을 하면서도 하티건은 자신의 존재 가치를 또 한 번 의식한다.

"하티건, 너를 믿는다. 네가 쓸모 있는 존재란 걸 입증해 봐."

하티건은 세상을 오래 살았다. 권력의 힘이 무엇인지도 안다. 로크 의원의 아들을 죽인 지금, 무슨 일이 벌어질지 모른다. 로크 의원은 하티건의 약점이 무엇인지 알고 있다. 낸시다. 하티건은 자신이 살아 있는 한 낸시가 정상적으로 살아가는 것은 불가능하다고 판단한다. 하티건은 주저없이 총을 머리에 대고 방아쇠를 당긴다. "놈(로크 의원)을 꺾을 방법은 하나다. 노병이 사라져야 그녀가 산다. 사랑한다, 낸시"란 말과 함께.

씬 시티에 거주하는 세 명의 남자는 자신들의 목숨을 담보로 '기사도'를 실천한다. 이곳에서 복수란 존재 가치를 입증하는 수단이다. 사회의 어두운 곳에 몸담고 있는 사람일수록 조금만 모욕을 받아도 금세 분노를 표출한다. 폭력배 중에서도 최하위급인 양아치들을 보라. 맞은편에서 마주 오던 사람이 그냥 쳐다보기만 해도 왜 사람을 째려보느냐며 시비를 걸고, 부딪히기라도 하면 왜 사람을 치느냐고 생 난리를 피우지 않는가.

평범한 직장인이라면 목숨을 걸 필요까지는 없겠지만 최소한 조직 내에서 책상을 지키고 있는 이유, 즉 자신의 존재 가치를 끊임없이 보여주어야 한다. 그러지 못하면 구조조정 감이다. 조직에서 남들과 차별화된 전문성을 갖춘 사람만이 살아남을 수 있다. 동료들의 머리 속에 내가 어떤 포지션의 인물로 각인될 것인지에 대해 아무 개념 없다면 십중팔구 실패자로 전락할 것이다. 누구에게든 세상살이가 치열하면서도 고단한 이유다. 🁢

●●● 원제 Sin City | 2005년 | 감독 로버트 로드리게스, 쿠엔틴 타란티노
주연 제시카 알바, 브루스 윌리스, 베네치오 델 토로, 미키 루크, 클라이브 오웬

"신은 인간을 질투해. 인간은 다 죽거든. 늘 마지막 순간을 살지."

마지막 장면부터 거꾸로 돌려봐야 제대로 해석이 되는 영화 〈메멘토〉처럼 영화 〈트로이〉 역시 동력을 정반대로 놓고 보면 새로운 재미가 생긴다. 우리가 흔히 알고 있는 트로이 전쟁은 이해관계에 따라 편 가르기를 한 신들의 조종을 받아 인간들이 치르는 대리전이다. 여기서 핵심은 신들의 분열이다. 나는 이를 정반대로 해석한다. 소설 《다빈치 코드》에서 소니에르가 남겨준 코드를 보자.

오, 드라코 같은 악마여!(Oh, Draconian devil!)
오, 불구의 성인이여!(Oh, lame saint!)

이를 아나그램(철자 바꾸기)으로 풀어내면,

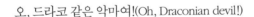

레오나르도 다 빈치! (Leonardo da vinci!)
모나리자! (The Mona Lisa!)

라는 숨은 메시지가 나오듯, 트로이 전쟁의 동력이 신들의 작당이었고, 가장 깊숙한 적의가 인간에 대한 질투였으며, 체스를 두듯 영웅들의 씨를 말리려 했다는 가정이 바탕에 깔려 있다고 나는 해석한다.

그리스 로마 신화 속의 신들은 그리 대범한 위인들이 못 된다. 불사의 권능을 가진 존재라는 사실을 제외하면 인간과 똑같이 사랑하고 미워한다. 그리스 로마 신화 밑바탕에 깔린 이야기의 동력이 복수라는 사실은 너무도 자명하다. 처절한 복수가 깔려 있지 않은 신화를 찾아보기 힘들 정도다. 질투하는 그들의 시선이 인간에게로 향했다면 재앙은 이미 시작된 것이나 다름없다.

인간을 부러워하는 신들의 고백이 곳곳에서 들려온다. 바람둥이 신 제우스가 강의 신 이나코스의 딸인 이오를 겁탈했을 때 이나코스는 피눈물을 흘린다. 아내 헤라가 내려올 것을 미리 안 제우스가 이오를 흰 암소로 둔갑시켰는데, 아버지를 만난 이오가 발굽으로 땅바닥에다 제 이름을 써서 암소로 변한 자신의 슬픈 소식을 전한다. 로마 아우구스투스 시대의 시인 오디비우스는 《메타모르포시스》에서 이나코스의 통곡을 전한다.

"내가 신이라는 것이 한스럽구나. 신이라서 죽음의 문이 내 앞에서 닫혔으니, 영원히 슬퍼해야 하는 이 신세를 어찌할까."

반인반마 켄타우로스인 케이론의 딸 오퀴로에 역시 자신이 가진 신성을 저주한다. "제가 얻은 이 예지력은 은혜로 얻은 권능이 아니라 하늘이 제게 내린 분노라고 말하고 있습니다. 미래를 알지 못한다면 얼마나 좋겠습니까만, 저에게는 앞날이 보입니다. 인간의 모습이 제게서 떠나는 것이 보입니다"라고 외치며 말(馬)이 되는 운명을 실현한다. 죽을 수도 없다는 것, 또 엄청난 능력을 가졌다는 것이 신들에게는 상당한 부담(?)이 되기도 하는 모양이다.

게다가 인간 세상에선 여기저기서 영웅이 출몰한다. 이제 인간들은 신보다 영웅을 칭송한다. 신들은 초조하기만 하다. 앞으로도 영원히 인간의 숭배를 받을 수 있을 것인가.

"이거 대책이라도 세워야 하는 것 아닙니까." 제우스는 신들의 우려와 동요를 감지한다.

트로이 전쟁의 숨은 배경에는 이처럼 신들의 깊은 고민이 녹아 있다. 트로이 전쟁의 영웅 아킬레우스는 인간 펠레우스와 바다의 여신 테티스의 아들이다. 펠레우스는 인간으로서는 처음으로 여신과 결혼했는데, 신들이 이들을 결합시킨 데는 이유가 있다. 제우스와 포세이돈은 미인으로 유명한 테티스와 결혼하고 싶었지만, 테티스가 낳은 아들이 그의 아버지보다도 위대해진다는 예언이 있었다. 제우스도 아버지를 죽이고 왕위에 오른 터, 테티스와의 결혼은 자신이 아들에게 죽음을 당한다는 것을 의미했다.

테티스가 인간의 아들을 낳는다면 또다시 영웅이 탄생한다. 어차피 막지 못할 일이라면 이용할 필요가 있다. 명예, 젊음, 분노로 가득 찬 아킬레우스를 전장에 세운다면 그 건방진 영웅들을 모조리 섬멸할 수 있다는 사실을 계산하지 않았을까. 이이제이(以夷制夷)라고나 할까.

각본을 좀더 섬세하게 짠다. 펠레우스와 테티스의 결혼은 트로이 전쟁을 일으키는 수순이다. 이 결혼식에는 모든 신이 초대되었지만 불화의 여신 에리스만은 그렇지 못했다. 분노한 에리스는 엄청난 심술을 부렸다. 잔치 마당을 떠나며 "가장 아름다운 여신에게"라는 글귀가 새겨진 황금 사과 한 알을 던진 것이다. 헤라, 아테나, 아프로디테 세 여신이 황금 사과의 소유권을 주장했고, 제우스는 가장 아름다운 여신을 지목했다가 무슨 봉변을 당할지 몰라 심판을 인간에게 떠맡겼다. 이다 산에서 양을 치던 트로이의 왕자 파리스가 아프로디테에게 황금 사과를 넘겼고 그 대가로 스파르타의 왕비이자 최고의 미녀 헬레네를 얻었다. 결국 헬레네라는 여자 하나 때문에 수많은 영웅, 병사, 백성이 10여 년의 세월 동안 어육이 됐다.

이 싸움의 직접적 원인이 된 헬레네의 출신도 살펴볼 필요가 있다. 헬레네는 제우스와 복수의 여신 네메시스의 딸이란 설도 있다. 제우스와 관계한 네메시스가 스파르타의 숲에서 몰래 알을 낳았고, 양치기가 그 알을 발견하고 스파르타의 왕비 레다에게 바쳤으며, 레다의 양녀로 자랐다는 것이다. 결국 복수의 여신의 딸을 인간 세상에 내려보낸 것도 따지고 보면 제우스다.

트로이 전쟁 동안 신들이 나뉘어 싸운 것은 사실이다. 아프로디테, 아폴론 등은 트로이 편을, 헤라와 아테네 등은 그리스 편을 들었다. 이해관계에 따라 신들이 분열하고, 그들의 계산 착오로 전쟁이 길어진 결과를 낳았다고 할 수 있다. 그러나 그것이 진실일까. 일련의 과정이 인간에게 질투를 느낀 신들의 능청스러운 연기의 결과라는 시각으로 들여다보자.

영화 〈트로이〉는 호메로스의 《일리아드》에 등장했던 신들을 완전히 배제한 채 트로이 전쟁을 인간의 드라마로만 그리고 있다. 볼프강 페터슨 감독이 인정한 것처럼 그리스 로마의 시인들이 노래한 것과는 다른 픽션이다. 신들의 출현을 기대했던 관객이라면 당황할 수도 있다. 아킬레우스(브래드 피트)의 어머니인 테티스조차 인간의 모습(신비하기는 하지만)으로 나오기 때문이다. 감독의 의도는 아킬레우스가 포로인 브리세이스의 마음을 사로잡기 위해 던지는 명대사 속에 녹아 있다.

"신은 인간을 질투해. 인간은 다 죽거든. 늘 마지막 순간을 살지. 그래서 삶이 아름다운 거야. 이 순간 넌 가장 아름다워. 이 순간은 다시는 오지 않아."

감독은 인간의 유한성과 신의 불사(不死)를 대비시킨다. 뒷전에 앉아 암브로시아(신들의 음료)를 마시며 비겁하게 인간을 없앨 작당을 하는 신들의 불사보다는, 언젠가 죽을 수밖에 없기 때문에 매순간 최선을 다하는 인간의 유한성이 더 아름답다는 점을 말하려는 것이 아닐까.

〈트로이〉는 신의 말(馬)이 아니라 자신의 의지로 싸워나가는 영웅들의 활약상이다. 영웅 한 사람 한 사람이 영웅답게 싸우다 죽어간다. 헥토르(에릭 바나)는 건실한 가장이자 용사이며, 아들 헥토르의 시체를 되찾기 위해 아킬레우스를 찾아가는 트로이의 왕 프리아모스 역시 어떤 용사보다 용감하다. 심지어 오비디우스가 "그리스 땅에서 남의 아내를 꼬드겨온 비겁한 자, 여자만도 못한 자"라고 혹평한 파리스조차 사랑을 위해 최선을 다하는 인간으로 묘사된다. 헬레네의 전 남편 메넬라오스와의 일대일 대결에서 패배하고 진중으로 도망쳐 온 파리스를 헬레네(다이앤 크루거)는 따스하게 맞이한다. 아킬레우스가 목마를 통해 트로이 성내를 유린할 때 한 트로이아 병사는 단 한마디로 목숨을 애걸한다.

"나에게는 아들이 있소."

결코 비겁하게 들리지 않는 그의 청을 아킬레우스는 기꺼이 들어준다. 모든 인간은 존재해야 할 이유가 있고 이를 위해 최선을 다할 뿐이다. 아킬레우스처럼 운명이 그에게 길고 수치스러운 삶과 짧고 명예로운 삶 가운데 택일하라고 했을 때 명예를 어깨에 메고 영원한 삶을 쟁취하는 인간도 있고. 신들의 질투가 결코 인간이란 존재의 아름다움을 훼손할 수 없음을 이 영화는 항변하는 것이 아닐까.

이 영화에선 몇 가지 아쉬움이 남는다. 멋진 남자 브래드 피트는 힘과 젊음의 상징인 아킬레우스 역을 훌륭히 소화해 냈다. 다만 신화에선 창술의 달인으로 묘사된 반면 이 영화에서는 칼과 방패로만 싸우는 아킬레우스가 되고 말았다. 또 헬레나의 남편이자 스파르타의 왕 메넬라오스와 그의 형인 아가멤논은 마치 야수처럼 흉악한 얼굴로 묘사되었다. "메넬라오스와 사는 나날은 지옥 같았다"는 헬레네의 심정을 배려했다 하더라도. 신화에서 메넬라오스는 헬레네가 직접 남편감으로 선택한 인물이다. 헬레네가 결혼할 무렵 각지에서 엄청난 구혼자가 찾아왔다. 이때 구혼자 중 하나인 오디세우스는 헬레네의 남편으로 선택된 사람의 생명과 권리를 존중한다는 서약을 하도록 시켰다. 구혼자들은 이에 찬성하고 제물로 바쳐진 죽은 말 위에 올라 전원이 맹세했다. 치열한 경쟁을 뚫고 메넬라오스가 영광의 남편 자리를 차지했다. 그가 가진 풍부한 재력이 그 밑바탕이 되었으리라 예상되지만, 그렇다고 해도 헬레네가 흉측한 야수 같은 사나이를 골랐을 리 없다.

신화 속 헬레네는 메넬라오스를 영화에서처럼 그렇게 싫어하지는 않았던 것 같다. 파리스가 죽은 후 스파르타로 돌아가 메넬라오스와 오랫동안 행복하게 살았다고 하니 말이다. 신화와는 달리 영화에서 메넬라오스는 헥토르의 손에 죽는다.

이 영화의 또 하나의 명대사라면 아킬레우스가 한 말을 꼽을 수 있겠다. 사촌동생(신화에서는 친구) 파트로클로스를 죽인 헥토르와 성 밖에서 일대일 대결을 앞두고 자신감이 하늘로 뻗치는 아킬레우스의 대사다.

"저승사자들이 말하겠지! 저 자가 아킬레우스에 도전한 헥토르다."

그리스 로마의 신들은 죽었다. 이제 그들의 존재를 실제로 믿는 사람은 없다. 그러나 영웅들의 이야기는 아직도 우리 가슴속에 살아 있다. 과연 각본대로 신들이 승리한 것인가. 이 영화의 첫 내레이션은 내내 강렬하게 가슴에 남는다.

"인간은 영원을 갈망한다. 그래서 자문한다. 삶의 흔적은 남는 것인가. 훗날, 사람들은 기억해 줄 것인가. 우리가 누구였고 얼마나 용감했으며 얼마나 뜨겁게 사랑했는지……." 🎬

●●● 원제 Troy | 2004년 | 감독 볼프강 페터슨
주연 브래드 피트, 에릭 바나, 올랜도 블룸, 다이앤 크루거

사랑은
햇살을
타고

5장 喜·愛

냉정과 열정 사이

"넌 질투 따위에 지지 않기를 바래. 네겐 미래가 있으니까."

중국 장가계의 '천하제일교'에서 가장 눈에 띄는 것은 주변 난간에 연인들의 이름이 새겨진 수많은 자물쇠들이다. 이곳을 찾는 연인들은 영원한 사랑의 맹세와 함께 자물쇠를 잠그고 그 열쇠를 다리 아래로 던져버린다. 만약 그 약속을 깨고 싶다면 두 사람이 힘을 모아 열쇠를 찾아서 잠가놓은 자물쇠를 열어야 한다고 전해진다.

사랑하는 연인을 우리는 흔히 '운명의 짝(soul mate)'이라고 말한다. 한마디로 사랑이 '운명'이라는 것이다. 〈너는 내 운명〉에서는 석중(황정민)과 은하(전도연)가 매화 꽃밭에서 영원한 사랑을 맹세한다. 사랑을 약속하는 것은 운명을 약속하는 것인데, 과연 운명이 인간의 약속에 의해 좌우될 수 있는 것일까.

젊은 연인들에게 진한 사랑의 감동을 선사했던 〈냉정과 열정 사이〉는, 빼어난 감수성과 세련된 문체로 한국에도 많은 독자를 확보하고 있는 에쿠니 가오리(그녀는 예쁘기까지 하다!)와 츠지 히토나리의 원작을 영화화한 작품이다. 일본 영화의 특징인 수채화적 서정성이 잘 살아 있는 영화로, 수려한 이탈리아의 경치 속에서 펼쳐지는 준세이(다케노우치 유타카)와 아오이(진혜림)의 엇갈린 사랑을 마치 한 폭의 그림처럼 아름답게 펼쳐놓는다. 중세 회화 복원사 준세이는 자신의 예술작품뿐만 아니라 '잃어버린 과거와 아오이에 대한 사랑을 복원' 하려는 인물로 표현되었다.

피렌체와 밀라노 등의 이탈리아와 일본의 도쿄에서 촬영된 이 영화는 영화 속 두 인물의 사랑을 도시를 통해 상징적으로 표현해 주고 있다. 피렌체는 과거에 머물러 있는 듯한 준세이, 밀라노는 현재의 사랑과 과거의 기억 속에서 혼란스러워하는 아오이를 닮아 있으며, 반면 도쿄는 세월의 흐름 속에 묻혀가는 두 사람의 사랑이 녹아 있는 오브제이다.

이 가운데 피렌체는 유럽 문화를 대표하는 '두오모 대성당', '메디치 가문', '우피치 미술관' 등 세 가지의 세계적 문화 코드를 지닌 도시이다. '재생'과 '부활'이라는 의미를 지닌 르네상스의 본산지 피렌체는 '진흙더미의 천사들(Mud Angels)'에 의해 '재부활' 된 도시다. 피렌체는 1966년 상상을 초월한 대홍수와 연이은 아르노 강둑의 붕괴로 인해 하마터면 찬란한 인문주의와 르네상스의 문화유산을 잃어버리는 위기에 처했었다. 이탈리아 사람들은 폐허가 된 두오모 광장에서 "왜 이런 고통을 주시나이까!"라고 통곡했다고 한다. 이탈리아의 참사는 전세계로 전해졌고, 각지에서 몰려든 전문가들은 진흙을 걷어내고 박물관을 비롯한 기념비적인 건축물과 예술작품에 본래의 모습을 찾아주며 '인류 문화에 대한 사랑'을 몸소 실천했다.

피렌체 문화유산 가운데 정수라 칭송받는 우피치 미술관은 '르네상스 전문 미술관'이다. 영화 〈전망 좋은 방〉에서 루시가 이탈리아 사람들의 다혈질적인 싸움을 목격하고 쓰러지는 장면의 배경이 되었던 곳이 바로 우피치 미술관 앞 광장이다. '우피치'는 피렌체의 최대 권력자였던 메디치가의 코지모 공이 건립한 관공서였다. 우피치 미술관에는 보티첼리의 〈프리마베라(봄)〉, 〈비너스의 탄생〉, 치마부에의 〈수태고지〉, 미켈란젤로의 〈성가족〉을 비롯해 마르티니, 조토, 티치아노 등의 많은 걸작이 소장되어 있다.

문화재 전문가인 나는 개인적으로 이 영화를 '이탈리아의 문화외교사절'이라 부르고 싶다. 두오모 성당과 우피치 미술관을 비롯하여 레오나르도 다 빈치의 〈최후의 만찬〉이 있는 산타마리아 델레 그라치에의 교회, 안젤리코의 대표작 〈수태고지〉가 있는 산 마르코 수도원 등 이탈리아의 문화유적지 곳곳이 영상으로 재현되어 이탈리아 문화기행에 대한 욕구를 마구마구 불러일으키기 때문이다.

영화 종반부 오래전의 약속을 잊지 않은 준세이와 아오이가 두오모 성당에서 재회하는데, 이곳은 연인들의 재결합을 연출하기에 완벽한 공간이다. 두오모 성당은 〈양들의 침묵〉에서도 그 모습을 드러낸 경력이 있다. FBI 수습 요원 클라리스 스탈링(조디 포스터)이 버팔로 빌 사건을 해결하기 위해 한니발 렉터 박사(안소니 홉킨스)와 면담하는 과정에 그의 주변에서 몇 장의 소묘 습작을 발견하는데, 이 작품들의 소재가 되었던 것이 바로 두오모 성당이었다.

〈냉정과 열정 사이〉는 영원한 사랑을 맹세하는 연인들의 성지인 피렌체의 두오모에 새겨진 의미를 되새기며 아오이와 준세이가 10년 후 두오모 성당에 함께 오를 것을 약속하는 내레이션이 수려한 피렌체의 정경과 함께 시작된다. 영화는 과연 10년 뒤에도 이들의 사랑이 변하지 않을 것인지에 대한 내러티브를 과거와 현재를 오가며 시간적 추의 동세에 따라 전개한다.

우피치 미술관의 모습과 함께 준세이가 피렌체의 복원 스튜디오에서 세계 최고의 유화 복원 전문가인 조반나의 도움으로 복원 전문가로 성장하는 과정이 소개되는데, 정열과 자부심으로 가득 찬 복원 전문가들의 섬세한 손길이 작품에 닿으면서 잠들었던 거장들의 영혼과 생명이 부활하는 모습은 관객들에게 경이감과 함께 문화유산에 대한 소중함을 일깨워준다. 어머니를 일찍 여읜 준세이에게 조반나는 선생이자 어머니와 같은 존재다. 준세이는 아이리스 향을 풍기고 따스한 온기를 느낄 수 있는 화실에서 조반나 선생의 모델이 되어 준다.

"내게는…… 내게는 잊을 수 없는 사람이 있다. 아오이라는 한 여성을 난 언제까지나 잊지 못하고 있었다."

준세이가 그토록 작품 복원에 몰입했던 것은 결코 잊을 수 없는 첫사랑, 아오이 때문이었다. 이미 준세이 곁에는 잠결에 아오이의 이름을 부른다며 불평을 늘어놓는 여자친구 메미가 있지만, 3년이란 시간이 흘렀어도 준세이는 아무런 변명도 없이 그의 곁을 떠났던 아오이에 대한 사랑과 그리움을 간직하고 있다.

아오이처럼 아무런 말없이 훌쩍 떠나버리는 연인은 분명 피치 못할 이유가 있는 법. 내로라하는 집안의 가장인 준세이의 아버지가 아오이에게 아들에게서 떠나줄 것을 종용했었던 것이다. 그러나 혼자 남겨진 이는 '진정으로 자신을 사랑했는지' 그리고 '무슨 이유로 자신을 떠났는지'에 대해 끊임없이 자책하고 오해하고 절망감에 빠지게 마련이다.

조반나 선생의 배려로 루도비코 치골리의 〈동정녀 마리아〉(1610)의 복원에 몰두하고 있던 준세이는 친구로부터 아오이의 근황을 전해 듣고 밀라노를 향해 달음질친다. 그러나 자신처럼 아오이 또한 지난날의 사랑을 잊지 못하고 있을 것이라고 기대했던 준세이는 과거를 모두 잊었다는 그녀의 말에 밀려드는 슬픔과 배신감을 견디지 못하고 자리를 박차고 나온다. 아마도 준세이는 아오이로부터 "아프냐, 나도 아프다"란 말을 듣고 싶었고, "난 지금 행복해"라고 말하는 그녀에게 〈봄날은 간다〉의 상우처럼 "사랑이 어떻게 변하니"라고 되묻고 싶었을 것이다. 다시 한 번 사랑의 상처를 안고 피렌체

로 돌아온 준세이는 누군가에 의해 처참하게 파괴된 치골리의 작품을 발견하는데, 결국 이 사건은 일파만파 치달아 복원 스튜디오에 일시적 폐쇄조치가 내려지기에 이른다. 조반나 선생은 잠시 스튜디오를 떠나며 준세이에게 이렇게 말한다.

"이 도시는 자꾸 쇠락하고 있어. 복구를 해본들 또다시 부서질 뿐이야. 여기 사람들은 과거를 살고 있어. 넌 질투 따위에 지지 않기를 바래. 네겐 미래가 있으니까."

과거의 기억으로 얼룩진 도쿄로 돌아온 준세이. 그는 아오이와의 소중했던 사랑의 자취를 따라 시간 여행을 하는 과정에서 아오이가 자신을 떠날 수밖에 없었던 이유를 알게 된다. 그러고는 마지막으로 밀라노로 한 통의 편지를 보내는데, 이 대목은 피렌체에서 새로운 사랑을 발견하지 못한 준세이가 결국에는 과거의 연인 아오이에게 돌아간다는 사실을 암시해 준다.

"멀리 밀라노에 있는 아오이에게 이제는 서로 다른 길을 걷고 있는 준세이가."

준세이의 편지에는 아오이와의 첫 만남에서부터 사랑으로 발전하기까지의 소중한 기억들이 한 폭의 그림처럼 묘사되어 있다.

조반나 선생의 장례식에 참석한 준세이는 동료로부터 치골리의 작품을 찢은 범인이 조반나 본인이었다는 놀라운 사실을 접하게 된다. 조반나는 준세이를 사랑하면서도 그의 재능을 시기했으며 준세이의 기억 속에 남아 있는 과거의 연인을 질투했던 것이다. 결과적으로 유화 복원의 최고 전문가인 조반나가 개인적인 감정을 통제하지 못해 작품을 고의적으로 파괴하는 세기의 반달리즘을 행했던 것!

그로부터 1년 뒤, '죽어가는 것을 되살리고 잃어버린 시간을 되돌리는' 유일한 직업이 복원사라고 믿었던 준세이는 피렌체의 스튜디오로 돌아가 자신의 재생을 실험하듯 치골리의 작품을 완벽한 모습으로 복원한다. 그러면서 영화는 이제부터 두 사람의 훼손되고 파괴된 과거의 사랑을 하나씩 복원하기 시작한다. 드디어 아오이와 준세이는 각자의 약속을 지키기 위해, 그리고 과거의 사랑을 복원하기 위해 두오모 성당으로 향한다. 전도연과 한석규 주연의 〈접속〉에서, "만나야 할 사람은 언젠가 꼭 만나게 된다고 들었어요"라고 했던가!

〈냉정과 열정 사이〉는 김환기의 그림 〈어디서 무엇이 되어 다시 만나랴〉를 연상케 한다. 이 작품의 제목은 시인 김광섭의 〈저녁에〉라는 시에서 그 모티프를 가져왔다. 〈저녁에〉는 밤하늘에 반짝이는 수많은 별들을 보면서 그 별들 중의 하나와 어디서 무엇이 되어 만날지를 노래하고 있다. 김환기의 회화 작품은 초록빛의 작은 색점을 무수히 나열해 놓았다. 낯선 외국 땅에서 외롭게 생활했던 그에게 점 하나하나는 그리운 조국의 얼굴이요, 고향의 집이자 들판이며, 밤하늘에 총총히 빛나는 별이었다.

준세이에게 그리고 아오이에게 이 작은 색점들은 결코 잊을 수 없는 사랑을 담은 기억의 단편적인 조각, 즉 기억의 편린들이다. 결국 영화 종반부에서는 이 작은 알갱이들이 모여 피렌체 두오모 성당에서 다시 연인으로 만나는 것으로 사랑의 약속이 지켜진다. 사랑하고 싶다는 바람이 의지대로 되는 것이라면, 〈냉정과 열정 사이〉의 동화 같은 사랑에 푹 빠져보고 싶지 않은 사람이 어디 있을까. 이

●●● 원제 Between Calm and Passion | 2001년 | 감독 나카에 이사무
　　　주연 다케노우치 유타카, 진혜림

너는 내 운명

"어차피 살다 죽을 거면 나 은하랑 살다 죽을래."

'너는 내 운명'이란, 첫번째는 너와 나의 만남이나 사랑 자체가 운명적이라는 것, 두번째는 내 운명을 걸고 너만을 사랑한다는 것, 이 두 가지로 해석해 볼 수 있겠다. 그렇다면 사람들은 무엇을 근거로 상대방이 자신의 운명의 짝이라는 것을 확신할까?

얼마전 한 텔레비전 오락 프로그램에서 "지금 그 사람이 '나의 운명'이라고 확신하는 이유는 무엇입니까?"라는 질문으로 설문조사를 했다. 그 결과, 연락이 끊기거나 헤어져도 결국 재결합할 때, 우연한 만남이 계속 반복될 때, 이상형이 아닌데도 사랑에 빠질 때, 첫눈에 반해서 번쩍 후광이 비칠 때, 몇 년을 만나도 스킨십 할 때마다 설렘을 느낄 때 등이 순위에 올랐다. 이외에도 내가 아플 때 상대도 같이 아팠다거나, 손을 잡을 때 찌릿찌릿 감전되는 듯한 느낌을 받았다는 흥미로운 답변도 나왔다.

〈너는 내 운명〉의 박진표 감독은 이렇게 말했다. "운명적인 사랑은 처음 만났을 때 이루어지는 것이 아니라 모든 것을 이겨내고 지켜냈을 때 비로소 운명이 되는 것"이라고.

살아온 날보다 살아갈 날이 훨씬 적은 노인들에게도 사랑의 열정이 존재한다는 것을 보여준 전작 〈죽어도 좋아〉로 화제를 모았던 박진표 감독의 감성은 '후회 없는 사랑'을 슬로건으로 내건 이 영화 〈너는 내 운명〉에서 더욱 빛을 발한다. 전작이 노인들의 사랑 이야기를 다루었다면, 이번 작품에서는 사회적 편견이라는 엄청난 장애물을 극복하는 애절한 사랑 이야기다.

감독이 이 영화를 제작하게 된 데는 몇 년 전 신문 귀퉁이에서 우연히 발견한 기사 한 줄 때문이었다고 한다. 통장 5개, 젖소 한 마리로 목장 경영을 꿈꾸는 순진한 시골 노총각과 시골 다방 레지이자 에이즈 보균자인 여자와의 사랑 이야기가 그것이다. 박 감독의 순정주의는 '관계자 외 출입금지' 푯말이 붙은 로맨스다. 당사자들만이 절감할 수 있는 그의 사랑 이야기에는 공통점이 있다. 세상 사람들 모두가 외면한 자들의 '두려움 없는 사랑'이다.

실화를 바탕으로 한 〈너는 내 운명〉은 극적으로 가공된 이야기라고 할지라도 진정한 통속이 밑자락에서 꿈틀거리고 있다. 비록 이 영화는 신파 냄새 퐁퐁 풍기는 통속 멜로물이지만 조잡하게 포장한 삼류 잡지 기사를 넘어 인간의 삶과 경험에 밀착한 이야기로 관객들과 카타르시스적 공감대를 형성, 이들의 아픈 사연에 손수건을 꺼내들게 만들고 이들의 사랑을 진심으로 축복하게 만드는 데 성공했다. 역대 최고 멜로물로 등극하기에 부족함이 없으니, 이 영화 300만 되겠다.

주인공 석중과 은하 역은 2005년 모 영화 전문 잡지에서 실시한 '젊은 영화광들이 말하는 한국 영화의 오늘과 내일'을 주제로 한 설문조사에서 최고의 배우로 뽑힌 황정민과 전도연이다. 맡은 역할의 비중에 상관없이 그만의 성실성을 드러내며 관객의 가슴을 두드리는 배우로 알려진 황정민. 그의 연기에서는 '황정민'이라는 인간의 자취를 찾아볼 수 없다. 이 영화에서 그는 뼛속까지 석중이 되길 원했고, 순박한 무지렁이 총각이 되기 위해 15kg의 체중을 늘렸으며, 20시간 동안 계속된 촬영 중에도 연신 눈물을 흘리고, 젖소 출산까지 예행연습을 하며 아낌없이 열연했다.

또 브라운관과 스크린을 넘나들며 최고의 상한가를 달리고 있는 전도연 역시 소녀에서 요부까지 끊임없이 이미지 변신을 마다하지 않는, 한마디로 배우 스스로가 영화에 스며드는 배우다. 두 사람은 연기뿐만 아니라 이번 영화에서 엔딩곡 〈You are my sunshine〉을 함께 불러 화제를 모으기도 했는데, 이는 영화 초반 라디오 방송에서 들려주는 사연의 제목과 동일하다.

이제 '무지개를 따라가서 천국을 만났다는 여주인공' 은하와 순박하고 우직한 석중의 보석 같은 사랑 이야기를 거들떠보자. 영화 시작과 함께 시골 읍내의 모습이 카메라 속으로 들어온다. 김이 모락모락 나는 목욕탕에서 방금 나온 은하와 동료 레지의 모습이 보인다. 이때 단단해 보이는 몸집에 새까만 얼굴, 한마디로 척 봐도 시골 총각임을 알아차릴 수 있는 석중이 결혼상담소 직원들에 의해 질질 끌려나오며 직원들과 엉겨붙어 싸움을 벌이다 길바닥에 아예 드러누워 버린다. 그것이 그들의 첫만남이었다.

"어머, 진짜? 아저씨 점점 맘에 든다. 나 술 못 먹는 남자가 좋거든."

얼굴에 '나 싸움하다 맞았소'라는 보라색 훈장을 달고 자신의 필리핀 결혼 원정 실패담을 누군가에게 열심히 떠벌이던 석중은 기차 철길 앞에서 스쿠터를 타고 커피 배달을 나가는 은하를 보는 순간 한눈에 '필'이 꽂힌다. 바야흐로 이 순간부터 그가 평소 즐겨 부르던 '일편단심 민들레야'의 액션 플랜이 가동된다.

"내가 그렇게 우스워 보여요? 내가 거진 줄 알아요? 왜 자꾸 남의 인생에 끼어들라 그래?"

"왜 이래요? 몰라요? 나 은하 씨 사랑…… 나 은하 씨 사랑한단 말예요!"

영화 〈봄날은 간다〉를 함께 관람한 뒤, "사랑이 어떻게 변하니?"에 대해 열띤 토론을 벌이던 은하는 "아저씨, 내 스타일 아냐!"라며 석중의 마음을 후벼 파놓는다. 그러나 세상 사람들의 편견과 따가운 눈초리에도 아랑곳하지 않고 그간 땀 흘려 모은 돈으로 빚을 갚으라며 봉투를 내미는 석중의 사랑에 은하의 꽁꽁 얼어붙었던 마음은 조금씩 해빙의 무드로 접어든다. 그간 석중이 손수 짜낸 우유를 가차없이 쏟아버리던 은하가 집게손으로 코를 막고 억지로 우유를 마시는 모습은 그녀가 이제는 석중의 사랑에 마음이 움직이고 있다는 것을 상징적으로 표현해 주는 장면이다.

"내가 원래 이렇게 재수가 없는 년이야. 아저씬 너무 착해서 나랑 안 어울려. 나 땜에 괜히 아저씨 인생까지 망쳐요."

"은하 씨를 세상에서 젤 행복하게 해줄게요. 내가 지켜줄게요. 정말이에요. 사랑해요, 은하 씨. 은하 씨, 나랑 결혼해 주실래요?"

석중의 맞선 장면을 목격하고 무거운 마음으로 커피 배달을 나선 은하는 일진이 사나웠던지 봉변을 당한 후 병원신세를 지게 된다. 석중은 은하의 머리맡을 지키며 구구절절한 마음을 담아 만신창이가 된 은하에게 저돌적으로 들이댄다. 이제 그녀는 더 이상 거부할 수가 없다. 아니 거부하고 싶지 않다.

석중으로부터 '죽어서도 사랑한다'는 다짐을 받아낸 그녀. 이제부터 더도 덜도 말고 그저 평범한 한 남자의 아내로서 행복한 삶이 펼쳐지는 일만 남았다. 동네 식당에서 뻑적지근하게 결혼피로연을 마친 후, 시어머니도 없는 빈집에서 이들의 '사랑 행각'이 본격적으로 펼쳐지는데 이들이 보여주는 사랑의 진풍경은 비록 낯간지럽다 할지라도 누구나 마음속 한 구석에서 꿈꿔 왔던 것이다. 세상에 소금을 뿌려놓은 듯한 하얀 매화 꽃밭에서 '나 잡아 봐라'며 달음질치다 나뒹구는 장면, 빨간 고무 대야에서 거품목욕을 하는 장면 등

은 영화 속에서 끊임없이 재탕되는 신파 중의 신파건만, 까놓고 말해서 그런 사랑 놀음을 부러워하지 않을 사람은 아마 없을 것이다.

세상의 많은 절절한 사랑에는 반드시 시기꾼이 등장하듯 그들의 행복에도 이상기류가 감지된다. 은하의 전 남편이 석중을 찾아오고 엎친 데 덮친 격으로 석중은 보건소 직원으로부터 은하가 에이즈에 걸렸다는 기막힌 소식을 전해 듣는다. 에이즈에 걸린 사실도 모른 채 미안하다는(전 남편 때문에) 말만 남겨놓고 자취를 감춘 은하. 몇 개월 후 두 사람이 다시 만난 곳은 결국 경찰서였다. 석중은 수갑을 찬 은하의 모습을 목격하고는 소리친다. '오빠가 돌아왔다' 고.

"걱정 마, 은하야. 내가 금방 구해줄게. 나만 믿어. 은하야, 오빠가 왔어."

이제 석중은 아무것도 보이지 않는다. 은하 말고는. 엄마에게 '우리 이대로 사랑하게 해달라' 고 절규하는 그의 바람은 너무도 간절하고 또 간절하다. 세상 누구도 막을 수 없는 '운명적인 사랑', 바로 그것이다.

"아무도 몰라 아무도. 엄마 내 맘 알어? 나 아직 은하한테 못해준 게 너무 많아. 엄마 제발 엄마, 나 좀 한번 살려줘, 에이즈가 뭔데? 나 그런 거 몰라. 뭐 어때? 내가 다 알아봤어 엄마. 그거 전염병 아니래. 괜찮대. 나 아무렇지도 않잖아? 어차피 죽을 거면 나 은하랑 살다 죽을래."

이 영화의 명장면은 단연 교도소 면회 장면. 창살을 가운데 두고 마주한 은하와 석중. 양잿물을 마신 탓에 말도 못하는 석중에게 은하는 끝까지 냉정함으로 일관하려 하지만 돌아서려다 석중의 쉿소리 나는 목소리를 알아채고는 경악하고 만다. 석중은 스피커를 뜯어내고 울부짖으며 은하에게 손을 내밀고 은하 또한 손을 내밀며 함께 통곡한다. 그들의 사랑은 그들 앞에 가로놓인 유리벽조차도 막을 수 없었다.

사연이 구구절절할수록 해피엔딩으로 끝내주는 영화는 극장을 나서는 관객의 마음을 따뜻하게 만든다. 이 영화의 마지막은 신나는 엔딩 음악과 함께 트럭에 이삿짐과 새끼소 한 마리를 싣고 국도변을 달리는 장면이다. 두 사람의 표정을 통해 관객은 그들이 그토록 바라던 '행복' 이라는 열차에 무사히 탑승했음을 알 수 있다.

석중 못지않게 그녀 또한 '사랑밖에 모르는 여자' 이다. 어두운 과거를 끌어안고 있던 은하는 석중에게 있어 양잿물을 들이키는 것도 기꺼이 감수할 수 있는 소중한 존재이고, 은하에게 있어 석중 또한 그의 행복을 위해 떠날 수 있을 만큼 있는 모습 그대로 아낌없이 사랑하는 고마운 존재이다. 영화 포스터에는 이렇게 쓰여 있다.

"고마워요, 사랑해 줘서."

어릴 적 깊은 감동을 선사해 주었던 쉘 실버스타인의 《아낌없이 주는 나무》라는 책이 있다. 너무나 유명한 얘기지만, 진정한 사랑이 무엇인가를 일깨워주는 나무의 아름다운 이야기이다. 나무 한 그루는 매일같이 사랑하는 소년과 함께 할 수 있어 행복하다. 하지만 소년이 나이가 들어가면서 나무는 홀로 있을 때가 많아진다. 나무는 소년이 필요한 것이 있을 때마다 자신을 조금씩 내준다. 열매를, 가지를, 줄기를, 자신의 몸통까지도. 이후 오랜 시간이 지나고 이제는 나무가 더 이상 소년에게 그 무엇도 줄 수 없을 때, 앉아서 쉴 곳이 필요했던 소년이 다시 나무를 찾아오고 나무는 안간힘을 다해 늙은 자신의 나무 밑동을 내주며 그 동안 잃어버렸던 행복을 되찾는다.

혹자는 사랑에도 암균이 있다고 주장한다. '혹시 나만 너무 사랑하는 거 아닐까? 사랑이 식으면 어떻게 하지?' 그것은 상대방에 대한, 또는 사랑에 대한 의심이거나 사랑의 지속성에 대한 불안감이다. 그러나 우주선을 타고 달나라 여행을 가고, 복제양 돌리가 탄생하는 오늘날 거의 모든 난치병들이 신약 개발 덕분에 생명 연장이 가능한 것처럼, 다행히도 사랑의 암균을 치료할 특효약이 있으니 그것은 바로 믿음이다. 사랑이란 차가운 머리로 계산하는 것이 아니라 뜨거운 가슴으로 하는 것! 사랑한다는 믿음으로 기꺼이 내 존재마저도 내어주는 것! 나는 눈물겹더라도 너만은 눈부시게 만드는 데 주저함이 없는 것! 그것이 바로 이 영화가 말하고자 하는, 후회 없는 사랑, 두려움 없는 사랑이 아닐까. 사랑한다면 '그까이꺼' 이들처럼 할지어다! 01

●●● 2005년 | 감독 박진표 | 주연 전도연, 황정민

로마의 휴일

"자정이 되면 난 변해서 유리구두를 신고 가겠죠."
"그러면 동화의 끝이 되겠네요."

〈벤허〉로 널리 알려진 할리우드의 명감독 윌리엄 와일러가 로마의 치네치타 스튜디오에서 완성한 〈로마의 휴일〉은 공주로서의 일상을 벗어던지고 단 하루 동안 감행하는 '명랑공주 일탈기'다. 이 과정에서 미국인 신문기자와 짧지만 훈훈한 사랑의 감정을 느낀다는 로맨틱 드라마 〈로마의 휴일〉은 20세기 최고의 그리고 가장 로맨틱한 추억의 영화로 꼽히며, 1993년 미국 역대 대통령들이 가장 좋아하는 영화 가운데 하나로 선정되었을 만큼 많은 이들의 가슴 속에 남아 있는 영화다.

〈로마의 휴일〉에는 재미있는 뒷이야기도 많이 전해진다. 원래 감독은 앤 공주 역으로 진 시몬즈를 캐스팅하려 했는데 그녀의 거절로 오드리 헵번을 선택하게 되었고 덕분에 그녀는 만인의 연인이 되었다. 또 영화 촬영을 마친 그레고리 펙은 오드리 헵번이 분명히 아카데미상을 탈 테니 그녀의 이름을 영화 제목 위에 붙이자고 제안했는데, 그의 예상대로 오드리 헵번은 1954년에 아카데미상과 골든 글로브상을 수상했다. 감독의 두 딸이, 조(그레고리 펙)가 여학생들에게 카메라를 빌리는 장면에 카메오로 살짝 등장하기도 한다.

〈무방비 도시〉, 〈자전거 도둑〉, 〈달콤한 인생〉 등 로마를 배경으로 한 영화들이 과거의 찬란했던 역사나 전통과는 단절된 전후의 황폐한 모습, 빈민가의 모습, 또는 술, 마약, 향락이 난무하는 부패와 타락을 다루었다면, 〈로마의 휴일〉은 낭만적이고 이색적인 로마의 모습을 보여준다. 이 영화가 전세계 많은 관객들의 가슴 속에 오래 기억되는 이유도 영화 속에서 '불멸의 도시(Eternal City)'라는 애칭으로 표현되며 심미적인 요소들로 가득한 로마라는 도시를 만끽하는 즐거움 때문일 것이다.

도리아, 이오니아, 코린트 세 가지의 건축 양식이 결합된 콜로세움, 그리고 영화로 인해 유명해진 뒤 지금도 입에다 손을 넣고 사진을 찍으려는 관광객들의 행렬이 늘어서 있는, '진실의 입(The Mouth of Truth)'이라고 불리는 트리톤 얼굴상, "이탈리아인이 설계하고 프랑스인이 지불했으며 영국인이 배회하다 지금은 미국인이 점령"하고 있다는 137개의 돌계단이 인상적인 스페인 광장과 포로 로마노 광장, 카타콤, 트레비 분수 등의 찬란한 문화유산은 〈냉정과 열정 사이〉처럼 마치 영화 한 편으로 유럽 문화기행을 하는 듯한 착각마저 들게 한다. 마구타 51번지로 설정된 로마의 빈민가나 시끌벅적한 시장은 로마를 관광하는 앤 공주에게 낭만적이고 이색적인 아름다움을 느끼게 해주기에 충분한 곳인데, 이곳 아파트는 문패만 바뀌었을 뿐 아직도 예전 모습 그대로 남아 있다.

유럽 순방에 나선 앤 공주에 대해 파라마운트 뉴스가 대대적으로 홍보하는 장면으로 영화는 시작된다. 앤 공주의 이번 목적지는 '불멸의 도시' 로마. 공식 리셉션에 참석한 공주는 교황 대사를 비롯, 행렬이 끊이지 않는 수많은 하객들의 환영인사에도 전혀 피로한 기색을 보이지 않으며 시종일관 미소로 화답하던 중 지루함과 함께 발의 통증을 느낀다. 파자마저도 마음대로 입을 수 없는 공주는 엄격한 왕실 예절과 빡빡한 일정이 불만스럽기 그지없다. 늦은 밤, 창밖을 물끄러미 바라보던 공주는 중대 결심을 한 듯, 도둑고양이처럼 살금살금 출구를 향해 달음질치다가 피자 배달 트럭에 몸을 싣고 대사관 관저를 몰래 빠져나간다.

거리의 행인들을 바라보다 옛 황제들의 공회당터에서 잠이 든 우리의 철없는 앤 공주는 미국 기자 조 브래들리에 의해 발견되어 그의 아파트까지 가게 된다. 세상물정 모르기로 말하자면, 떡볶이 먹고 신용카드 내미는 '루루공주' 보다 한수 위인 앤 공주. 조에게 이렇게 남자와 단둘이 있는 것은 아주 색다른 경험이라며 장미꽃이 달린 실크 나이트가운을 찾고, 옷 벗는 것을 도와달라고 부탁을 하며, 소파에서 자라고 했더니 침대로 향하는 등 심히 걱정되는 행동으로 조를 뜨아하게 만든다.

정오를 알리는 시계소리에 잠을 깬 조는 그제야 자신이 공주와의 인터뷰를 놓쳤다는 사실을 깨닫고 부랴부랴 신문사로 향한다. 공주와 인터뷰를 했다고 얼렁뚱땅 넘어가려던 조는 "앤 공주, 병 나다. 기자회견 취소"라는 일면 기사와 공주의 사진을 보고 당황하지만, 이내 특종을 잡았다는 사실에 쾌재를 부른다.

앤을 미행하던 조는 우연을 가장하여 스페인 광장에서 그녀와 조우한다. 학교에서 도망쳐 나왔다고 수줍게 고백하며 이제는 돌아가겠다는 앤에게 조는 당신만의 시간을 좀더 가져보라며 앤을 꼬드긴다. 앤은 조와 함께 콜로세움으로 향하며 아름다운 도시 로마를 황홀한 듯 감상하면서 생애 최초이자 마지막이 될 자유에 흠뻑 취한다.

"진실의 입. 전설에 의하면 당신이 거짓말을 잘하는 사람이면 손을 넣었을 때 잘려나간대요."

조와 앤은 '진실의 입'이라고 불리는 코스메딘의 산타마리아델라 교회 입구의 벽면에 있는 바다의 신 트리톤 얼굴 조각상 앞에서 일명 '진실 게임'을 벌인다. 이미 조에게 신분과 이름을 꾸며댄 앤은 두려움을 떨쳐버리지 못해 결국 조각상 안으로 손을 넣는 것을 포기하고 만다. 손이 잘린 것처럼 호들갑을 떨다 소매에 감추었던 손목을 내보이는 조의 장난스러운 행동으로 공주님의 엔돌핀 지수는 최고조에 이르고……

작은 비문들로 가득한 '소망의 벽' 앞에서 조가 들려주는 아름다운 이야기에 감동한 앤은 별안간 유람선의 무도회장으로 가자고 조르고, 조는 마치 산타클로스가 된 듯 그녀의 모든 소원을 이루게 해주겠다고 호언장담한다. 무도회장에서 조와 스텝을 맞추던 앤은 "난 이렇게 친절한 사람을 본 적이 없어요"라고 조에게 고마움을 표하지만, 조는 내심 죄책감으로 옆구리가 쑤신다.

"자정이 되면 난 변해서 유리구두를 신고 가겠죠."

"그러면 동화의 끝이 되겠네요."

달콤한 시간도 잠시, 공주를 찾아나선 비밀요원들과 한판 몸싸움을 벌인 뒤 집으로 돌아온 앤과 조. 자신에 대한 뉴스를 접한 앤은 의기소침, 눈물을 삼키며 돌아가야겠다고 말한다.

"작별인사를 어떻게 해야 할지 모르겠어요. 아무 말도 생각이 안 나요."

"아무 말 말아요."

마치 한여름 밤의 꿈처럼 그들 앞을 스쳐간 하루 동안의 시간은 서로에게 사랑을 느끼게 해주기에 충분했고, 현실로 돌아온 이제 그 감정은 공주와 평민이라는 신분의 장벽 앞에서 어느새 이별이라는 아픈 감정으로 바뀌고 있었다. 관저 앞에 도착한 조와 앤은 서로에게 하고 싶은 말이 너무도 많지만 애써 태연한 척 미소를 지으며 이별을 함으로써 각자에게 놓인 운명의 행로를 거부하지 못한다.

앤의 마지막 모습뿐만 아니라 그녀의 그림자까지도 눈에 새겨넣던 조. 특종을 내놓으라는 상사의 말에 떠밀리듯 동료와 함께 기자 회견장으로 향한 조는 결국 위엄과 기품이 넘치는 앤 공주와 마주 한다. 어느 도시가 가장 인상적이었냐는 기자의 질문에 "로마, 로마 를 영원히 기억할 것"이라고 말한 앤은 이례적으로 일일이 기자들 과 인사를 나눈다. 촉촉이 젖은 눈망울로 자신의 감정을 숨긴 채 처 음이자 마지막으로 공식적으로 조와 인사를 나누는 앤, 그리고 그 녀가 떠난 빈 자리를 바라보는 조!

세기의 로맨스로 불리는, 심슨 부인에 대한 윈저공(에드워드 8세) 의 사랑과 용기처럼, 앤 공주 또한 왕관을 과감히 포기할 수는 없었 을까? 다시 한 번 관저를 탈출해서 조에게 달려갈 수는 없었을까? 그것이 나는 안타깝다. 앤에게 아쉬운 또 한 가지, 브란치의 작품으 로 바로크 후기 미술의 걸작으로 꼽히는 트레비 분수 앞에서 그녀 는 동전을 던지지 않았다. 트레비 분수는 동전을 던지면 다시 로마 로 돌아온다는 전설 때문에 많은 사람들이 뒤로 돌아서서 동전을 던진다. 만일 앤이 동전을 던졌다면 영화는 두 사람의 해피엔딩으 로 마무리되었으련만.

또 한 가지 궁금한 것은 '소망의 벽' 앞에서 과연 앤 공주는 어떤 소원을 빌었을까 하는 점이다. 사랑을 하기에 하루는 너무 짧다고 아쉬워하던 공주는 아마도 단 하루의 로마의 휴일이 영원히 지속되 길 원했을 것 같다. 그녀가 대사관 기자회견 당시 "평생 로마를 기억할 겁니다"라고 말했던 것은 로마라는 도시가 아닌 그녀가 처음으로 사랑을 느끼고 그녀의 소원을 단 하루 만에 모두 이루게 해주었던 '조 브래들리'를 기억한다는 의미일 테니까.

조에게 앤 공주는 홀연히 파티장에 나타나 송두리째 마음을 빼앗아놓고는 자정이 되자 유리구두 한 짝만 남겨놓고 홀연히 사라진 신데렐라였을 것이다. 조의 예상대로 이제 동화는 끝났다. 신데렐라는 왕자님의 끈질긴 탐구정신(?)에 힘입어 결혼에 골인하고 행복하게 살았지만, 조는 그녀의 빈 자리만 바라보며 안타까움을 달래야만 했으니 보는 관객은 더욱 안타까울 따름이다. 더욱이 공주를 위해 기자 정신까지 억누르며 특종을 과감히 포기하는 결단력과 용기는 바로 사랑의 힘일 터인데 말이다.

앤 공주가 로마에서의 하루 동안의 자유와 휴식을 인생에서 가장 소중한 추억이자 사랑으로 간직했던 것처럼, 우리에게도 오드리 헵번은 '영원한 앤 공주'로 가슴 깊이 새겨져 있다. 오드리 헵번의 경우엔 이러한 그녀에 대한 향수와 기억이 담긴 박물관이 있었다. 적어도 2002년까지는.

스위스 로잔 인근의 작은 마을 톨로쉐나에 위치한 '오드리 헵번 박물관'은 아쉽게도 유족과 박물관 측의 상업화 논쟁 속에 개관 6년 만에 폐관되었다. 1993년 1월 63세를 일기로 헵번이 작고함에 따라, 그녀의 집과 묘지에 꽃을 바치는 팬들의 행렬이 끊이지 않자 마을 사람들이 작은 기념관을 지었고 헵번의 아들들이 그곳에 어머니의 유품을 대여하면서 박물관은 명소로 자리잡게 되었다.

〈로마의 휴일〉로 받은 아카데미상과 1993년에 수상한 공로상 등 2개의 오스카상 트로피를 비롯, 영화 포스터 원본, 사진, 그림과 〈티파니에서 아침을〉에서 입고 나왔던 검은색 원피스 등 지방시가 디자인한 의상 등 유족들이 장기 대여해 준 개인 소장품들이 전시되어 관람객들의 발길이 끊이지 않았다. 관람 수익은 헵번이 생전에 열정을 보였던 '오드리 헵번 아동재단'의 기아난민돕기 기금으로 사용되었다.

하지만 헵번의 두 아들은 어머니의 묘지가 관광객으로 들끓고 어머니의 이름이 붙은 잼과 허브가 판매되기에 이르자 박물관 전시물 반환 요청이라는 극단적인 조치를 취하기에 이르렀다. 다행히 헵번의 아들들은 스위스의 박물관을 폐관하는 대신, 유품들로 구성된 회고전을 아시아 지역에서 순회 전시한다는 계획을 밝혀, 우리나라에서도 헵번을 만날 수 있다는 기대를 갖게 한다. 01

●●● 원제 Roman Holiday ┃ 1953년 ┃ 감독 윌리엄 와일러 ┃ 주연 오드리 헵번, 그레고리 팩

썸원 라이크 유

"이젠 여자들도 새 남자를 원한다!"

실연의 상처로 절망 속에서 허우적거리는 30대 뉴요커들의 사랑 이야기 〈썸원 라이크 유〉는 《애니멀 허즈번드리(Animal Husbandry)》라는 제목의 소설을 영화로 만든 것이다. 영화의 배경인 뉴욕 맨해튼은 미국 영화에 자주 등장하는 장소인데 〈원스 어폰 어 타임 인 아메리카〉, 〈대부〉, 〈스파이더 맨 2〉, 〈뉴욕의 가을〉, 〈해리가 샐리를 만났을 때〉, 〈토마스 크라운 어페어〉 등 수많은 영화가 맨해튼을 배경으로 하고 있다.

맨해튼은 박물관과 미술관의 도시다. 이곳에는 센트럴 파크와 같은 넓고 쾌적한 공원과 함께 뉴요커와 관광객들의 문화적 욕구를 채워주는 일명 '뮤지엄 마일' 이라고 일컫는 박물관 클러스터가 있어 내가 가장 좋아하는 도시이기도 하다.

〈썸원 라이크 유〉에서는 지적이면서도 아름다운 미소와 풍부한 감성으로 관객을 사로잡는 애슐리 쥬드를 만날 수 있다. 영화는 "마음의 논리는 이성으로 설명되지 않는다"는 파스칼의 명제와 함께 제인(애슐리 쥬드)이 레이(그렉 키니어)로부터 사랑의 상처를 받은 후 발견한, 수소들의 교미 취향과 관련된 새 암소 이론에서 시작된다.

다소 천박한 방식으로 지적 허영심을 자극하는 '다이앤 로버츠 쇼'의 섭외 담당자 제인. 동료 에디의 무분별한 성적 작태에 "쟤 안 되겠네~"를 수없이 외치던 그녀 앞에 백마 탄 왕자 레이가 나타나면서 그녀는 사랑의 노예로 전락하고 만다. 더욱이 통상적으로 1년은 지나야 들을 법한 '사랑한다'는 말을 초단시간에 거머쥔 제인은 에디로부터 뜻밖의 동거 제안을 받고는 기다렸다는 듯 둘만의 공간 사냥에 나선다. 그러나 옛 애인 'D'에게 일방적으로 이별을 통보했던 전형적 'B형 남자' 레이는 어느 순간부터 제인과 거리를 두기 시작하고, 결국 제인은 자신이 'D'의 입장이 되어 있다는 사실을 깨닫게 된다. 불과 몇 달 만에 헌 암소 때문에 새 암소가 버림을 받는 사건이 발생하고 말았던 것이었다. 제인의 우울한 독백.

"떠나는 사람의 뒷모습을 바라보는 것만큼 슬픈 일이 있을까. 서로의 거리는 점점 멀어져서 결국 둘 사이엔 빈 공간과 침묵만 남는다."

어느 날 우연히 제인은 《뉴욕 타임스》에서 "수소는 다처제를 선호한다"는 기사를 접한다. 이 이론은 "왜 남자는 여자를 버리는가?"에 대한 명쾌한 답을 제공해 주는데, 그것은 바로 '새 암소' 때문이다. 교미를 마친 암소는 모두 헌 암소 신세가 되고 싫증난 수컷들은 본능적으로 새 암소를 찾아나선다. 한마디로 남자들은 매일밤 한 여자만 끼고 자기는 지겹다는 얘기다! 제인은 자기가 자꾸 채이는 원인이 이러한 수컷들의 본능 때문이라고 결론짓는다. 좀더 솔직히 말하면, 그렇게 믿고 싶은 것이다.

영화 〈라스베가스를 떠나며〉에 "사랑이 짧으면 슬픔은 길어진다"는 대사가 있다. 실연의 상처가 너무 컸던 것일까. 엘리베이터 안에서 레이의 체취로 인해 사랑의 부작용에 시달리던 제인은 이비인후과를 찾아가 냄새와 기억을 연결하는 편도선을 제거해 달라고 부탁한다. 레이의 체취로 괴로워하는 것은 제인이 유별나기 때문인가? 혹은 여성만이 이러한 체취에 유혹되는가? 이에 대한 답변을 얻기 위해 잠시 후각과 리비도로 화제를 돌려보자.

의학 전문가들의 말을 빌리자면, 안면 두개골 외상을 입은 사람의 경우 후각 신경에 이상이 생기면 후각 기능의 상실, 발기부전 혹은 불감증에 시달리게 된다. 인간은 땀샘에서 스테로이드성 물질인 안드로스테놀과 안드로스테논을 분비하는데, 이 물질은 성적 유혹을 유발시키며 이성에게 첫눈에 '필'이 꽂히게 만들기도 한다. 이러한 사실은 코와 성기, 후각과 리비도가 연관되어 있음을 의미하는데, 한 예로 나폴레옹이 전쟁에서 돌아오기 전에 아내 조세핀에게 "2주 후면 돌아갈 테니 목욕을 하지 말라"는 내용의 편지를 보냈던 것도 이러한 이성의 체취가 성적 흥분을 유발시키기 때문이다.

또한 포유동물의 뇌 속에는 사랑의 연금술과 성적 자극을 일으키는 도파민과 노르에피네프린이 분비되는데, 도파민은 사랑하는 사람에게 지나치리만큼 몰입해서 주변 사람들에게는 관심조차 기울이지 못하게 만든다. 반면에 연인의 기분이 고조되는 현상의 원인인 노르에피네프린의 수치가 증가하면 연인과의 달콤했던 순간이나 애인의 행동과 체취 등 세세한 것까지 기억하게 만든다.

어쨌거나 레이가 발산하는 스테로이드성 물질과 유난히 수치가 높았던 노르에피네프린으로 인해 고통을 겪던 제인이 궁여지책으로 '너 같은 사람(someone like you)'은 부담이 없던 에디와 동거(just friend)를 시작한 것이 생각보다 그리 나쁘지만은 않았다. 동거녀로부터 뜻밖의 이별 통보를 받고 상심해 있던 에디는 마치 예전의 자신의 모습처럼 실연의 상처로 무엇인가에 집착하는 제인이 원래의 모습을 되찾기를 바라며 그녀 곁을 지켜준다.

그러던 어느 날 마치 둘 사이에 아무 일도 없었다는 듯 은근슬쩍 접근하는 레이. 제인은 당연히 단칼에 물리친다. 그 순간 차라리 제인이 〈청춘의 덫〉의 윤희(심은하)처럼 강동우(이종원)를 향해 복수혈전의 시퍼런 칼날을 세우며 "당신 사람 아니야. 당신 편안히 안 놔둘 거야, 부숴버릴 거야!"라고 외쳤다면 관객들은 차라리 통쾌해했을 것이다. 또 비록 연인 관계는 아니지만 〈해피엔드〉의 서민기(최민식)처럼 자신의 아내 최보라(전도연)를 처참히 살해한 뒤 그 누명을 아내의 애인에게 뒤집어씌우거나, 다소 치사한 수법처럼 보이지만 〈봄날이 간다〉의 상우(유지태)처럼 은수(이영애)의 자동차를 죽 긁어놓거나, 〈S다이어리〉의 지니(김선아)처럼 "내가 공짜여서 사랑했니?"라고 물으며 "일센티도 안 빼놓고 다 적어놨거든. 반드시, 꼭, 받아낼 거야!"를 외치며 금전적인 보상을 요구할 수도 있었을 것이다. 개인적으로는, 영화 〈금발이 너무해〉에서 금발이어서 머리가 텅비었다는 이유로 워너에게 채인 엘 우즈가 하버드 법대에서 성공을 거둔 후 다시 다가온 워너를 보기좋게 걷어차는 방법을 권해주고 싶다.

　제인은 한 차원 업그레이드 된 방법을 선택한다. 레이를 비롯, 모든 수소들을 대상으로 본격적인 전쟁을 선포한 것이다. 잡지사 친구로부터 남성의 행태에 대한 칼럼을 부탁받은 제인은 마리 찰스 박사라는 필명을 사용하며 남자들의 파렴치한 행태를 파헤치기 시작한다. "당신과는 말이 통해. 내 헌 암소와는 달라"라는 남자들의 발언을 신랄하게 분석하는 제인은, "이 말은 얼핏 들으면 새로운 암소를 칭찬하는 것 같은 뉘앙스를 풍기지만, 실제로는 자신이 난봉꾼 같은 이미지로 비춰지지 않도록 '그 암소는 너무 냉정하기 때문에' 헌 암소를 버릴 수밖에 없었다는 나름의 정당한(?) 이유를 내세우는 것에 지나지 않는다"는 것이다. 제인은 "이젠 여자들도 새 남자를 원한다"고 당당하게 주장한다.

　제인의 글이 잡지에 소개되면서 그녀의 이론은 여성들의 뜨거운 지지를 얻으며 일파만파 사회적인 파장효과를 일으킨다. 오프라 윈

프리 같은 유명 토크쇼에서 허를 찌르는 찰스 박사의 글에 감탄사를 연발하며 앞다투어 찰스 박사와의 인터뷰에 혈안이 될 무렵, 제인의 토크쇼도 이에 질세라 본격적으로 찰스 박사 섭외 전쟁에 합류한다. 그러나 여자의 마음은 갈대라고 했던가! 크리스마스 파티에서 제인과 눈이 마주친 레이는 '작업의 달인' 답게 다시 한 번 그녀에게 접근하고, 제인 또한 그 앞에서 다시 한 번 무너지면서 리즈에게 칼럼 연재 중단을 선언한다.

하지만 우리 속담에 "개꼬리 삼 년을 묻어도 황모 못 된다"고 하지 않았던가. 결국 레이는 제인에게 거짓말을 일삼는 양치기 소년일 뿐이었다. 구렁이 담 넘어가듯이 상황을 수습하려던 레이와 옥신각신하던 제인은 다이앤이 입고 있는 푸른색 셔츠를 보는 순간 다이앤이 바로 'D'였다는 사실을 알아차린다. 회의 도중 레이에게 히로시마 원폭과 같은 분노의 핵탄두를 발사했던 제인에게 룸메이트 에디는 그녀의 이지적이며 아름다운 모습을 일깨워주며 따뜻한 위로의 말을 건넨다. 제인은 자신의 수소 이론에 문제가 있음을 느끼고 드디어 토크쇼에 모습을 드러내 찰스 박사 사건에 대해 양심 선언을 한다. 이러한 독백 속에서 제인은 자신의 곁에서 "이 세상에 레이 말고도 남자는 많다"고 위로해 주던 에디를 떠올린다.

누군가는 "만약 사랑에도 유통기한이 있다면 나의 사랑은 만년으로 하고 싶다"고 말하지만, 신경과학자들에 의하면 사랑은 보통

12~18개월 동안 지속된다고 한다. 인기 드라마였던 〈내 이름은 김삼순〉의 삼식이 현진헌(현빈)에 의하면, 그 이유는 2년이 지나면 사람에게서 사랑에 대한 항체가 생기기 때문이란다. 물론 과학적으로 증명된 이론은 아니지만.

사랑에 빠진 징후로 가장 먼저 나타나는 것은 바로 의식의 극적 변화이다. 사랑에 빠지면 지구는 자전 때문이 아니라 사랑하는 사람에 의해 낮과 밤이 바뀌게 된다. 이는 사랑하는 이를 특별하고 유일무이한 존재로 보기 때문이다. 때문에 사랑의 반열에 동참한 사람은 상대방에게 잘 보이기 위해 취향, 버릇, 습관, 가치관, 취미까지 바꾼다. 심지어 사랑하는 사람과 가까이 있기 위해 낯선 도시로 이사를 가거나 직장을 옮기는가 하면, 상대방이 친구에 대해 험담을 늘어놓으면 그 친구와 절교하기도 한다.

이러한 의식의 변화는 '변덕'으로 이어진다. 사랑의 감정들은 하늘높이 치솟다가도 순식간에 곤두박질친다. 그러다가 점차 전화가 뜸해지고 급기야 약속시간에 아예 모습을 보이지 않는 일이라도 생기면 침울함과 분노를 오가다가 정점에 다다르면 이별에 대한 불안감에 휩싸인다. 이별이 현실로 닥치면 통계적으로 볼 때 남자보다 여자가 정신적 공황과 함께 우울증에 걸리는 정도가 심각하고, 자살 확률은 여자보다 남자가 높다고 한다.

불행 중 다행인 것은, 인간이 망각의 동물이라는 점이다. 사랑이나 이별의 열병으로 머리 싸매고 앓아눕는 것도 인생의 경험이고,

아픈 만큼 성숙하듯 다음번에는 좀더 진화한 모습으로 사랑을 할 수 있다고 생각하며 갱생(?)의 의지를 키워가는 것이 최선일 것이다. 전문가들의 말을 빌리면, 실연의 아픔에서 벗어나기 위해서는 자신과 미래에 대한 긍정적인 생각을 하는 것이 매우 유익하다고 한다. 또한 새로운 것에 도전하며 바쁘게 시간을 보내거나 운동을 하는 것도 좋은 방법이라고 권유해 준다. 햇빛도 우울증에 빠진 사람들에겐 또다른 치료제가 되기도 한다. 햇빛은 뇌의 송파선을 자극하는데, 송파선은 기분을 상승시켜 신체의 리듬을 균형 있게 만들어준다.

무엇보다 중요한 것은 자기 스스로를 아낌없이 사랑하며 자신감을 회복하는 것. H. D. 도로우의 말처럼, 사랑의 치료법은 더욱 사랑하는 것밖에 없다. 사랑받지 못하는 것도 슬프지만 사랑할 수 없는 것은 더욱 슬프다. 머리끝부터 발끝까지 꽉 찬 정열을 쏟아부을 내일의 사랑을 위해 오늘은 자기 자신을 사랑하자. 마치 한 번도 상처받지 않은 사람처럼. 이

●●● 원제 Someone Like You | 2000년 | 감독 토니 골드윈 | 주연 애슐리 쥬드, 휴 잭맨, 그렉 키니어

사랑할 때 버려야 할 아까운 것들

"입술이 부드럽군."
"아직 작동되어 다행이에요.
키스한 지 너무 오래됐어요.
립스틱 바르고 휘파람 불 때나 썼는데."

〈러브 액츄얼리〉가 '사랑할 때 필요한 것'이 무엇인지를 다루었다면, 이 영화는 제목 그대로 '사랑할 때 버려야 할 아까운 것'은 무엇인지에 대한 영화이다. 〈왓 위민 원트(What Women Want)〉로 각본 실력을 인정받은 낸시 마이어스가 연출과 대본을 모두 맡은 이 영화는 섬세하고 톡톡 튀는 대본과 풍부한 연륜을 지닌 배우 덕분에 할리우드형 실버 코미디 영역을 확장하는 데 큰 성과를 거두었다.

우리 영화계에서도 몇 해 전 실버 코미디 장르가 뿌리를 내렸으면 하는 기대 속에 〈고독이 몸부림칠 때〉가 개봉되었지만 아쉽게도 큰 흥행을 거두지 못했다.

이 글을 쓰면서 '사랑할 때, 아깝지만 버려야 할 것'이 무엇일까 고민하다가, 30명의 성인 남녀를 대상으로 설문조사를 해보았다. 돈과 명예를 제외하면, 자존심, 선입견, 편견, 자아(자기 자신), 돈, 명예, 욕심, 기대감, 보상 등 대부분 '마음'과 관련된 답변을 얻을 수 있었다. 한마디로, 사랑할 때는 '마음을 비우라'는 것이었다. 사랑에는 용기가 필요하지만 희생도 따른다. 자신이 소중하게 생각하는 것을 버리는 것은 용기 있는 행동이고 결과적으로 그것은 희생이다.

개인적인 경험을 살짝 고백하자면, 사랑을 얻기 위해 나는 당시 내게 매우 중요한 것들을 걸고 건방지게도 하나님과 협상(?)을 벌인 적이 있다. 사랑에 눈이 멀었던 나는 한 남자와 결혼만 할 수 있다면 장학금, 학업, 직장을 모두 버리겠다고 서언 기도를 해버렸던 것이다. 초심자였던 나는 서언 기도의 위력을 과소평가했다. 기도의 응답은 정확하고 신속했다. 나는 결혼과 동시에 일시적으로 내게 소중했던 모든 것을 잃어버렸고, 그 대가를 치르며 허탈감을 회복하기 위해 오랜 인고의 시간을 보내야만 했다.

"진실한 사랑은 결코 평탄하지 않았다"는 셰익스피어의 말을 공감할 수 있는 이 영화는 일몰을 바라보는 나이에 '영계 밝힘증' 중후군에 시달리는 능구렁이 바람둥이와 연애에서 손 뗀 고상하고 성공한 여성 극작가 사이에 벌어지는 달콤한 초로의 로맨스가 근사하게 담겨 있다. 잭 니콜슨의 바람둥이 열연도 훌륭했지만 이혼 후 몇십 년 동안 남자와는 담을 쌓고 지내다가 작업맨 해리와의 사랑 앞에서 한순간에 사정없이 흔들리는 모습을 연기한 다이안 키튼은 소녀같이 섬세하면서도 원숙한 여인의 모습을 매력적으로 소화해 냈다.

또한 자신과의 에피소드를 에리카가 연극으로 올렸다는 말을 들은 해리가 리허설이 진행되는 극장으로 달려가 에리카에게 따지는 과정은 눈여겨볼 만하다. 수많은 연극배우들이 환자복을 입고 엉덩이를 드러낸 채 돌아다니는 장면을 목격한 해리의 난감하고 기가 막혀 하는 표정은 이 영화에서 가장 유쾌한 장면 중 하나였다.

부유한 독신남 해리는 20대의 '영계'들이 주는 달콤함에 빠져 자유분방한 삶을 누리는 일명 '영계 전문 플레이보이'이고, 목하 미모의 크리스티 경매사 마린과 작업 중이다. 마린과 오붓한 주말을 보내기 위해 해변가 별장으로 향한 해리는 뜻밖의 불청객과 요란스럽게 마주치며 민망스럽고 당황스러운 첫인사를 나눈다.

"당신이 내 딸과 데이트 하는 남자라구요?"

"차라리 도둑이면 좋겠소?"

에리카는 머리가 희끗거리는 늙다리 마초 같은 해리가 딸의 '남친'이라는 사실에 분개하지만 자식 이기는 부모 없다고, 솟구치는 혈압을 내리누르며 해리를 문전박대하지 못한 채 주말을 함께 보내게 된다. 자신의 연세를 망각한 채 열정만 앞섰던 해리는 심장발작을 일으켜 구급차에 실려가는 신세가 되고 엉겁결에 해리에게 인공

호흡과 심장 소생술을 제공한 에리카. 그것이 해리와 엮이는 운명의 서곡임을 눈치챌 여유조차 없었다.

한편 평소에 존경하던 희곡작가 에리카를 만난 해리의 주치의 줄리안(키아누 리브스)은 에리카가 발산하는 원숙미와 단아한 매력에 사로잡혀 20년이나 되는 나이차에도 불구하고, 심지어는 그녀가 풍기는 비누냄새를 칭송하며 저돌적인 자세로 그녀에게 다가간다. 남성우월주의자 해리와 여성을 존중할 줄 아는 젠틀맨 줄리안 사이에서 고민하는 에리카, 그리고 묘하게도 줄리안에게 질투심을 느끼면서 그녀의 매력에 빠져드는 황혼의 해리.

늦은 밤 파자마 파티를 제안한 해리는, 자신을 싫어하는지 혹은 진정으로 그녀를 이해하는 사람인지를 묻는 에리카에게 "난 당신을 싫어하지 않는다"고 답한다. 자신을 싫어하는지 또는 진정으로 이해하는지를 묻는 사람에게 "싫어하지 않는다"고 우회적으로 답변하는 것은 하루에 300만 개의 정자를 생산하며 이를 소비하는 데 몰입하는 남성의 생체적 특성에 상반되는 것처럼 보인다. 혈액형으로 본다면, 선수성 멘트를 남발하는 해리는 B형일 가능성이 높다. 만일 O형이었다면 분명 '좋아한다'나 '이해한다'라고 말했을 것이고, 소심한 A형이었다면 '잘 모르겠는데'라고 말꼬리를 흐렸을 것이다.

에리카가 해리를 긍정적인 관점으로 접근하기 시작한 것은 바로 "난 당신을 싫어하지 않는다"고 말한 시점부터이다. 상대방을 제대로 이해하게 되면 그 순간부터 자연히 두 사람 사이의 논쟁은 줄어든다. 에리카와 해리도 마찬가지다. 비록 한여름에도 하얀 터틀넥 스웨터를 입고 자신을 꽁꽁 닫고 살아온 에리카가 겉으로는 '벽난로 위에 걸린 초상화' 처럼 차디찬 느낌을 주지만 그녀의 마음 깊이 들어가 보면 상처받기 쉬운 자신을 보호하기 위해 철갑상어처럼 두터운 장벽을 쌓고 살아온 여자임을 관객은 알아차릴 수 있다.

해리와 에리카 사이의 고기압 전선의 이상 기류를 눈치챈 마린은 쿨하게 해리에게 쫑낼 것을 선언하고 한편으로는 엄마에게 격려의 깃발을 흔들어준다. 감미로운 음악, 은은한 촛불, 이러한 분위기 속에서 해리와 에리카는 누가 먼저랄 것도 없이 서로를 포근히 감싸안는다. 여자로서의 삶이 이미 오래전에 끝났다고 생각했던 에리카는 비로소 사랑의 기쁨을 만끽한다.

"입술이 부드럽군."

"아직 작동되어 다행이에요. 키스한 지 너무 오래됐어요. 립스틱 바르고 휘파람 불 때나 썼는데."

하지만 에리카의 되살아난 열정에도 불구하고 해리는 "에리카, 당신은 사랑해 볼 만한 여자야", "사실 난 남자친구가 되는 법을 몰라" 등의 알 수 없는 말만 늘어놓을 뿐이다. 해리의 무책임하고 우유부단한 태도는 가는 여자 잡지 않고 오는 여자 마다하지 않는 남성의 연애 철학을 반증해 준다. 참고로 낸시 마이어스 감독은 전 남편과의 식사 중에 현재의 내 애인이 젊은 여자와 함께 들어와 무척

당황했었다고, 다이안 키튼 또한 현실에서 "남자친구가 되는 법을 모른다"는 잭 니콜슨의 극중 대사를 실제로 들어본 경험이 있다고 고백했다.

남자들이 겪는 가장 큰 어려움 가운데 하나는 여자가 자기 감정을 이야기할 때 그것을 어떻게 정확히 이해하고 적절한 답변을 줄 수 있는가 하는 문제이다. 반면에 여자들이 해결해야 할 가장 큰 난제는 남자가 말을 하지 않을 때 그것을 어떻게 받아들일 것인가 하는 점이다. 침묵이야말로 여자들이 가장 쉽게 오해하게 되는 상황이다. 남자가 갑자기 입을 다물어 버리면 여자는 불안해져서 혼자서 별 오만가지 시나리오를 상상한다. 그러나 남자의 침묵은 "아직 무슨 말을 해야 할지 모르겠어. 지금 생각하고 있는 중이야"라고 말하는 것으로 생각해도 무방하다.

에리카가 마음의 평정을 회복할 즈음, 마치 이별을 위한 마지막 정리를 하듯 해리와 에리카는 바꿔서 간직하고 있던 서로의 안경을 교환하고 작별인사를 나눈다. 센 강변에서 홀로 서서 인생의 허망함과 뒤늦게 찾아온 사랑마저 떠나보낸 후회에 젖어 있던 해리는 마주선 에리카에게 "63살이 되어서야 난생 처음으로 사랑에 빠졌어"라고 고백한다.

미국의 인류학자 헬렌 피셔의 말처럼, 인간은 애초부터 사랑에 빠지지 않고는 살 수 없도록 디자인되어 있는 듯하다. 사랑에 빠진 사람은 사랑하는 사람이 지닌 사소한 부분도 확대하고 찬양한다. 만약 조금 강하게 추궁한다면 거의 모든 사람들은 연인의 결점을 쉴새없이 나열하기에 바빠진다. 그렇지만 사랑이 절정에 이르게 되면 결점까지도 독특한 매력이라고 오히려 자신을 설득한다. 심지어 어떤 사람들은 바로 그런 결점 때문에 연인을 더욱 좋아하기도 한다. 심리학자들은 이런 현상을 '핑크 렌즈 효과'라고 부른다.

사랑은 단지 환상에 불과하다는 선입견을 갖고 있던 에리카의 경우, 처음에는 해리를 딸의 남자친구로 보았기 때문에, 그리고 그의 화려한 여성 편력 때문에 장황한 해리 헐뜯기를 서슴지 않았다. 그러나 해리에 대한 감정의 불꽃이 타오르면서 격정의 폭풍 속에 자신을 던진다. 에리카가 "결코 마음을 다 바쳐 사랑하지 말라. 그렇게 되면 아픔으로 끝날 뿐이다"(C. 컬린)라는 말을 몰랐다고는 생각되지 않는다. 그녀는 사랑의 상처가 두려우면서도 자신에게 찾아온 사랑을 주저없이 받아들였다.

반면 수많은 영계들과의 짝짓기에 몰두하면서 시간과 정열을 허비한 힙합 음반업계의 거물 해리는 '선택과 집중'이라는 경영 전략, 그리고 효과성과 효율성 원리에 대해 무지한 최고경영자(CEO)였던 것 같다. 순간의 쾌락과 희열에 집착하며 사랑의 매너리즘에 빠졌던 해리는 환갑을 훌쩍 넘은 나이가 되어서야 비로소 남자친구가 되는 법과 사랑하는 법을 터득했던 것이다.

어쨌거나 이 영화는 중년의 짧은 사랑을 가슴에 묻어두고 죽음의 순간까지 소중히 지킨 〈매디슨 카운티의 다리〉와는 달리 유쾌한 해피엔딩으로 마무리된다. 해리는 영계를 좋아하던 '기호와 취향'을, 에리카는 '사랑의 상처에 대한 두려움'을 버림으로써 '진실한 사랑'을 얻을 수 있었다. 이

●●● 원제 Something's Gotta Give | 2003년 | 감독 낸시 마이어스
　　주연 잭 니콜슨, 다이안 키튼, 키아누 리브스

러브 액츄얼리

"사랑은 우리 주변 어디에나 있다."

히드로 공항에서 만나고 헤어지는 숱한 사람들의 포옹이 화면을 가득 메운 후 영화는 "사랑은 우리 주변 어디에나 있다(Love actually is all around)"라는 메시지를 던지며 본격적으로 다양한 음색의 '사랑 찬가'를 메들리 형태로 소리높여 외친다. 동서양을 통해 가장 큰 이벤트 데이는 아마도 크리스마스일 것이다. 크리스마스가 되면 그 대상이 연인이든, 친구든, 가족이든 사랑하는 사람을 떠올리며 그들에게 줄 선물을 준비하기 위해 분주해진다. 때로는 먼 곳에서 찾아오는 그 누군가를 만나기 위해 부푼 가슴을 안고 공항으로 향하기도 한다. 만남과 헤어짐이 반복되는 공항은 사랑의 방정식에 대한 상징적 공간이라 할 수 있다.

공항에서 잠시나마 시간을 보내본 사람이라면 그곳에서 만나고 헤어지는 수많은 사람들의 다양한 풍경을 기억할 수 있을 것이다.

상황에 따라, 그리고 사람에 따라 공항 대합실에서 만나고 헤어지는 모습은 참으로 다양하다. 어떤 이는 시계를 들여다보며 따분한 얼굴로 서 있다가 사랑하는 사람을 만나면 갑자기 얼굴이 환해지며 애정이 듬뿍 담긴 표정으로 변한다. 어떤 이는 어깨를 툭툭 치며 잘 다녀오라고 '쿨' 하게 보내는가 하면, 자식을 타지에 보내는 어머니는 걱정과 염려로 눈시울이 붉다.

또한 누군가를 만나는 사람들은 보통 "누구야, 여기!" 를 외치며 자신의 존재를 알리고 그 반가움을 표시하는가 하면, 슬그머니 다가가 가방을 받아주며 무언의 기쁨을 공유하기도 한다. 설령 처음 만나는 사람이라 하더라도 공항은 만남의 기쁨을 공유케 하는 신비의 연금술을 일으킨다. 이러한 사람들의 모습 속에서 우리는 '사랑'이라는 단어를 떠올리며 가슴 깊은 곳으로부터 따스한 전율을 느끼게 된다.

휴 그랜트가 들려주는 "우울한 상념에 휩싸일 때는 히드로 공항을 떠올리고 그곳에서 만나고 헤어지는 수많은 사람들의 모습을 보면 세상의 증오와 탐욕은 사라지고 사랑이 넘쳐흐른다" 는 내레이션, 즉 "사랑은 우리 주변 어디에나 있다" 가 바로 이 영화가 말하고자 하는 핵심적인 메시지이다. 특히 내레이션 끝부분에서는 뉴욕의 9·11 사태 때 희생자들이 가족에게 또는 연인에게 남겼던 사랑의 메시지를 언급함으로써 무지개와 같은 다양한 스펙트럼의 사랑이 펼쳐지는 이 영화가 연인과의 사랑에 비중을 두면서 점차 가족으로 그 영역을 확대해 나갈 것임을 관객에게 암시해 준다.

〈러브 액츄얼리〉에는 수상과 여직원의 사랑, 조숙한 꼬맹이 커플을 비롯하여 친구의 아내를 짝사랑한 마크, 노장 가수 주접 빌리와 매니저 조와의 동료애, 벙어리 삼순이 사라의 칼에 대한 순애보, "영국 여자는 내 스타일이 아니야"라고 외친 콜린의 사랑 찾아 삼만리, 언어를 초월한 제이미와 오렐레아의 사랑의 승전보, 중년의 위기에서 지혜롭게 탈출하는 해리와 캐런의 이야기 등이 진한 사랑의 감동을 선사해 준다. 이 가운데 영국 수상의 사랑을 거들떠보기로 하자.

젊고 패기에 넘치는 신임 영국 수상 데이빗(휴 그랜트)은 관저 식구들과의 첫 인사에서 부산스럽고 거침없는 비속어를 구사하던 귀여운 여비서 나탈리(마틴 맥커천)에게 마음을 빼앗겨 버린다. 후문에 의하면, 이 수상의 역할은 지금까지 리처드 커티스의 작품에서 다양하고도 매력적인 연기를 보여준 휴 그랜트를 염두에 두고 만들어졌다고 한다. 수상 데이빗이 첫눈에 반한 나탈리는 한마디로 '쭉쭉빵빵' 한 매력으로 넘치는 여자다. 세상에는 감출 수 없는 세 가지가 있으니 기침, 가난 그리고 사랑이라고 했던가! 데이빗은 수상이라는 신분을 재차 상기하고는 의도적으로 그녀와 거리를 두며 자신의 마음을 통제하려 안간힘을 쓴다.

나탈리에 대한 신상정보가 전무했던 데이빗은 어느 날 자신의 관심을 은근히 드러내기 시작한다. 이 탐색 과정에서 '뚱뚱하다는 이유'로 결별을 선언했다는 그녀의 남자친구 이야기를 듣는다. "더 좋은 사람 만날 거야" 또는 "그 남친은 인연이 아닌 거야"라는 말로 나탈리의 점수를 딸 수 있는 절호의 기회였건만 그는 썰렁하기 그지없는 멘트를 날림으로써 그녀를 어이없게 만들어버린다.

"내 권력을 이용해서 놈을 암살해 줄까? 내 전화 한 통화면 공수부대가 뜨는데." (잘났어 정말!)

미국 대통령과의 협상 후 가진 기자회견에서 양국의 관계가 우호적으로 발전하고 있다는 미국 대통령의 발언에 대해 데이빗은 영국은 셰익스피어, 숀 코너리, 해리포터, 처칠, 비틀즈, 배컴을 배출한 작지만 위대한 나라이며, 자신의 이익만을 추구하며 위협하는 자는 친구가 아니라고 미국 대통령에게 직격탄을 날린다. 영국 국민들의 환호에 분주한 하루를 보낸 데이빗은 홀로 관저에 남아 라디오에서 흘러나오는 〈점프(Jump)〉의 경쾌한 리듬에 엉덩이를 흔들며 춤 삼매경에 빠지는데, 이 모습을 비서에게 들켜버린 후 재치 있게 위기를 모면하는 장면은 단연 이 영화의 베스트 컷이다.

미국 대통령 방문 때의 불미스러운 일이 있은 후, 데이빗은 고민 끝에 나탈리를 다른 부서로 보내는 극단의 조치를 취한다. 아무리 미국 대통령에 맞설 만큼 두려움을 모르는 영국 수상이라지만 사랑만큼은 그렇지 못한 모양이다. 여자들이 사랑을 받는 일에 두려움을 갖는 것처럼 사랑을 주는 일에 두려움을 느끼는 것은 남자도 마찬가

지. 호감을 드러냈다가 거절당하거나 무안을 당해 상처받을까 두렵기 때문이다. 더욱이 나탈리와 적지 않게 나이차가 났던 데이빗의 경우, 사회적 지위나 능력과는 무관하게 잠재의식 속에서 자신이 그다지 훌륭한 짝이 못될 것이라는 피해의식을 갖고 있는 듯하다.

하지만 의외로 여자들은 남자들이 사랑에 저돌적이지 못하다는 사실, 또 쉽게 상처받는다는 사실을 깨닫지 못하는 경우가 많다. 여자들이 사랑받는다는 사실을 끊임없이 확인하는 것처럼, 남자들도 자기가 그녀에게 꼭 필요한 사람이라는 것을 인정받고 싶고 확인하고 싶어한다. 결국 이러한 다독거림을 받는 과정을 거친 남자라야 비로소 '용기'라는 배터리를 충전시킬 수 있다. 데이빗 또한 그렇게 여리고 소심한 성품의 남자였다.

크리스마스 이브, 사랑 고백이 담긴 나탈리의 카드를 읽은 데이빗은 기다렸다는 듯 수행원과 함께 무작정 그녀를 찾아나선다. 주소를 몰라 가가호호 방문하던 데이빗은 자신을 성가대로 오인한 꼬마들의 기대에 부응해 주기 위해 캐롤송을 불러주는 친절함까지 베푼다. 힘겨운 여정 끝에 가까스로 나탈리와 마주한 데이빗. 그녀로부터 "처음부터 언제나 당신만을 사랑해 왔다"는 말을 듣고서야, 굳게 닫아두었던 마음의 빗장을 열며 콘서트에 참석한 모든 관객들에게 요란스럽게 자신의 여자친구를 소개한다.

마크와 제이미 등 〈러브 액츄얼리〉에 등장하는 남성들은 대개 데이빗과 같은 부류에 속한다. 애인과 동생이 부적절한 관계를 맺고 있었다는 사실을 알게 된 제이미는 절망감에서 벗어나기 위해 시골로 향한다. 그곳에서 집안일을 돕기 위해 온 젊은 포르투갈 연인 오렐리아와 언어를 초월한 마음의 대화를 나누던 제이미. 금성 여자 오렐리아가 이렇게 말한다.

"여길 떠날 때가 제일 슬퍼요."

"널 바래다줄 때가 제일 즐거워."(뭔 소린지?)

역시 제이미는 화성 남자답게 엉뚱한 말을 내뱉는다. 물론 제이미의 경우에는 영화 후반 포르투갈어로 소리높여 〈사랑 찬가〉를 불러 "사랑도 통역이 되나요?"라는 질문에 대한 명쾌한 답변을 얻는 데 성공을 거둔다. 그렇지만 그도 예전에는 떠나는 오렐리아의 뒷모습만 바라볼 뿐 아무런 말도 건네지 못했던 '선천성 용기 결핍증' 환자의 병력을 지닌 남자였다.

'친구의 아내'를 사랑한 마크 역시 손수 감동적인 결혼식 이벤트까지 준비하며 자신의 감정을 숨긴 채 줄리엣을 떠나보낸 후, 크리스마스에 거짓말하면 벌받는다는 방호벽으로 무장한 채 그제야 "가슴이 아파도 당신을 사랑할 거예요"라며 자신의 속내를 드러낸다. 그러나 이들과는 대조적으로 자신의 감정을 진솔하게 표현하는 남자 중의 남자가 있으니, 바로 조숙한 꼬마신사 '샘'이다.

아내를 잃은 슬픔을 삭이며 장례식을 마친 대니엘은 엄마를 잃은 슬픔에 방에 혼자 틀어박혀 지내는 아들 샘이 걱정스럽기만 하다.

조심스럽게 샘과 대화를 하던 대니엘은 샘이 첫사랑의 열병을 앓고 있다는 사실을 발견한다.

"사랑하기엔 너무 어린 나이 아니니?" 라고 반문하는 대니엘에게 샘은 "사랑보다 더 큰 고통이 어디 있어요!" 라며 애늙은이 같은 말을 한다. 나이에 비해 조숙하고 당돌한 샘은 〈타이타닉〉의 케이트와 디카프리오의 사랑, 그리고 아빠와 엄마의 사랑을 예로 늘어놓으며 자신에게도 사랑은 오직 조안나 하나라고 울부짖는다. 뿐만 아니라 미국으로 돌아가는 조안나에게 자신의 멋진 모습을 보여주기 위해 "리듬은 나의 삶(rhythm is my life)" 이라는 철학적 슬로건을 내건 채 드러머(drumer)가 되기 위해 연습에 열중한다. 콘서트를 마친 뒤 대니엘과 함께 공항으로 조안나를 뒤쫓아간 샘은 보안요원을 따돌리고 천신만고 끝에 그녀에게 자신의 감정을 고백한다.

영화는 조안나와 샘, 이 깜찍한 꼬마들의 사랑에 초점을 맞추고 있지만 그 이면에는 서먹서먹했던 의부 대니엘과 샘 사이에서 싹트는 사랑을 함께 다루고 있다. 리처드 커티스 감독은 샘과 대니엘을 통해 첫사랑에 빠지는 상황뿐만 아니라 부자간의 마음속에서 차츰 깊어져 가는 사랑의 변화까지 표현해 내고 싶었던 것이다. 아내 그리고 엄마의 죽음으로 상실감에 빠졌던 이들은 조안나라는 매개체를 통해 부자간의 관계를 회복하는 기회를 얻고, 서로 다른 곳에서 출발한 두 남자가 결국은 아주 가까운 곳에서 서로의 마음을 공유하게 된다.

셰익스피어는 "진실한 사랑의 과정은 결코 평탄하지 않았다"고, 푸블릴리우스 시루스 또한 "사랑 속에서는 괴로움과 즐거움이 언제나 싸우고 있다"고 말했다. 마땅하고 지당한 말이다. 사랑이라는 전쟁에는 항상 기쁨과 슬픔이 공존한다. 화성 남자와 금성 여자의 만남인데 어떻게 불협화음이 없겠는가!

존 그레이는 세계적 베스트셀러 《화성에서 온 남자, 금성에서 온 여자》에서 남자와 여자는 서로 다른 행성에서 왔기 때문에 근본적으로 다르다고 말했다. 남자는 고무줄과 같아서 최대한 멀어지려 하고, 여자는 파도와 같아서 감정이 최고조에 이르다가도 갑자기 사정없이 곤두박질친다. 남자와 여자는 서로 다르다는 점을 자주 잊어버리기 때문에 툭하면 충돌하는 것이다.

누가 먼저 사랑을 표현하는지가 대체 왜 중요한가. 사랑 때문에 겪어야 하는 불안감과 슬픔 때문에 사랑에 다가서지 못하는 사람, 자존심 때문에 사랑이 오기만을 기다리는 사람이 있다면 '용기'라는 이름의 전차로 바꿔 타보실 것을 권한다. 용기 있는 자만이 사랑의 전쟁을 시작할 것이다.

누군가는 사랑을 물질과 만났을 때 비로소 아름다운 색깔로 변하는 리트머스 종이에 비유한다. 주위를 한번 돌아보라. 우리는 주변 그 어디에서든 색깔이 변한 리트머스 종이를 발견할 수 있다. 01

●●● 원제 Love Actually ㅣ 2003년 ㅣ 감독 리처드 커티스 ㅣ 주연 휴 그랜트, 엠마 톰슨, 리암 니슨, 콜린 퍼스

- **이보아**

1964년 서울 출생. 성균관대학교 문헌정보학과를 졸업하고 동대학원에서 미술사로 석사학위를, 뉴욕대학교를 거쳐 플로리다주립대학교에서 박물관경영학 박사학위를 받았다. 《박물관, 영화를 유혹하다》《루브르는 프랑스 박물관인가》《박물관학 개론》《세계 박물관, 미술관 여행》을 비롯해 20여 권의 책을 펴냈다. 현재 추계예술대학교 영상문화학부 교수, 플로리다 주립대 연구교수, 문화재청 전문위원, 서울특별시 문화재위원회 전문위원, 서대문자연사박물관과 하남역사박물관 자문위원, 한국문화콘텐츠진흥원 심의위원, 노무현 정부 국가경영진단 100인 위원 등 다양한 분야에서 활동하고 있다.

- **장상용**

1972년 서울 출생. 한국외국어대학교 러시아어과를 졸업하고 러시아문학 석사학위를 받았다. 만화, 애니메이션 분야에서 전문 기자로 활약하고 있으며 공연, 출판, 게임, 인터넷, 연예 등 문화레저 분야에서 전방위적 활동을 하고 있다. 펴낸 책으로 《18 ― 한국 대표 만화가 18명의 감동적인 이야기》를 비롯해 《서울 도심에서 만나는 휴식, 산책길》 등이 있다. 2005년 부천만화정보센터 만화문화진흥 표창장을 수상했으며, 현재 《일간스포츠》 기획취재부 기자로 일하고 있다.